세상의 모든 아들은 아버지를 닮았다

세상의 모든 아들은 아버지를 닮았다

고문희 소설

문학나무

작가의 말

며칠 전 밤이었다. 잠깐 외출을 하고 현관문을 열고 들어서는데 눈앞에서 무언가 푸드득 하고 날았다. 처음엔 나방이나 비슷한 종류의 벌레인 줄 알고 방충제를 찾으려 했는데 자세히 보니 조그만 새였다. 이름은 모르지만 주둥이가 빨갛고 몸통은 짙은 회색이었다. 방충망을 닫는 걸 잊고 나갔는데 그 사이 들어온 것 같았다. 집안 창문을 다 열었지만 출구를 찾지 못한 새는 자꾸 엉뚱한 곳으로만 날아 오랜 실랑이 끝에 겨우 내보낼 수 있었다.

행여 또 들어올까 방충망을 닫고 바닥에 떨어진 깃털을 청소했다. 출구를 코앞에 두고도 찾지 못해 방황하던 새를 떠올리니 어린 시절 내 모습과 함께 생전의 할머니와 주고받은 편지가 생각났다.

'할머니 전상서' '문희 보거라'로 시작되는 편지는 방학을 제외하고 한 달에 두세 번 정도 오고갔다. 방학은 늘 시골에 계신 할머니 댁에서 지냈기 때문인데 개학을 앞두고 할머니와의 이별은 늘 슬프고 힘이 들었다. 무거운 걸음으로 돌아서는 내게 할머니는 편지를 당부했고 나는 집에 오자마자 편지를 썼다. 내용은 잘 기억나지 않지만 할머니의 답장에 '문희야, 우야던동 참아래이' 라는 문장이 지금도 기억에 남아 있는 걸 보면 어리광 비슷한 걸 써 보냈던 것 같다. 그때 나는 지독한 사춘기로 가족 중 누구와도 소통을 거부했는데 할머니만은 예외였다. 긴 사춘기를 보내며 나는 가끔 길이 아닌 길이 궁금해지고 세상에 혼자 남겨진 듯한 기분이 들면 할머니께 편지를 썼고, 할머니의 답장에 마음을 돌렸다.

후에 시골집에 전화가 들어오고 편지도 뜸해졌다. 그러나 할머니는 여전히 내게 편지를 당부했고 나는 바쁘다는 핑계로 전화 한통으로 안부를 전했다. 그리고 타국에서 할머니의 부고를 들었다.

소설을 쓰기 시작하며 할머니를 생각했다. 때때로 보이지 않는 벽에 부딪혀 주저앉고 싶거나 후회가 될 때 '문희야, 우야던동 참아래이' 라는 오래 전 할머니의 편지를 떠올렸다. 그리고 할머니에게 못다한 편지를 쓰는 마음으로 소설을 썼다. 사람을 생각하고 삶을 생각했다. 그러다 보니 이해할 수 없었던 생전의 아버지 인생이 보였다. 그땐 당신도 어쩔 수 없었다는 걸 알게 됐다. 마음이 아팠다. 사죄하는 마음으로 꾹꾹 문장을 눌러썼다. 생각하고 또 생각했다. 산고를 치르듯 심한 편두통을 앓았다. 여기 수록된 아홉 편의 소설이 그렇게 탄생했다. 그러나 막상 소설집으로 묶어 세상에 내보내려니 걱정과 두려움이 앞선다. 하지만 일단 부딪혀보라고, 눈을 크게 뜨고 세상을 보며 나아가라고, 설령 벽에 부딪혀 후회하며 주저앉는다 해도, 그래도 거기까지 간 게 어디냐며 등을 쓸어 칭찬을 해 주고 싶다.

감사해야할 분들이 많다. 덕분에 여기까지 올 수 있었다. 그리고 내 소설의 첫 독자로 지금까지 함께 해준 남편과 옆에서 응원해준 딸에게 감사와 사랑을 전한다.

2019년 가을
고문희

차례

떼

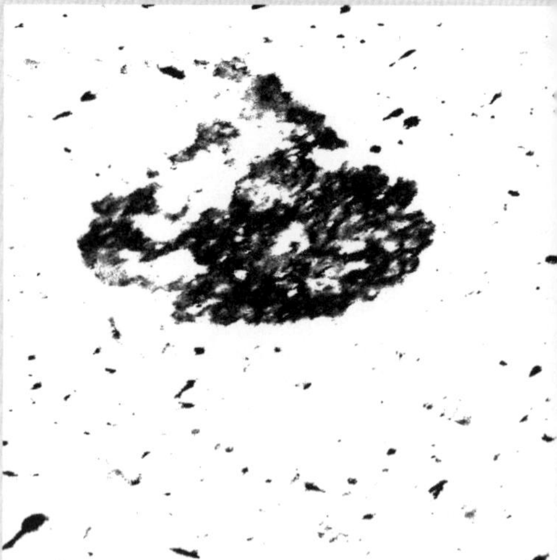

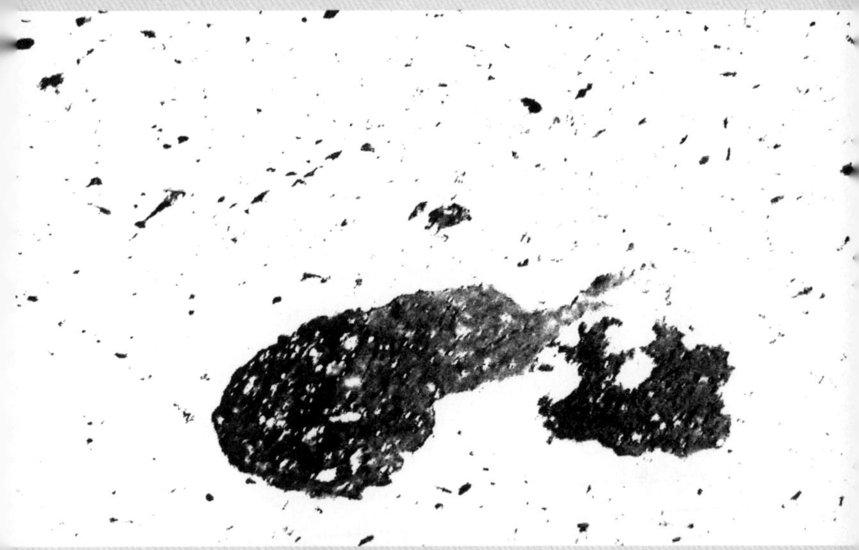

떼

남자는 가방을 끌어안고 미동 없이 앉아 있다. 눌러쓴 벙거지 아래 반쯤 드러난 남자의 얼굴이 말린 북어처럼 검고 건조해 보인다. 남자가 안고 있는 가방 한쪽이 눈에 띄게 불룩 솟아 있다. 남자를 흘깃거리는 몇몇 승객들의 시선이 조금 불안해 보인다. 차창으로 들어온 석양이 남자의 얼굴에 깊은 골을 새겨 놓는다.

잔액이 부족합니다. 두 번이나 같은 소리가 나왔다. 당황한 남자는 다시 단말기에 카드를 대 보았다. 역시 마찬가지였다. 뒤에 손님들 기다립니다. 현금을 내고 타던지 다음차를 타세요. 짜증과 피곤이 묻어난 말투로 기사가 말했다. 남자는 일단 버스에 올라섰다. 남자의 뒤로 승객들이 차례로 버스에 오르기 시작했다. 단말기에서 감사합니다.

라는 인사가 연속적으로 흘러나왔다. 남자는 한 번 더 카드를 대보기로 했다. 하지만 줄지어 오르는 승객들로 좀처럼 틈을 노리지 못했다. 빈 좌석은 거의 채워져 남자가 미리 점 찍어둔 자리엔 이미 다른 승객이 앉아 있다. 남은 자리는 나란한 뒷좌석의 창가 자리를 제외한 가운데 세 자리뿐이다. 방금 단말기를 찍고 오른 여자가 앉고, 곧 이어 카드를 들고 버스 턱에 한발을 올리고 서 있는 젊은 남자가 앉고 나면 남은 좌석은 하나뿐이다. 고개를 빼 버스 안을 살피는 여자가 남자의 눈에 들어왔다. 안경 너머 쌍꺼풀진 눈가에 잔주름이 가득하다. 남자의 눈이 여자와 마주쳤다. 남자가 어서 버스에서 내려오길, 그래서 남아 있는 자리를 차지할 수 있길, 짧은 순간이지만 남자는 여자의 간절한 눈빛을 읽어냈다. 남자는 혹시 하는 기대로 양복상의 주머니에 손을 넣어 보았다. 아무렇게 쑤셔 넣은 검은 넥타이와 함께 동전 몇 개가 나왔다. 동전을 세어 보았다. 모두 350원이었다. 불쌍한 년, 남자는 긴 한숨처럼 혼잣말을 내뱉고 동전을 도로 주머니에 넣었다.

버스를 타기위해 남자는 40분을 기다렸다. 이전 버스는 남자의 바로 앞에서 정원을 채워 출발해 버렸다. Y시까지 가는 광역 버스였다. 이번에도 좌석을 차지하지 못하면 다시 40분을 기다려야 했다. 남자는 몹시 피곤했다. 가만히

서 있어도 다리가 휘청거렸다. 남자는 일단 자리에 앉기로 했다. 통로를 걸어 뒷자리의 좌석 중간에 자리를 잡고 앉았다. 남자의 왼쪽에 앉아 있는 젊은 여자가 얼굴을 찌푸리며 몸을 비켜 사이를 벌렸다. 남자는 엉덩이를 좌석 깊숙이 밀어 넣고 가방을 무릎에 올려 꼭 끌어안았다.

손님, 차비 안 내요? 차비를 내고 앉아야 할 거 아닙니까? 백미러를 올려다보며 기사가 큰소리로 말했다. 네, 알고 있습니다. 기사의 날선 말투와 달리 남자의 목소리는 몹시 피곤하고 졸린 말투다. 그럼 빨리 내세요. 네, 알겠습니다. 남자는 같은 말을 반복했다.

빨리 출발합시다. 기사님, 시간 없어요. 기사 양반 일단 출발부터 합시다. 이어지는 승객들의 요구에 기사가 앞문을 닫고 출발했다. 남자는 고개를 돌려 차창 밖을 내다보았다. 버스를 기다리며 40분을 쪼그리고 앉아 있던 정류장이 남자의 눈앞에서 점점 멀어져 갔다.

좌석에 앉아 있는 승객들과 운전석이 남자의 한 눈에 들어왔다. 투명 보호막 안의 운전석을 보며 남자는 기사의 얼굴을 떠올려보았다. 얼굴이 넓적했던 것 같기도 하고 턱이 뾰족했던 것 같기도 하고, 버스를 탈 때 잠깐 본 기억으론 검은 선글라스를 끼고 있었던 것 같기도 했다. 그러나 그마저도 확실치 않았다. 단지 방금 들은 목소리만으로 남자의 사정 같은 건 쉽게 용납하지 않으리라는 생각이 들었다.

남자는 카드 잔액이 부족할 거라는 생각을 하지 않았다. 그전까지 카드는 아무런 문제가 없었다. 남자는 삼 일 전 대변항을 떠나오기 전 삼만 원을 충전했다. 이후 대변항에서 K시로 오기위해 시외버스터미널까지 택시를 탔다. 남자의 기억으로 6000원 남짓한 요금이었다. K시에선 몇 번 시내버스와 지하철을 환승한 기억밖에 없었다. 남자가 기억하는 것보다 몇 번 더 버스를 탔다 해도 충분한 잔액이 남아 있어야 했다. 혹시 오류가 났을지 모르지만 당장 해결할 방법이 없었다.

처음 버스에 오를 때 남자는 자신이 점 찍어둔 자리에 앉을 수 있을거라 생각했다. 남자가 원한 자리는 뒷좌석이 아니었다. 그것도 좁은 통로를 마주한 곳은 평소 꺼려왔던 자리였다. 남자는 운전석 쪽 앞에서 세 번째 좌석을 좋아했다. 남자는 오래전부터 버스에 오르면 습관적으로 그 자리를 찾아 앉았다. 왜 꼭 그 자리여만 하는 지 특별한 이유는 없었다. 한 겨울에도 뱃전에서 얼음물을 마시는 것처럼.

"매일 밤 불구덩이 속에서 얼마나 지랄을 떨었으면 이 엄동설한에 얼음물을 찾고 난리여. 그게 아니면 속에서 천

불나는 일이라도 있나?"

"별 개떡 같은 소리 하고 있네, 참견할 게 없어 이제 넘 물 마시는 것까지 지랄하고 난리여, 그럼 한 여름에 펄펄 끓는 삼계탕 먹는 건 암치도 않고? 씨잘데 없는 소리 말고 어서 그물이나 걷어!"

얼음물을 마실 때마다 농을 하는 동료들에게 남자는 오히려 반문을 했다. 얼음물을 마시는 건 남자의 취향이었다. 버스의 좌석 또한 얼음물과 마찬가지로 남자의 취향 중 하나였다. 그러나 얼음물이 없는 경우는 거의 없었지만 버스의 좌석은 달랐다. 남자가 선호하는 좌석은 다른 사람들도 마찬가지여서 남자가 그 자리에 앉을 확률은 그다지 많지 않았다. 만일 그럴 경우 일단 다른 자리에 앉았다 승객이 내리면 그 자리를 찾아 앉곤 했다. 그런데 지금 그 자리에 여자가 앉아 있다. 갈색으로 염색한 파마머리에 꽂힌 핀이 좌석 등받이 너머로 보인다. 보석이 박혀 있는지 여자의 머리가 흔들릴 때마다 석양빛이 반사돼 반짝거린다. 남자의 눈앞에 수많은 멸치 떼들이 은빛 비늘을 반짝이며 떠오른다. 남자는 모든 걸 털고 다시 시작하고 싶었다. 그런데 지금 카드는 잔액이 없고 현금은 달랑 350원뿐이다. 잔액이 없다는 걸 알았다면 담배를 사지 않았을 텐데, 미리 현금 좀 찾아둘 걸, 남자는 주머니 속 동전을 만지며 후회를 했다. 남자는 오늘 안에 모든 일을 끝내고 대변항으로 돌아가야 한다.

미친년, 이왕 남길 거면 만 원은 채워놨어야지. 남자의 입에서 원망 같은 말이 한숨처럼 새어나왔다. 신호등이 바뀌고 다시 버스가 출발했다. 석양이 붉게 물든 차내에 나른한 여가수의 노래가 라디오에서 흘러나오고 있다.

교차로에서 좌회전 신호를 놓친 버스가 급정거를 했다. 승객들의 상체가 앞으로 쏠렸다. 몇몇 승객들이 비명을 질렀다. 거, 운전 좀 똑 바로 합시다. 경로석에서 짜증 섞인 노인의 목소리가 들려왔다. 기사는 사과 대신 뾰족하게 날을 세워 백미러를 보며 말했다. 거기 뒤에 손님, 차비 안내요? 한 옥타브 높아진 기사의 목소리가 다시 차내를 울렸다. 몇몇 승객들이 찌푸린 얼굴로 남자를 돌아보았다. 남자는 눈을 감고 있다. 은빛 비늘이 얼굴에 붙어 지금 남자는 입을 벌리거나 눈을 뜨기가 몹시 힘들다.

망망대해에서 긴 사투를 끝내고 돌아오면 남자에겐 또 다른 사투가 기다리고 있었다. 그 일은 석양이 물들기 시작할 때쯤 시작해 밤늦도록 이어졌다. 어이야디야, 하나 둘, 어이야디야 하나 둘, 입에서 단내가 나도록 부르던 노래 아닌 노래였다. 그물에 낀 멸치는 아무리 털고 털어도 끝이 없었다. 털어낸 멸치가 얼굴을 때리고 내장과 비늘이 입안으로 들어왔다. 눈꺼풀에 비늘이 붙고 얼굴이 멸치의 내장과 피로 범벅이 되고 '어이야디야'가 어느새 '아이고데다'로 절로 바뀌고 팔다리의 감각이 무뎌질 때쯤 겨우 끝이 났다. 그렇게 멸치를 다 털어내고 나면 남자는 지친 몸을 이끌고 진주옥을 찾았다. 고된 노동으로 멸치 내장과 비늘로 범벅이 된 입안의 단내와 비린내를 가시는 덴 진주옥의 멸치무침만한 건 없었다. 그러나 무엇보다 남자는 진주댁의 풍만한 가슴을 좋아했다. 그 가슴에 얼굴을 묻고 누우면 거친 파도에 뒤집힌 속이 제자리를 찾았다. 어디 하나 고운 곳 없는 투박한 얼굴이지만 브래지어조차 다 감싸지 못한 출렁이는 젖가슴이 좋았다. 그러기 위해 남자는 지난 일들을 그물에 낀 멸치를 털듯 깨끗이 털어내야만 했다. 그래야 가슴 깊은 곳에서 일렁이는 파도를 잠재울 수 있을 것 같았다.

교차로를 지나 달리던 버스가 갑자기 도로 한쪽에 멈춰 섰다. 차내에 흐르던 라디오도 멈췄다. 핸드 브레이크를 채우고 운전석에서 나온 기사가 남자가 앉아 있는 자리로 걸어왔다. 남자는 자신에게 다가오는 기사를 실눈을 뜨고 바라보았다. 남자의 예상대로 검은 선글라스를 쓰고 있었다. 커다란 덩치로 통로를 채우며 걸어오는 모습이 앉아 있을 때보다 훨씬 커 보였다. 승객들이 술렁이기 시작했다.

자, 내려요. 어서. 기사가 남자가 안고 있는 가방 손잡이를 잡았다. 남자는 황급히 기사에게 잡힌 가방을 앞으로 끌어당겼다. 왜소한 몸에 비해 남자의 팔뚝은 기사의 것보다 굵고 단단해 보인다. 남자의 완력에 기사의 몸이 고꾸라질 듯 휘청하고 흔들렸다.

"알았어요, 알았다니까요."

남자는 코앞에 바짝 붙어 선 기사의 가슴을 밀어내며 피곤에 전 나른한 목소리로 말했다.

"아, 이 양반 사람 열 받게 만드네, 좋은 말로 할 때 내려요, 어서."

화가 끓어오르는 듯 후, 후 숨을 뱉어내며 기사가 남자에게 길을 터주었다.

"알았어요, 그런데 내가 지금 돈이 없으니 종점에 도착하면 현금지급기에서 찾아 지불하겠소."

남자의 말에 흥분한 기사가 목소리를 높혔다.

"지금 나하고 장난하자는 겁니까? 그따위 말도 안 되는 소리 집어 치우고 당장 내려요, 어서."

"일단 종점까지만 갑시다. 거기서 돈을 찾아 낼 테니."

들썩이는 기사의 가슴을 힐끗 올려다보고 남자가 말했다.

"쓸데없는 소리 그만하고 좋은 말로 할 때 내려요. 내린 다음 돈을 찾아 버스를 타든 택시를 타든 당신 맘대로 하고."

기사의 목소리가 버스 안을 울렸다. 스마트 폰으로 유투브를 보거나 게임을 하던 승객들까지 일제히 뒤를 돌아보았다. 버스 안이 술렁이기 시작했다. 기사님, 시간 없어요, 어서 출발합시다. 아저씨, 빨리 내려요. 짜증 섞인 젊은 남자의 목소리에 이어 여자의 목소리가 들려왔다. 남자는 버스 안을 내려다보았다. 고개를 돌리거나 몸을 일으키지 않아도 버스 안 전체가 한눈에 보였다. 먼저 버스 앞 차창에 정원 45명이라고 쓰인 숫자가 남자의 눈에 들어왔다. 문득 남자는 자신이 마흔다섯 번째로 버스를 탔다는 데 생각이 미쳤다. 잔액이 부족하지 않았다면 서른 번째 아니면 서른다섯 번째 쯤 자리를 잡았을 것이었다. 기억으론 승강장에서 버스를 기다릴 때 남자의 뒤로 열 명이상 서 있었던 것 같았다. 그때 운전석 반대편 중간 통로에 앉아 있는 여자와 남자의 눈이 마주쳤다. 커다란 두 눈이 진주댁과 닮아 보였다. 남자는 여자를 향해 살짝 미소를 지어보였다. 당황한 여자가 고개를 돌려 버렸다. 빨리 좀 갑시다. 누군가 재촉하듯 말했다. 목소리를 따라가 보니 의자 위로 군모와 군복이 남자의 시선에 들어왔다. 남자는 아들을 생각했다.

아무리 그래도 마지막인데, 지 놈은 왔어야지. 남자는 삼 일 동안 홀로 지킨 빈소를 떠올리며 입속에서 웅얼거렸다.

"정말, 안 내릴 거요?"

멍한 눈으로 앉아 있는 남자를 보며 기사가 다시 재촉했다.

"그게 아니라 종점에 도착하면 돈을 찾아……."

"지금 내가 한 말이 이해가 되질 않나 본데, 그럼 천천히 말할 테니 똑똑히 잘 들어요. 지. 금. 당. 장. 버. 스. 에. 서. 내. 려. 요."

남자가 미처 말을 끝내기 전에 기사가 큰 소리로 또박또박 남자의 눈을 보며 말했다. 그리고 남자를 좌석에서 끌어내렸다. 남자가 통로로 끌려나왔다. 기사에게 잡힌 왼팔 대신 오른팔로 가방을 꼭 끌어안고서. 남자의 양 옆에 앉아 있던 젊은 남녀가 움츠린 몸을 바로 하며 참았던 숨을 내쉬었다. 통로에 앉아 있는 승객들은 행여 기사에게 끌려 나오는 남자와 몸이 닿을까 잔뜩 움츠렸고, 창가 승객 중 일부는 무심한 듯 눈을 감았다. 그리고 몇몇은 코를 쥐고 눈살을 찌푸리기도 했다.

남자의 검고 낡은 가방과 벙거지 모자, 유행이 한참 지난 구깃구깃한 검은 양복, 먼지투성이 낡은 구두, 그리고 양복상의 밖으로 삐져나온 때 묻은 소매와 누렇게 낡은 셔츠

깃을 보고 몇몇은 살짝 혀를 찼다. 그리고 버스 안을 떠돌던 비릿한 냄새의 진원지를 확인하듯 남자가 안고 있는 가방을 호기심어린 눈으로 흘깃거렸다. 몇 마디 하지 않았지만 쉿소리가 섞인 저음과는 달리 남자의 몸은 무척 왜소했다. 맥없이 기사에게 끌려나오는 남자를 보며 젊은 커플은 휴대폰으로 몰래 사진을 찍었다.

남자가 출입구까지 끌려나왔다. 기사 양반, 그만 참고 갑시다. 바쁜 승객들 태우고 얼마 안 되는 차비 때문에 시간 낭비 말고. 덩치 큰 기사에게 끌려나오는 남자의 왜소하고 허름한 외모에 동정심을 느꼈는지 경로석 쪽에서 노인의 목소리가 들려왔다. 그래요, 기사님, 그냥 갑시다. 몇몇 승객들의 말에도 기사는 남자를 출입문 쪽으로 끌고 가 내리길 명령했다. 남자는 처음 버스를 탈 때부터 기사의 기분이 좋지 않았다는 생각이 들었다. 승객들의 인사에도 기사는 아무런 대꾸를 하지 않았다. 남자는 열린 출입문 앞에서 가방을 꼭 끌어안고 Y시의 넓은 갯벌을 떠올리며 말했다. 종점까지만 갑시다. 도착하면 꼭 돈을 찾아내겠소.

기사님, 그냥 태워줘요. 차비는 내가 대신 낼 테니. 경로석 다음 자리에 앉아 있던 50대 중반의 여자가 지갑을 들고 일어섰다. 여자의 커다란 가슴이 남자의 눈에 들어왔다. 진주댁이 생각났다. 남자가 두 평 남짓한 선실 안에서 새우잠을 자며 뱃전을 넘나드는 파도에도 균형을 잡고 견딜 수 있었던 건 진주댁이 있어서였다.

이번에 올라가 깨끗이 다 털고 와요. 그래야 나도 편한 마음으로 당신과 시작할 수 있을 테니. 남자는 대답대신 커다란 젖무덤 속을 파고들었다.

그런데 정말 진주댁 말대로 깨끗이 털어낼 수 있을까? 털어도 털어도 끝내 그물코에 박혀 버둥대는 멸치를 떠올리며 남자는 생각했다. 남자는 가방을 가슴에 꼭 끌어안았다.

아주머니, 그냥 앉아 있어요. 웬만하면 나도 그냥 태워주죠. 하지만 이런 사람이 어디 한두 명이라야 말이죠. 하긴 기사말도 일리가 있어. 노인이 동조하며 나섰다. 엉거주춤 무거운 엉덩이를 들고 섰던 여자가 도로 자리에 앉았다.

종점까지 가면 거기서 꼭 차비를 내겠소. 남자는 같은 말을 반복했다.

정류장도 아닌데 중간에서 내리라는 건 좀 심하지 않소? 운전석 네 번째 창가에 앉아 있는 파마머리의 남자가 말했다. 하긴, 좀 그러네. 그의 말에 다시 노인이 거들고 나섰다. 그러나 대부분의 승객들은 눈을 감고 잠든 척 했다.

남자의 얼굴이 조금씩 일그러졌다. 지난 5년간 남자는 바다를 떠돌며 배를 탔다. 오징어배와 갈치배를 탔고 잠깐이지만 먼 바다에 나가 참치도 잡았다. 최근 일 년 동안은 대변항에서 멸치배를 탔다. 그물에 끼어 버둥대는 멸치를 털어내며 남자는 지난 시간을 털어냈다.

배를 타기 전 남자는 굴착기 기사였다. 굴착기 한 대로 전국을 떠돌며 땅을 파고 굴을 팠다. 군에서 제대한 후 남자가 줄곧 해 온 일이었다. 번 돈은 대부분 아내에게 보냈다. 남자는 몇 년 후 자신이 직접 굴착기로 땅을 파 집을 짓고 싶었다. 아들과 아내와 노모와 함께 네 식구가 살 집이었다. 그러나 남자의 아내는 씀씀이가 헤펐다. 씀씀이뿐만 아니라 웃음도 헤펐다. 툭하면 함께 사는 노모와 말다툼을 하고 어린 아들을 두고 집을 나갔다. 그럴 때면 남자는 자신이 파던 굴속을 나와 아내를 찾아 나섰다. 하지만 남자가 아내의 행방을 알고 직접 찾아온 일을 드물었다. 남자가 지쳐 갈 때쯤 홀연 아무 일도 없던 것처럼 나타났다. 남자는 돌아온 아내를 말없이 받아주었다. 남자는 아내를 사랑했다. 남자의 품에 안겨 주현미의 '비 내리는 영동교'를 가늘고 낭창한 목소리로 부를 때면 남자의 가슴은 Y시의 갯벌처럼 한없이 넓어졌다.

머저리 팔푼이 같은 놈, 내가 이 두 눈으로 그 화냥년이 웬 잡놈과 붙어 놀아나는 걸 똑똑히 봤단 말이다. 그것도 네가 자는 저 방에서 말이야. 남자는 치매끼가 있어 시도

때도 없이 며느리를 의심하는 노모를 진저리치며 밀어냈다. 결혼 후 줄곧 홀어머니를 모셔온 아내였다.

남자가 보내준 돈이 변두리 땅 한 평 살 돈도 남아 있지 않다는 걸 알게 된 건 노모가 죽고 얼마 후였다. 게다가 남자의 명의로 된 신용카드는 한도를 초과했고 대출은 매달 이자를 불렸다. 결국 남자는 전 재산인 굴착기를 헐값에 팔아야 했다. 그래도 남자는 아내를 가슴에 품었다. 돈은 다시 벌면 되었다. 굴착기는 없어도 남자를 필요로 하는 곳은 얼마든지 있었다. 하지만 아내는 떠났다. 어느 날 남자는 자신의 집 안방에서 알몸으로 낯선 남자와 뒹굴고 있는 아내를 보았다. 그날 남자는 남쪽 지방에 잡힌 공사가 설계상 문제로 지연이 되어 갔던 길을 되돌아왔다. 허둥지둥 옷을 챙겨 도망치는 놈을 멍하니 놓쳐버리고 남자는 알몸으로 떨고 있는 아내를 노려보았다. 생전에 남자만 보면 아내를 의심하며 욕을 하던 노모가 생각났다. 온전한 정신은 아니어도 노모의 말은 사실이었다. 그때 CD플레이어에서 '비 내리는 영동교'가 흘러나왔다. 그 다음부턴 기억이 없었다. 이웃이 달려와 남자를 말렸을 때 아내의 얼굴은 온통 피투성이였다.

빨리 출발합시다. 기사님, 늦었어요, 어서 출발해요. 승객들의 불만이 터져 나왔다. 당장 내리라니까 뭘 꾸물거리고 있어! 내리란 말이야, 어서! 기사의 입에서 거친 반말이 튀어나왔다. 남자는 아무런 대꾸도 하지 않았다. 남자는 단말기 앞에 선 채 버스 안을 둘러보았다. 운전석 쪽 세 번째 좌석이 눈에 들어왔다. 남자의 시선에 여자의 눈빛이 불안하게 흔들렸다. 여자가 꽂고 있는 머리핀도 함께 흔들려 반사된 빛들이 은빛 멸치 떼처럼 버스 안을 돌아다녔다. 미친년, 가방을 쳐다보며 남자는 밑도 끝도 없이 중얼거렸다.

한 점 빛이 군인이 쓰고 있는 군모에 머물러 반짝거렸다. 앳된 얼굴과 달리 병장 계급을 달고 있다. 말년 휴가를 나왔으리라 짐작하며 남자는 군대에 간 아들을 생각했다. 입대를 한지 일 년이 됐지만 면회 한 번 가지 못했고 가끔 휴가를 나와도 용돈조차 넉넉히 쥐어주지 못했다는 생각을 하자 미안한 마음이 들었다. 순간 찰칵 하는 소리를 들렸다. 남자의 얼굴이 굳어졌다.

대학생으로 보이는 커플을 향해 남자가 다가갔다. 당황한 기사가 남자의 가방을 잡았다. 남자가 기사를 돌아보았다. 기사가 움찔하며 잡은 가방을 놓았다. 남자는 다시 커플이 있는 곳까지 걸어갔다. 지워! 모두. 낮고 조용한 남자의 목소리가 차내를 울렸다. 얼음처럼 굳어버린 커플이 놀란 눈으로 남자를 올려다보았다. 사진 말이야. 방금 찍은 거. 남자의 말에 남학생이 고개를 끄덕이며 떨리는 손으로 사진을 삭제했다. 남학생에게 기대앉은 여학생의 얼굴이 하얗게 질려갔다.

멸치 축제가 열리는 4월이면 대변항에는 많은 관광객이 몰렸다. 특히 그물에 걸린 멸치를 털어 낼 때면 포구에는 카메라를 든 기자와 작가들과 구경꾼들이 멸치 떼처럼 모였다. 우비와 장화를 신어도 멸치의 내장과 핏물, 비늘이 몸 구석구석에 튀었다. 목욕과 샤워를 해도 귀를 후비면 귀지와 함께 비늘이 묻어나왔고 코를 풀면 멸치의 검은 내장이 섞여 나왔다. 하지만 땀구멍 깊숙이 베인 비린내는 아무리 씻어도 쉽게 지워지지 않았다. 어떤 이들은 바로 옆에까지 와 카메라를 들이대며 플래시를 터트렸다. 언젠가 남자는 우연히 본 잡지에서 멸치 털기를 하는 자신의 사진을 발견했다. 동료들과 함께 있는 사진과 함께 하단부에 남자의 얼굴만 따로 나와 있었다. 비옷에 달린 모자 아래 온통 멸치 내장과 비늘, 붉은 피로 얼룩진 자신의 사진을 남자는 몰래 찢어 버렸다. 그날 종일 남자의 귓가에는 아내가 가출하기 전 안방에서 흘러나오던 '비 내리는 영동교'가 끊임없이 들려왔다. 남자에게 맞아 피투성이로 집을 나간 아내의 얼굴과 함께. 이후 남자는 배 밖으로 나와 동료들의 가운데로 자리를 잡았다. 카메라 앵글이 정면에 잡히지 않도록 고개를 숙여 멸치를 털어냈다. 비록 타인의 눈에는 피곤하고 고된 인생으로 보였지만 벌이는 꽃게잡이 못지않게 쏠쏠했다. 배에 남은 멸치와 잡어를 들고 진주옥을 찾아가면 진주댁은 두 팔을 벌려 그 커다란 젖가슴을 흔들며 안겨왔다. 비린내가 풀풀 나도 진주댁은 남자를 기꺼이 받아주었다. 비록 아내처럼 간드러진 목소리로 '비 내리는 영동교'를 부르진 못해도 진주댁은 비린내 나는 남자의 몸을 멸치회를 무치듯 조물조물 감칠맛나게 무쳤다. 남자는 육지에 정착하기로 마음을 먹었다. 지난 5년 동안 배를 타며 비록 중고지만 괜찮은 굴착기 한 대 살 돈을 모았다.

맞아, 굴착기였어. 그놈에 굴착기 때문에, 등신같이 그런 것도 모르고 애먼 카드만 탓하고. 삼 일 전 남자는 예전 함께 일을 했던 서 씨의 연락으로 중고 굴착기를 보러 대변항의 인근 도시에 갔었다. 전에 남자가 부탁했던 일이었다. 그러나 물건에 비해 터무니없는 가격에 낙담하고 간만에 서 씨와 옛 동료들을 만나 술을 마시고 늦은 밤 택시를 타고 대변항으로 돌아왔다. 한 잔 더 하자는 동료들을 뿌리치고 그 시간에 택시를 탄 건 진주댁 때문이었다. 알코올이 들어갈수록 남자는 진주댁 생각이 더욱 간절해졌다.

짧고 통통한 손가락에 몸을 맡기고 출렁이는 젖가슴에 파묻혀 잠들고 싶었다. 다음날 새벽, 남자는 진주댁을 품에 안고 아내의 부고를 들었다. 갑작스런 소식에 당황한 남자 대신 진주댁이 이웃에서 양복을 빌려오고 택시를 불러주었다. 남자의 통장엔 굴착기를 살 돈이 들어 있었다. 만약 장례비용이 필요하면 카드 결제를 하거나 현금지급기에서 찾아 쓰기로 하고 시외버스에 올랐다. 택시는 교통카드로 지불하고 시외버스는 신용카드로 결제를 했다는 생각까지 났다.

남자는 굴착기를 보러 갔던 도시에서 늦은 밤 택시를 탄 걸 계산에 넣지 않았다. 술에 취해 택시비가 정확히 기억이 나지 않지만 몇 번 탄 적이 있어 금액은 대강 알고 있었다. 대변항이 속해 있는 위성도시로 이만 원 정도 나왔으리라 짐작했다. 남자는 버스터미널에서 장례식장이 있는 병원까지 지하철을 타며 잔액이 이천 원 정도 남아 있던 걸 어렴풋이 기억을 했다. 충전도 하지 않고 생각 없이 버스를 탄 게 한심하고 후회가 됐지만 방법이 없었다. 남자는 진주댁을 떠올렸다. 아마 진주댁이라면 그 커다란 가슴을 흔들며 남자를 지금의 위기에서 구해줄 것 같았다. 남자는 아들이 군에서 제대를 하면 진주댁과 함께 세 식구가 모여 살기로 했다. 아내와 이루지 못한 꿈을 다시 시작하려고 한다. 그런데, 정말 다 털어버리고 새로 시작할 수 있을까? 남자는 문득 불안해졌다.

그날 남자에게 CD플레이어로 피투성이로 맞은 아내는 그길로 집을 나가 다시 돌아오지 않았다. 어린 아들을 누나에게 맡기고 남자는 아내를 찾아 다녔다. 매일 처가를 찾아 아내의 소식을 물었지만 처가 식구들도 아내에 대해 일절 입을 다물었다. 남자가 서서히 아내를 잊어갈 무렵 그 일이 있은 후 삼 년 만에 남자는 아내가 K시의 정신병원에 입원해 있다는 소식을 들었다. 아내는 남자도 아들도 알아보지 못했다. 하지만 헤픈 웃음을 흘리는 건 여전했다. 아내는 어린 아들이 보는 앞에서 남자를 향해 흔들리는 눈빛으로 해실거리며 앞가슴의 단추를 풀어냈다. 남자는 그런 아내를 밀어내고 아들과 함께 병원을 빠져나왔다. 이후 남자는 땅을 파는 대신 바다로 가 배를 탔다.

지금 남자의 가방 안에는 아내가 들어 있다. 친정식구들도 하나뿐인 아들도 없는 쓸쓸한 장례를 남자 혼자 치렀다. 사망 소식을 알렸지만 아들은 오지 않았다. 남자는 아내의 유골을 뿌리기 위해 버스를 탔다. Y시까지 가는 길이 겨우 버스비 때문에 막히리라곤 꿈에도 생각지 못했다. 입안이 타며 목이 말라왔다. 뱃전에서처럼 가슴속까지 서늘하게 얼음물을 들이켜고 싶다. 버스비조차 없어 모욕을 당하는 게 자신이 아닌 가방 속에 든 아내인 것 같아 더 비참했다. 남자는 어떻게든 Y시로 가야 했다. 그 옛날 세 식구가 한때 행복했던 시절을 보냈던 곳으로.

남자의 아내는 Y시의 바다를 좋아했다. 드넓은 갯벌을 바라보던 아내의 모습이 눈앞에 떠오른다. 남자가 일이 없는 날이면 어린 아들을 데리고 세 식구가 갯벌에서 조개도 캐고 게도 잡곤 했다. 어린 게를 통째로 튀겨 술안주로 내오며 남자의 아내는 노래를 불렀다. 밤비내리는 영동교를 홀로 걷는 그 사람, 그 사람은 모를 거야 모르실거야. 남자는 아내의 무릎을 베고 누워 간드러진 노래를 술에 취해 들었다. 남자는 공사가 있어 한 번 일을 나가면 며칠을 지방에서 보내야 했다. 아들이 태어나기 전까지 남자의 아내는 해질 무렵이면 매일 버스 정류장에 나와 남자를 기다렸다. 버스에서 내린 남자를 향해 활짝 웃으며 달려와 안기던 아내의 체온을 남자는 오랫동안 기억 했다. 생각해보니 꽤 좋았던 날이 많았다. 어이야디야, 어이야디야. 마치 주문을 외듯 남자가 입속에서 중얼거렸다. 아내에 대한 기억이 떠오를 때마다 습관적으로 하는 남자의 버릇이었다. 그래야만 눈앞에서 아내의 모습이 지워졌다. 멸치를 털어낼 땐 그런 잡생각이 나지 않아 좋았다. 오로지 그물코에 낀 멸치를 털어내는 데 집중하면 그만이었다. 어이야디야, 어이야디야…… 단조로운 리듬은 복잡한 남자의 머릿속을 깨끗이 털어내 주었다.

“종점까지만 가면 꼭 돈을 찾아 차비를 내겠소.”

커플에게서 몸을 돌려 남자가 기사를 향해 말했다.

“새벽부터 일진이 사납더니 종일 더럽게 재수 없네.”

기사가 운전석으로 걸어가며 혼잣말로 중얼거렸다. 남자는 기사의 뒤를 따라 걸음을 옮겼다. 운전석에 앉아 핸드브레이크를 해제하려던 기사가 운전석 보호막 뒤에 선 남자를 백미러로 보고 흠칫 놀라 뒤를 돌아보았다.

곧 출발하니 어서 자리에 가 앉으세요. 한결 부드러워진 목소리로 기사가 말했다. 그러나 남자는 굳게 입을 다문 채 운전석만 바라볼 뿐이었다. 자, 자리에 가 앉으시라구요. 내 말 아, 안 들려요? 시동소리 때문인지 기사의 목소리가 떨렸다. 이번 한 번은 봐 줄 테니. 다음부턴 차비내고 타요, 무임승차는 안 됩니다. 자 출발합니다. 이제 고속도로로 진입하니 모두 안전벨트 메세요. 그리고 손님 위험하니까 자리로 돌아가 앉아요. 기사의 말에 승객들이 안전벨트를 매기 시작했다. 남자의 표정은 일그러졌다. 무임승차라니, 남자는 혼잣말을 하며 안고 있는 가방의 지퍼를 열었다. 그리고 가방 속에 손을 넣었다.

남자는 주머니만 뒤지고 가방을 열어보지 않았다는 생각이 들었다. 혹시 모르지. 이 안에 잔돈 부스러기가 있을지. 만약 천 원짜리 한 장이라도 나오면 무임승차 운운하는 기사의 면전에 던지고 당당히 뒷자리로 가 앉으리라. 가방 안에 돈을 넣은 기억은 없지만 남자는 그깟 천 원쯤 어딘가에 꼭 있을 것만 같았다.

저, 가방, 가방이! 겁에 질린 듯 떨리는 여자의 목소리가 버스 앞쪽에서 들려왔다. 승객들의 시선이 일제히 남자를 향해 쏠렸다. 기어를 주행으로 옮기던 기사가 급히 제자리에 놓고 핸드브레이크를 채웠다. 남자가 가방에 손을 넣어 뒤지려는 순간, 앞쪽에 앉아 있던 군인이 재빨리 자리에서 일어나 남자의 팔을 잡았다. 어, 왜 이래? 남자는 갑자기 일어난 일을 이해할 수 없었다. 왜 이러냐고! 소리를 지르며 남자는 아들처럼 앳된 군인의 얼굴을 보았다. 이어 운전석에서 나온 기사가 남자를 뒤에서 안고 제압을 했다. 이게 무슨 짓이냐고! 남자의 말은 애초에 들리지 않았다는 듯, 마치 계획적인 듯 남자의 팔을 꺾었다. 도대체 왜, 이러냐고! 뭔가 심상치 않다고 생각한 남자가 소리쳤다. 그 바람에 남자의 손에서 가방이 떨어졌다. 쿵 하는 소리와 동시에 남자가 비명을 질렀다. 안 돼! 잡힌 몸을 비틀며 몸부림을 쳐 보지만 옴짝 할 수 없었다. 기사가 출입문을 열었다. 군인과 대학생이 남자를 버스 밖으로 밀어냈다. 그 틈에 머리핀을 꽂은 여자가 자리에서 일어나 남자의 가방을 밖으로 차 버렸다. 남자가 어찌해 볼 새도 없이 버스 문이 닫혔다. 남자는 멍하니 눈앞에서 멀어지는 버스를 바라보았다. 그리고 팔을 휘둘러 어이야디야, 어이야디야, 하고 노래 아닌 노래를 불렀다. 차창에 반사되어 반짝이는 석양빛이 마치 수많은 멸치 떼가 달라붙어 있는 듯 보였기 때문이다.

순식간에 일어난 일이었다. 남자는 단지 가방을 열었을 뿐이었다. 잔액이 부족한 카드대신 혹시 하는 기대로 가방의 지퍼를 열고 손을 넣었을 뿐이었다. 남자는 말했다. 종점에 도착하면 현금을 찾아 차비를 낸다고. 결코 무임승차는 아니었다. 버스는 고속도로 진입로를 1킬로미터도 채 남겨 두지 않은 도로가에 남자를 내려두고 떠나버렸다. 왔던 길을 되돌아간다 해도 정류장까지는 한참을 걸어가야 했다. 오늘 안으로 Y시에 도착해 아내의 유골을 바다에 뿌리고 다시 진주댁이 있는 대변항으로 가려면 시간이 촉박했다. 버스를 타야했다. 남자는 여자가 함부로 차버린 가방 속을 확인 했다. 아내의 골분이 담긴 상자가 혹시나 열려 쏟아지지 않았을까 염려가 되었다. 골분은 다행히 그대로였다. 그때 남자의 눈에 가방 안쪽 주머니에 얌전히 들어 있는 작은 지폐 뭉치가 보였다. 아, 하는 탄식이 남자의 입에서 새어 나왔다. 대변항을 떠나오기 전 진주댁이 넣어준 돈이었다. 괜찮다고 굳이 사양했는데 언제 몰래 넣어놓았는지, 왜 이제야 발견을 했는지. 진작 알았더라면 지금쯤 Y시로 가는 버스에 실려 밀린 잠을 잤을 텐데, 남자의 입에서 연이어 탄식이 흘러나왔다.

고속도로에 진입하려는 차들이 밀려들고 석양은 점점 기울어지고 있다. 어이야디야, 어이야디야. 어디선가 멸치를 털어내는 소리가 들려왔다. 남자는 가방을 추슬러 어깨에 멨다. 남자는 생각했다. 아마도 아내는 대변항의 바다도 맘에 들어 할 것이라고. 문득 남자는 생각난 듯 양복상의 안주머니에 손을 넣었다. 사진 한 장이 나왔다. 남자와 아들이 함께 찍은 사진이었다. 아들의 초등학교 입학식 때 아내가 찍어 준 사진이라는 걸 남자는 어렴풋 기억이 났다. 불쌍한 년, 사진을 들여다보며 남자는 또 밑도 끝도 없이 중얼거렸다. 남자의 아내가 남긴 것은 사진 한 장과 낡은 지갑 안에 들어있던 돈 4350원이었다. 남자는 그 돈의 일부로 담배 한 갑을 샀다. 그리고 지금 남자의 주머니에 350원이 남아 있다. 남자는 생각했다. 아마도 아내는 Y시까지 돌아갈 버스비를 남겨 두었을지 모른다고, 버스비를 내고 남은 돈은 좋아하는 캔 커피값이었다고, 4000원하는 담배대신 캔 커피를 마셨더라면, 남자의 입가에 씁쓸한 웃음이 흘러나왔다. 남자는 버스비대신 산 담배를 입에 물고 불을 붙였다.

남자는 왔던 길을 되돌아 걸음을 옮겼다. 남자의 입에서 노래가 흘러나왔다. 멸치 떼들이 은빛비늘을 반짝이며 남자의 눈앞에서 춤을 춘다. 어이야디야. 어이야디야…… 남자는 부지런히 멸치를 털어낸다.

흔들린다

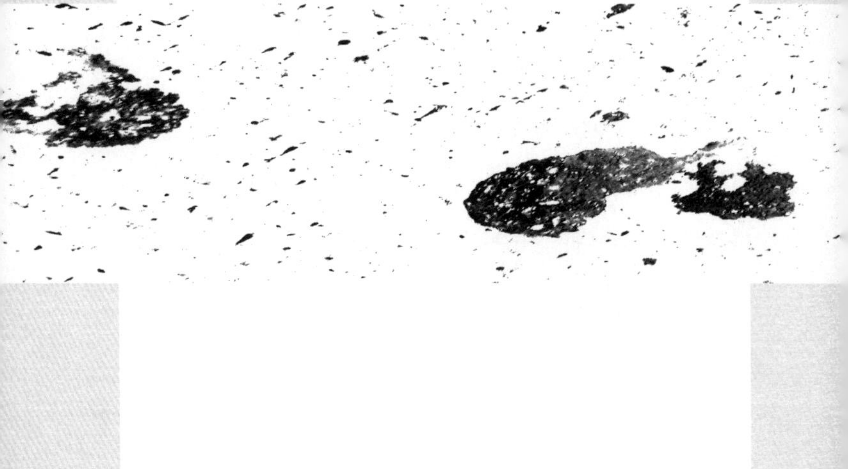

흔들린다

너는 창문에 어른대는 그림자를 본다. 마치 거대한 손이 덮칠 듯 다가오는 것 같다. 당장 창을 깨고 들어올 듯 그림자는 점점 크기를 더한다. 위로 치켜든 손이 곤두박질치듯 아래로 내려온다. 창문이 덜컹대고 방안에 물건들이 흔들린다. 빛이 창문으로 쏟아져 들어온다. 너는 부신 눈을 감는다.

여자가 끄는 손수레가 덜컹이며 골목을 들어선다. 마당에 물건을 부리고 던지는 소리가 요란하다. 던져진 물건이 쌓인 물건들과 부딪히고 충격으로 어디선가 또 다른 물건이 떨어지고, 그걸 주워 던지느라 끙끙대는 소리도 함께.

너는 한낮에도 빛 한 점 들어오지 않는 창문과 물건들로 어수선한 집안을 둘러본다. 물건들은 대부분 밥솥과 냄비로 주방과 거실에 제멋대로 쌓여 있다. 업소용 전기밥솥과 압력솥, 일반 밥솥 등. 모두 귀퉁이가 찌그러지고 색이 바랐거나 녹이 슬어 있다.

현관문이 열린다. 커다란 밥솥을 양팔로 안은 여자가 집안에 들어선다.

"둘 데가 어디 있다고 또……."

너는 여자와의 실랑이가 싫어 당장 버리고 들어오라는 말을 삼킨다.

"걱정마라, 정 둘 데 없으면 내가 안고 자거나 베고 자면 되지."

여자는 밥솥을 둘 곳을 찾아 집안을 둘러본다. 보물이라도 되는 양 품에 안고 둘러보다 네가 앉아 있는 발치에 가져다 놓는다.

"이 방은 내가 안 된다 했지?"

"알았다, 곧 치우마."

"그럼 지금 치워."

"그래, 알았다 알았어."

여자는 대답과 달리 밥솥에서 밥통만 꺼내 주방으로 걸어간다. 통로에 쌓인 냄비와 밥솥이 여자의 발길에 무너져 요란한 소리를 내며 바닥을 뒹군다. 여자는 그것들을 주워 대충 쌓아놓고 다시 밥통을 챙겨든다. 너는 참을 수 없이 화가 치민다. 당장 여자가 주워 온 밥솥을 마당에 던져 버리고 싶다. 놀란 여자가 맨발로 뛰어나가 찌그러진 밥솥을 안고 어쩔 줄 몰라 하는 모습을 상상한다. 그러나 통쾌함은 잠시 뿐 곧 우울해진다.

너는 여자의 뒷모습을 낯선 이처럼 바라본다. 몇 년 사이에 부쩍 늙어 환갑을 조금 넘긴 나인데 일흔을 훌쩍 넘어 보인다. 영락없는 노인의 모습이다. 아마 타인의 눈에도 그렇게 보여 만약 여자가 무언가 부탁이라도 해 오면 누구든 쉽게 거절하지 못할 것이다. 설령 사정이 있어 거절을 해도 여자의 성성한 백발과 성근 이와 구부정한 뒷모습은 내내 찜찜함으로 남아 있을 것이다. 하지만 여자가 자신보다 크고 무거운 물건들을 번쩍 들어 담벽 높이 쌓아 올리는 걸 본다면 그런 생각은 이내 사라질 것이다.

너는 여자가 일부러 노인 행세를 하고 있다 의심한다. 이전 네가 다니던 복지관에서 송년 발표회 때 보호자들과 여자가 함께 한 연극을 기억하기 때문이다. 그때 여자가 맡은 역할이 80대 노인이었다. 당시 50대 초반이었던 여자는 모두가 속을 만큼 행동은 물론 목소리까지 완벽한 노인의 모습을 보여줬다. 여자는 그때 알았을지 모른다. 노인으로 살아가는 게 나쁘지만은 않다는 걸, 오히려 어떤 면에선 유리할지 모른다고.

여자가 쌀자루를 찾아 쌀을 꺼내 씻는다. 개수대 가득 쌓인 그릇에 물이 튀어 주변을 흥건하게 적시지만 상관하지 않는다. 밥통의 물기를 대충 닦아 밥솥 안에 넣고 스위치를 올린다. 탁, 탁, 밥솥에서 물이 튄다. 너는 불안한 눈으로 밥솥을 주시한다. 커다란 바퀴벌레 한 마리가 밥솥 밑에서 튀어나와 주위를 맴돈다. 너는 들고 있던 효자손을 내리친다. 빗나간 효자손에 놀란 바퀴벌레가 다시 밥솥 밑으로 들어간다. 너는 다시 효자손으로 밥솥을 힘껏 내리친다. 순간 중심을 잃고 오뚝이처럼 상체를 흔들다 뒤로 넘어간다. 쿵. 머리가 바닥에 닿는다. 너는 바닥에 누워 바퀴벌레가 벽을 타고 오르는 걸 본다. 몸이 근질거린다. 너는 씻고 싶다. 샴푸로 머리를 감고 거품을 낸 샤워 타월로 가렵고 냄새나는 몸을 닦아내고 싶다. 그러나 자력으로 일어날 수 없다. 오랫동안 감지 않아 근질거리는 머리도 혼자 감을 수 없고 등이 가려워도 마찬가지다. 너는 바닥에 떨어진 효자손을 보며 여자를 향해 소리친다.

"좀 씻겨줘. 근질거려 미치겠단 말야!"

"물은 누가 공짜로 준대."

여자는 퉁 하니 내뱉곤 목에 두른 수건을 풀어 물에 적셔 들고 온다. 어제도 그제도 그 이전에도 여자의 목에 둘러 있던 수건이다. 싫어, 물로 씻어줘. 반항하며 고개를 저어도 여자는 아랑곳없이 너의 얼굴과 손발을 닦고 등을 문질러 닦아준다. 너는 수건에선지 여자의 몸에선지 네 몸에선지 모를 지독한 냄새에 비명을 내지른다. 가만히 좀 있어, 기운 딸려 죽겠다. 너는 여자가 때린 등짝의 얼얼함에 찔끔 눈물을 쏟는다.

너는 1년 전 떠난 미옥을 생각한다. 미옥이 흥얼대던 노래와 입버릇처럼 내뱉던 '씨팔'과 골목을 돌며 맡았던 바람의 냄새와 창문 너머 흔들리던 해바라기를.

네가 기억하는 미옥은 조금 특별했다. 여자의 눈을 피해 몰래 담배를 피우고 트로트, 발라드, 댄스, 힙합 등 장르를 가리지 않고 흥얼대고 자신도 모르게 욕을 해 놓고 아무렇지 않은 듯 말을 돌리는 것도.

'씨'를 길게 빼 강조하듯 뱉어내는 미옥의 '씨팔'은 독특했다. 분명 상스런 욕이지만 이상하게 미옥이 말하면 진짜와 같이 강조를 뜻하는 부사처럼 들렸다. 가끔 너도 미옥을 따라 흉내를 내보지만 느낌이 달랐다.

미옥은 한때 너의 활동보조인이었다. 2년 전 미옥이 처음 집에 왔을 때를 너는 지금도 기억한다.

"나이는 내가 두 살 위지만 그냥 미옥이라 불러. 나이 먹은 게 뭐 자랑도 아니고 우리가 피를 나눈 사이도 아닌데 언니 같은 호칭 붙이는 거 별로야."

너는 일방적으로 자신을 소개하는 미옥을 보며 여자가 한 말을 떠올렸다.

“만나보면 알겠지만 머리꼬라지하고 하고 있는 모양새가 활동보조인을 할 애는 아닌 것 같더라, 달리 사람이 없어 거절을 못했다만 일주일도 못 버티고 그만둘 게 틀림없다.”

여자의 말처럼 미옥의 첫인상은 강렬했다. 귀와 목덜미를 드러낸 노란머리와 빨간 후드티, 엉덩이에 걸친 검은 배기바지와 워커는 한눈에도 평범하게 보이지 않았다. 짙은 화장을 하고 짧은 치마와 몸에 붙는 옷을 입거나 맨 얼굴에 운동복이나 집에서 입던 차림으로 나온 활동보조인들을 만나 온 네게 미옥은 달리 보였다. 상관없다 여겼지만 가끔 레깅스와 짧은 치마를 입은 보조인을 보면 이유 없이 화가 났다. 또한 자다가 나온 듯 부스스한 차림으로 온 보조인 역시 마찬가지였다. 어느 쪽도 무시 하는 것 같아 기분이 나빴다. 미옥이 그런 너를 배려했다는 생각은 들지 않았지만 그날 보여준 행동과 말은 왠지 믿음이 갔다.

“야, 나가자.”

“갑자기 어딜.”

“콧구멍에 바람 쐬러.”

너는 당황했다. 오랜만에 들어본 말이었다. 언제인지 기억이 가물하지만 오래 전 여자에게 같은 말을 들었었다. 너는 선뜻 대답을 못하고 미옥의 얼굴만 바라봤다.

미옥은 능숙하지 않았지만 너는 특별히 불편하지 않았다. 전동 휠체어에 태울 때 팔이 뒤로 꼬여 잠깐 고통이 왔지만 괜찮았다.

"미안하다, 근데 자기 팔은 자기가 알아 간수해야 하는 거 아냐? 다음부턴 알아서 잘 간수해라!"

너는 미옥의 말에 대답대신 웃음을 터뜨렸다.

"왜? 내말이 웃겨? 씨팔, 아, 아무튼 알아서 간수해라."

미옥은 저도 모르게 튀어나온 욕을 수습하느라 말까지 더듬었다. 너는 한참을 웃었다. 미옥의 입에서 나온 욕 때문인지 간수하라는 말 때문인지 모르지만 웃음은 좀처럼 멈추지 않았다.

스스로 알아 간수한다는 걸 너는 오랜 시간 잊고 지냈다. 늘 여자와 누군가가 대신 간수하고 도와줘야 한다고 생각했다. 그날 미옥은 지하철로 너를 한강에 데려갔다. 씨팔, 잘도 흘러가네, 미옥은 담배연기를 도넛 모양으로 피워 올리며 말했다. 너는 미옥의 말에 고개를 끄덕여 보였다. 왠지 오래도록 함께하고 싶다는 생각이 들어서였다. 물론 처음 있는 일이었다. 그러나 이전 보조인들처럼 여자는 미옥도 오래두고 보질 못했다.

"활동보조인을 새로 바꿔 달라 해야겠다."

"제발, 그만 좀 해, 엄마 때문에 나까지 창피해 죽겠단 말야."

"뭐가 창피해, 나라에서 하는 일인데 세금 내고 그 만한 권리도 주장 못해?"

"아무튼 이제 난 미옥이 아니면 싫어."

"정신 차려 이것아, 그동안 내가 입을 다물고 있었다만 미옥이 저것이 손버릇이 안 좋아."

"왜? 또 뭐가 없어졌는데? 손톱깎이, 비누, 화장지, 치약, 우산 그딴 거?"

"그런 것도 있고, 아무튼 지금은 별 것 아니지만 그냥 두면 더 큰 물건에도 손을 델 것 같다."

"이깟 물건 좀 가져가면 어때서, 그리고 미옥이는 이딴 물건 줘도 안 가져갈 걸."

너는 미옥에 대한 여자의 의심에 화가 치밀었다. 거저 줘도 손사래를 치고 돌아설 물건들로 채워진 집을 보면 더욱 그러했다. 여자가 주워 쌓아놓은 물건들은 대부분 낡고 녹슬고 고장나고 유통기한이 지난 것들이었다. 여자는 처음부터 미옥을 마음에 들어 하지 않았다. 인사성은 물론 예의도 없고 미옥이 흥얼대는 노래는 더욱 싫다고 했다. 변덕이 심한 여자는 어떤 대상을 두고 이유 없이 좋았다 싫었다 했는데 갈수록 싫어하는 빈도가 심했다. 특히 네 또래의 여자들에겐 더욱 그랬다. TV에 나온 예쁜 여자 연예인은 물론 평범한 여자들도 트집을 잡아 흉을 봤고 활동보조인도 예외는 아니었다. 특히 여자는 그들이 눈앞에서 왔다 갔다 하는 걸 참고 보질 못했다. 괜한 트집을 잡고 일거수일투족을 감시하고 집안일까지 시켜 3개월을 버틴 활동보조인이 없었다. 그러나 너는 여자가 진짜 싫어한 건 그들의 건강한 몸이란 걸 알고 있었다. 그들을 보는 여자의 눈빛과 몰래 쉰 한숨을 볼 때마다 너는 참을 수 없는 화가 치밀었다. 죽어버리겠다고 죽여 달라고 소리치던 네게 운명이니 받아들이자고 다짐을 주던 여자였다. 너는 여자에게 배신감을 느꼈다. 어떤 것도 받아들이고 싶지 않았다. 어쩔 수 없는 몸으로 평생을 살아야하는 건 여자가 아니기 때문이었다.

네게도 한때는 평범하지만 빛나던 시절이 있었다. 전문대학을 나와 승무원을 꿈꿨던 너는 네 번의 도전에 실패하고 항공사 대신 백화점의 안내데스크에서 근무했다. 원하던 유니폼은 아니지만 네가 자신하는 허리라인과 각선미를 돋보이게 하는 디자인은 마음에 들었다. 너는 상냥한 미소로 매장의 위치를 묻는 고객에게 친절하게 안내를 하고 억지 트집을 잡아 항의하는 고객에게도 미소를 잃지 않았다. 덕분에 우수사원 표창도 받았다. 그동안 세 명의 남자와 연애를 했고 그중 결혼까지 생각한 남자와 2년 정도 사귀다 헤어졌다. 너는 지난 일을 연연해하지 않았다. 변함없는 미소로 고객을 대하고 다이어트와 외모에 신경 쓰며 잘생긴 남자 연예인을 동경했다. 가끔은 속없는 바보처럼 미소를 짓고, 부록으로 에센스나 향수가 붙은 잡지를 사고, 연예인이나 동경하며 외모나 가꾸는 자신이 한심한 생각도 들었다. 그럴 때면 괜한 조바심이 생겨 서점에 들러 자기개발서 같은 걸 들춰보거나 외국어 학원에 등록을 하고 한두 번 출석으로 수강료만 날리고 원래의 너로 돌아갔지만 그런 일은 뜬금없이 반복됐다. 너는 그렇게 살아갈 줄 알았다. 조금 따분하고 한심하게 어제와 별다를 것 없는 하루를 보내고, 얌전히 붙어있다 적당한 남자 만나 시집이나 가라는 여자의 말을 귀에 딱지가 붙도록 들으며, 연체된 카드값을 걱정하고 억지 미소를 지으며……. 어느 날 갑자기 쓰러지기 전까지.

그날 너는 근무 중 갑자기 의식을 잃고 쓰러져 구급차에 실려 응급실로 향했다.

사진으로 본 너의 이전 모습은 마치 타인의 얼굴을 보는 듯 낯설다. 지금의 너는 예전처럼 상냥한 미소를 지을 수 없고 혼자서 머리도 감지 못한다. 또한 네가 자신 있어 하던 허리라인은 가슴과 배에 묻혀버렸고 다리는 근육이 빠져 마음대로 굽히거나 펴지도 못한다.

너는 애써 과거를 떠올리지 않는다. 사라졌다. 모두 사라졌다. 줄곧 그런 생각만 했다. 그랬더니 진짜 사라졌다. 미래도 궁금해 하지 않는다. 지금보다 더 나은 일도 나쁜 일도 일어날 확률은 거의 없기 때문이다. 가끔 미옥이 돌아오면 바람의 냄새를 다시 맡을 수 있지 않을까 기대도 하지만 가능성은 희박하다. 과거를 잊고 미래를 궁금해 하지 않아도 살아가고 살아진다는 걸 지난 10여년을 살아오며 알았다. 한때 궁금해 했던 미래가 지금의 모습이란 걸 알았다면 그때 너는 어떤 선택을 했을까. 오랜 입원생활 동안 그런 생각을 하며 시간을 되돌리길 반복했다.

"밥맛이 좋아 반찬도 필요 없네."

여자는 주워온 밥솥에 흡족해하며 입안 가득 밥을 넣고 우물거린다. 너도 숟가락으로 밥을 떠 입에 넣는다. 그러나 곧 상에 뱉어낸다.

"혀가 어떻게 된 거 아냐? 밥알이 그대로 씹히잖아."

"꼭꼭 씹어봐, 얼마나 달고 맛난데."

너의 투정에도 상관없이 여자는 밥을 먹는다. 마치 며칠을 굶은 듯 숟가락 가득 밥을 떠 연신 입에 넣는다. 반찬과 국은 거의 손도 대지 않는다. 진짜 정상이 아냐. 너는 불안한 얼굴로 고개를 흔들며 중얼댄다.

여자가 한 밥은 설익었고 된장국은 건더기 없이 멀겋다. 여자가 일하는 식당에서 가져온 무말랭이와 어묵조림은 너무 달거나 짜다. 언제부턴가 여자는 음식 같은 음식을 만들지 않았다. 밥을 하면 둘이서 이틀을 넘게 먹었다. 여자는 쉰밥도 버리지 않았다. 물에 씻어 죽을 쒀 둘이 나눠 먹었다. 여자는 무엇이든 버리지 않았고 눈에 띄는 물건은 모두 주워 와 마당에 쌓았다. 다행히 오랜 실랑이 끝에 집안엔 물건을 들이지 않기로 약속을 했지만 밥솥만은 너도 어쩔 수 없었다.

"저것들만 보면 기분이 좋다, 밥이 끓는 냄새도 좋고 갓 지은 밥을 보면 더 좋고."

"엄마는 그래? 난 저것들 땜에 미칠 것 같은데, 밥솥 때문에 딸이 미쳤다고 하면 다들 배꼽잡고 웃겠다, 그치?"

너는 정말 미친 듯이 웃었다. 그러나 여자는 매일 밥솥을 주워 집안에 들였다. 마당에서 밥을 할 수 없다는 게 여자의 핑계였다.

여자는 입버릇처럼 말했다. 어쩔 수 없었다고. 어쩔 수 없는 것들만 남아 어쩔 수 없이 살아야 했기에 선택한 일이라고. 수시로 화가 치밀어 TV를 보거나 잠을 자다가도 불 같이 열이 올라 가만히 있을 수 없어 집을 나가 돌아다녔고 그러다 보니 물건들이 눈에 띄었다고. 이전엔 그냥 쓰레기로만 보였던 물건들이 갑자기 귀한 보물로 보여 지나칠 수 없었고, 하나둘 주워 쌓아놓고 보니 곳간에 쌀을 채운 듯 든든해졌고, 나중에 홀로 남을 딸 걱정도 조금씩 덜게 됐다고. 언젠가 주어온 물건들이 진짜 보물이 될 날이 올 거라 쌓인 물건들로 항의하는 이웃들에게 큰소리를 쳤다.

여자의 말을 들으면 물건들이 예사로 보이지 않았다. 정작 필요한 건 없고, 설령 있다 해도 찾는 것 또한 불가능하지만 부정까지 할 수 없었다. 어느 날 네가 갑자기 정상인이 되어 일어날 가능성은 제로지만 물건들이 보물이 될 가능성은 전혀 아니라고 장담할 수 없기 때문이었다. 그런 생각은 너를 우울하게 했다. 어쩔 수 없어 쌓인 물건들이 너의 인생까지 어쩔 수 없는 것으로 느끼게 했기에 우울함은 오래갔다.

그날 너는 10시간의 수술 끝에 일주일 만에 깨어나 의식을 회복했다. 그러나 이전 허리라인과 다리가 예뻐 유니폼이 어울리고 미소가 아름다웠던 모습은 두 번 다시 볼 수 없었다.

“걱정마라, 내 영혼을 팔아서라도 널 원래의 모습으로 돌려놓을 테니.”

침대 옆에 앉아 다짐하듯 여자가 말했다. 눈에 힘을 주고 정말 그렇게라도 할 것처럼 평소와 달리 말투에도 잔뜩 힘이 들어가 있었다. 전 재산도 아니고 영혼이라니. 자신에 찬 여자와 달리 너는 절망하며 혼자 중얼댔다.

너는 알고 있었다. 설령 여자가 영혼을 팔아버린다 해도 어쩔 수 없이 바라만봐야 한다는 걸.

여자는 그 날 오랫동안 해 오던 기사식당을 팔았다. 남편이 간암으로 투병중일 때도 닫지 않았던 가게였다.

“그땐 어떡하든 어린 널 데리고 살아갈 생각만 했다. 어차피 떠날 사람인데 남은 사람이라도 살아야한다고 악착을 떨었지, 죽은 네 아버지를 생각하면 미안한 마음도 들지만 다 이해하고 떠났을 거라 생각한다. 또 이해를 못했다 한들 나한테 뭐라 할 입장도 아니지, 자기 하고 싶은 거 다 하고 살다 병을 얻었으니, 오히려 남은 짐을 떠 맡겨 미안했을 거다. 그런데 너가 몹쓸 병을 얻고 보니 그런 마음도 사라졌다. 저승에서라도 지켜줘야지, 하나 밖에 없는 딸자식인데, 몹쓸 인간 같으니라고.”

식당일에 매달려 남편의 간병은 물론 임종까지 지켜보지 못한 걸 미안해하다 결국 원망으로 돌아가는 것이 여자가 남편을 추억하는 방식이었다.

식당을 접은 여자는 전국을 찾아 치료에 효과가 있다는 약초와 약재를 구해왔다. 밤에도 거의 자지 않고 약초를 달였고 네 간병에 매달렸다. 너는 여자가 구해온 약초를 먹으며 재활치료를 했다. 덕분에 누워만 있던 너는 앉을 수 있게 됐고 어눌하지만 의사소통도 가능해졌다.

너는 24시간을 여자와 함께 했다. 여자와 너는 대체로 사이가 좋은 편이지만 가끔 큰소리를 내며 싸웠다. 처음엔 주로 네가 짜증을 내고 여자가 받아주었지만 병세가 호전되어 혼자서 밥을 먹고 뒤처리도 대충 할 수 있게 되자 여자의 짜증이 늘어났다. 가끔은 이유도 없이 눈물을 쏟곤 내용물을 알 수 없는 약병을 들고 와 함께 마시고 죽어버리자고 뚜껑을 따 내밀곤 했다. 그러나 정작 마시려 하면 불같이 화를 내 빼앗아 버렸다. 너는 그런 행동을 반복하는 여자를 이해하려 했다. 그러나 네가 가진 슬픔이 여자의 것보다 크다는 생각은 들지 않았다. 어쨌든 여자는 혼자서 머리도 감고 언제든 집을 나가 바람 냄새를 맡을 수 있기 때문이었다. 너는 발작하듯 소리치며 약병을 다시 빼앗으려했다. 여자는 그런 너를 젖은 눈으로 보며 한숨처럼 뱉어내듯 말했다.

"자식 둔 어미 심정을 네가 어찌 알겠냐."

“모르지 당연히, 평생을 병신으로 살아야하는데 애는 어떻게 낳아 기르겠어?“

너는 독기 품은 눈으로 여자를 노려보며 말했다.

여자가 물건을 주워 오기 시작한 건 그 즈음이었다. 어느 날 여자는 너를 뇌병변 주간보호센터에 맡기고 식당일을 나가기 시작했다. 오후에 너를 데리러 오는 여자의 손엔 늘 출처를 알 수 없는 물건들이 들려 있었다.

야야, 이것 좀 봐라, 굉장하지 않냐? 아침에 집을 나설 때와 달리 환한 얼굴로 자랑하듯 물건을 보이는 여자를 너는 불안한 얼굴로 바라봤다. 여자의 말과 달리 물건들은 한눈에도 버려진 걸 주워왔다는 걸 알 수 있었다. 여자는 자신이 주워 온 물건들을 네가 탄 휠체어에 실었다. 네가 화를 내고 짜증을 부려도 모른 척 당당히 집으로 향했다. 마당은 매일 여자가 주워 온 물건들로 채워졌다. 너는 더 이상 복지관에 나가지 않았다. 어느 날 여자는 손수레를 구해 와 물건들을 실어 나르기 시작했다. 마당 가득 쌓인 물건들이 창문을 가려 한낮에도 불을 켜야 했지만 상관하지 않았다.

너는 가끔 창문 너머 흔들리던 해바라기를 떠올린다. 마당 가득 쌓인 물건들로 낮에도 불을 켜야만 사물이 보이지만 해바라기를 떠올리면 빛이 들어온 듯 환해지는 걸 느낀

다. 미옥을 생각하면 이유도 없이 웃음이 나오는 것처럼.

여자는 미옥만 보면 이유 없이 화를 내고 잔소리를 했다. 머리가 선머슴애 같다는니 미옥이 신은 워커 때문에 고린내가 진동을 한다느니 바지를 엉덩이에 걸쳐 입느니 아예 벗고 다니라느니 보기만 하면 쌍심지를 켜고 잔소리를 해댔다. 그러나 미옥은 여자의 말을 듣지 않았다. 여자의 잔소리가 길어질 땐 이어폰을 끼고 노래를 흥얼댔고 잔소리가 심한 날엔 몰래 마당에 쌓인 물건들을 버렸다. 너는 미옥이 물건들을 버리고 올 때마다 굽은 손가락을 펴 V자를 만들어 보였다.

여자의 의심과 잔소리는 날이 갈수록 심해졌다. 미옥은 그때마다 너를 전동 휠체어에 태워 밖으로 데리고 나갔다.

"돈을 거저 버네, 저렇게 설렁설렁 시간을 때워도 수당이 나오니, 나 같으면 미안해서라도 집안일까지 다 하고 가겠네."

여자의 빈정에도 미옥은 아무런 반응을 보이지 않았다. 여자는 그런 미옥을 못견뎌했다. 당장 복지관에 말해 잘라버리겠다고 입버릇처럼 말했다. 그러나 여자도 알고 있었다. 미옥을 잘라버리면 당분간 활동보조인이 오지 않으리란 걸. 여자의 무리한 요구가 복지관에 소문이 나 선뜻 나서는 활동보조인이 없다는 걸.

•

너는 미옥이 마음에 들었다. 가정부 취급을 한다며 화를 내고 서러운 눈물을 흘리고 그만 둔 활동보조인들과 달랐기 때문이었다. 한편으론 미옥이 신경이 쓰였다. 여자로 인해 다른 활동보조인들처럼 어느 날 말도 없이 훌쩍 떠나버릴 것 같았다. 너는 대체로 미옥과 많은 것이 통했다. 그게 무언지 설명할 순 없지만 느낄 수 있었다. 너는 어쩌면 바람의 냄새라고 생각했다. 전동휠체어를 타고 미옥과 함께 골목을 돌거나 가끔 한강에 나가 맡았던 냄새. 때론 향긋하고 때론 비릿하고 때론 코끝이 알싸해지는 그런 냄새를 미옥도 너도 좋아했다. 지금은 마당에 쌓인 물건들이 뿜어내는 악취로 코가 마비가 됐지만 너는 그때의 냄새가 그립다. 너는 궁금하다. 여자도 아직 바람의 냄새를 기억하는지.

"우리 딸, 콧구멍에 바람 좀 쐬자."

그때 너를 안고 휠체어에 옮길 때 여자에게서 나던 냄새와 휠체어를 타고 동네를 돌며 맡았던 냄새를 너는 기억한다. 그건 모두 바람의 냄새였다. 처음 미옥에게 안겨 전동휠체어에 탔을 때 너는 예전 여자에게서 나던 냄새를 맡았다. 마치 꿈을 꾸듯 한참을 맡고 또 맡았다.

골목이 소란하다. 여자가 동네 사람들과 다투는 일은 반복된 일상으로 너에게도 익숙하다. 물건들은 마당을 채우고 담장을 넘어 골목까지 나와 있다. 통행불편과 미관은 물론 악취와 벌레로 민원이 들어가 요즘 들어 구청에서 사람이 나오는 일이 잦아졌다.

"조만간 치울 거요, 글쎄 곧 치운다니까, 지금 날짜까지 약속하긴 어렵고 아무튼 내가 알아서 치울 테니 다들 돌아가요, 뭐? 이달 말까지? 맘대로들 해 보셔! 인정머리라곤 손톱만큼도 없는 인간들 같으니라고."

너는 방안에서 사람들에게 큰소리를 치는 여자의 목소리를 듣는다. 오랫동안 참아온 이웃들과 구청 직원인 듯한 사람이 말일까지 물건들을 치우지 않으면 강제로 처리를 하겠다고 엄포를 놓는다. 여자는 내 집에 내 마음대로 물건을 들이는데 뭐가 잘못이냐며 법대로 하라고 한다. 너는 이번에도 별다른 해결 없이 여자의 승리로 끝날 걸 알고 있다. 실랑이가 길어지면 여자는 언제나처럼 누구든 어쩔 수 없게 만드는 한 방을 뱉을 것이었다.

병신자식 데리고 남편 없이 살아봐, 신문지 한 장, 쓰고 버린 종이컵도 달리 보일 테니.

여자의 예상과 달리 미옥은 1년 넘게 너와 함께했다. 나중 반 년 정도는 네 집에 함께 살았다. 마땅히 있을 곳이 없던 미옥은 너의 제안을 흔쾌히 받아들였다. 다행히 여자도 반대하지 않았다. 입주 후 미옥은 물건들로 자주 여자와 실랑이를 했다. 괜찮아, 표 안 나게 버리면 돼. 너의 염려에 미옥은 한쪽 눈을 찡긋하곤 곰팡이 핀 신문지 더미와 신발과 헌옷 등을 몰래 버렸다. 너는 미옥의 편이지만 불안했다. 사실을 안 여자가 미옥을 내보내면 어쩌나 하는 걱정에 조마조마했다. 결국 우려한 일이 일어났다. 미옥이 화단에 쌓인 물건들을 치운 게 문제였다. 여자는 길길이 뛰며 당장 미옥에게 나가라고 화를 냈다. 처음에 머리까지 숙여 사과를 하던 미옥은 결국 가방을 챙겨 들었다. 너는 미옥이 나가면 죽어버리겠다고 악을 쓰며 벽에 피가 나도록 머리를 찌어댔다. 결국 여자는 미옥에게 화단뿐이라는 다짐을 받았다. 미옥은 담장 아래 해바라기를 심고 빈터엔 상추와 방울토마토, 오이를 심었다. 너는 휠체어에 앉아 화단을 가꾸는 미옥을 보며 해바라기를 했다.

"꿈이었어, 마당 딸린 집에 화단 가꿔보는 거, 씨 뿌리고 때맞춰 물주면 알아서 크는 거 신기하지 않아?"

"응, 신기해, 근데 더 신기한 건 너가 지금 욕을 한 마디도 안했다는 거야."

"야, 내가 아무리 막돼먹었어도 이것들 앞에서까지 욕을 하겠냐?"

"그럼 난 저 꽃들만도 못한 거네."

"오해하지 마, 내가 욕을 하는 건 세상이 좆같아서 그래, 혼자 살겠다고 자식 버리고 나온 나 같은 년은 멀쩡하고 너처럼 예쁘고 착한 애가 몹쓸 병에 걸린 게 화가 나서야. 씨팔, 세상 참 좆같다 그치?"

"응, 정말 좆같다, 씨팔."

그날 너는 처음으로 미옥을 따라 욕을 했다.

소동이 있은 후 여자는 미옥을 상관하지 않았다. 미옥은 화단에서 가꾼 야채로 샐러드를 만들어 상에 올렸다. 여자는 멀쩡한 남의 마당을 파헤쳐 금방 시들어버릴 꽃을 심고 야채를 가꾼다고 잔소리를 했다. 그러나 미옥이 만든 샐러드를 먹고 밤에는 물론 낮에도 집을 나가 물건들을 주워 왔다. 하루에 몇 번이나 들고나는 여자의 수레로 마당을 채운 물건들이 화단까지 쌓였다. 그때마다 미옥은 화단에 물건들을 치우거나 몰래 버렸지만 그런 일은 계속 반복됐다. 어느 날 여자와 미옥이 큰소리로 싸웠다. 화단에 둔 밥솥을 미옥이 내다버린 때문이었다. 몹시 화가 난 여자가 해바라기를 모두 뽑아버렸다. 성난 얼굴로 지켜보던 미옥이 방에 들어와 짐을 싸기 시작했다.

"가지 마, 제발, 내가 엄마 대신 사과할게."

너는 미옥의 팔을 잡고 매달리듯 사정했다.

"이러지 마, 이 팔 놓으라고, 아, 씨팔, 내가 놓으라 했지!"

너는 미옥의 팔에서 손을 뗐다. 미옥이 화를 내고 소리친 때문은 아니었다. 금방이라도 볼을 타고 흘러내릴 듯 흠뻑 젖은 미옥의 눈과 마주쳤기 때문이었다. 그때 미옥이 가방에서 무언가를 꺼내 내밀었다.

"가져, 내가 쓰려고 샀는데 나보다 너가 더 어울릴 것 같다."

그날 미옥이 집을 떠나며 네게 준 건 립스틱이었다. 포장도 뜯지 않은 새것으로 마치 누군가에게 선물로 준비한 듯했다. 립스틱은 분홍색이었다. 미옥은 평소에 립스틱을 바르지 않았다. 입술이 건조해 바셀린만 바른다고 했다. 너는 거울을 꺼내 립스틱을 발랐다. 거울 속에 비친 분홍 입술을 바라봤다.

너는 여자에게 해바라기를 다시 심게 했다. 어디선가 미옥이 보고 있다면 다시 돌아올 것 같았다. 그러나 일 년이 지난 지금 해바라기도 미옥도 돌아오지 않았다. 너는 가끔 미옥이 내뱉던 '씨팔'과 바람에 흔들리던 해바라기를 생각한다. 마치 꿈을 꾼 듯 아득히 먼 일처럼 느껴진다. 네가 쓰러지기 전 모습처럼.

"한 바퀴 더 둘러봐야겠다, 그새 또 뭐가 나와 있을지 모르니."

"이제 그만 좀 하지."

"금방 다녀오마."

"내가 그만하라 했지? 엄마 눈엔 저 쓰레기들이 진짜 보물로 보여?"

"그래, 진짜 보물로 보인다."

"씨팔, 진짜 미쳤군."

현관을 향하던 여자가 멈칫 뒤를 돌아보곤 그대로 문을 열고 나간다. 씨팔, 진짜 좆같네. 씨팔. 너는 현관문을 노려보며 목에 걸린 휴대폰을 들어 액정화면을 누른다.

"엄마요? 내가 책임질게요, 모두 치워줘요, 정 안되면 화단만이라도 부탁해요."

바닥을 기는 노래기가 눈에 들어온다. 너는 효자손을 들어 때린다. 내장이 터진 벌레가 바닥에서 꿈틀댄다. 머리와 꼬리가 흔들린다. 너는 갑자기 등이 간지럽다. 효자손을 바지에 닦아 등을 긁는다. 겨우 아문 딱지가 떨어지고 또 피가 나온다. 너는 효자손으로 노래기를 다시 내리친다.

10시가 지났지만 여자는 돌아오지 않는다. 너는 어두운 밤거리를 손수레를 끌고 물건을 찾아 헤매고 있을 여자를 떠올린다. 종이박스와 빈 캔, 페트병을 줍고, 운이 좋으면 여자가 원하는 밥솥도 손에 넣을 것이다. 수레는 점점 물건들로 무게를 더하고 여자의 허리는 더욱 앞으로 굽어 돌부리라도 채이면 금방 고꾸라질지 모른다. 그러나 곧 오뚝이처럼 일어날 것이다.

여자는 달라졌다. 이젠 이유도 없이 눈물을 쏟고 네게 약병을 내밀지 않는다. 너는 그런 여자가 두렵다. 이제 끝내야한다고 생각한다.

"치운다고, 조만간 다 치울 거라고, 내 물건에 손대기만 해, 이 자리에서 혀 깨물고 콱 죽어버릴 테니."

악다구니치는 여자의 소리가 골목을 울린다. 물건들을 치우러 온 사람들과 실랑이 중이다. 너는 이제 여자의 협박이 통하지 않길 간절히 바란다. 이번이야말로 끝냈으면 한다.

"어딜 들어오려고! 그런 식으로 얼렁뚱땅 내 집에 들어오려는 수작 같은데 그럼 나를 밟고 들어오면 되겠네, 자, 어서 밟고 들어들 오셔."

대문 앞에 대자로 누워 큰소리치는 여자와 그런 여자를 설득하는 사람들의 소리가 방안에까지 들려온다. 너는 불안하다. 이번에도 여자의 기세에 눌려 사람들이 그냥 돌아갈 것 같다. 당장 현관문을 열고 나가 물건들을 치워달라고 말해야 한다.

사람들 앞에 나설 땐 입술이라도 바르고 나가. 너는 미옥의 말을 떠올리며 효자손으로 밥솥 옆에 둔 손거울과 립스틱이 든 파우치를 앞으로 끌어당긴다. 거울을 양발에 끼워 파우치에서 립스틱을 꺼내 바른다. 입술 선을 조금 빗겨났지만 분홍빛의 화사함이 마음에 든다. 너는 방을 나와 현관을 향한다. 그러나 쌓인 물건들로 좀처럼 나가질 못한다. 너의 팔과 다리에 차여 아무렇게 쌓인 밥솥과 냄비가 금방이라도 무너질 듯 요동치며 흔들린다. 너는 여자를 부른다. 그러나 사람들과의 실랑이로 듣지 못한다.

사람들이 돌아가고 여자가 끄는 수레가 다시 골목을 나간다. 너는 립스틱을 바른 입술을 신경질적으로 소매로 닦아내며 조금 전 여자와 나눈 대화를 떠올린다.

"두 번 다시 그런 전화 하지마라, 사람이나 물건이나 쓸모없다고 함부로 버리면 세상에 남아있는 게 뭐가 있겠냐, 다 필요해서 나왔을 텐데. 고장 나고 녹슬고 떨어져도 언젠가는 쓰일 때가 있는 법이다."

"그럼 나는, 저 물건들과 함께 살아야 하는 나는 뭐야, 대체 어디에 쓰려고, 지금 당장 알려 줘, 내가 알아서 쓰일 데 찾아갈 테니!"

너는 골목에 포클레인이 들어오는 걸 상상한다. 갈퀴 같은 커다란 손이 물건들을 쑤시고 들어간다. 요란한 소리와 함께 폐지뭉치와 자전거, 가방, 트렁크를 퍼 올린 손이 올라온다. 손은 계속 물건들을 쑤시고 퍼 올린다. 여자가 주워 온 밥솥과 냄비도 거대한 손에 담겨 올라온다. 너는 갑자기 창을 통해 들어온 빛에 눈이 부신다. 흩날리는 먼지 입자를 홀린 듯 바라본다. 창문 너머 해바라기가 바람에 흔들린다.

갑자기 쿵, 소리와 함께 네 어깨를 치고 무언가 등 뒤로 떨어진다. 살찐 쥐 한 마리가 네 발끝을 스치고 주방으로 내달린다. 너는 부르르 몸을 떨며 창문을 바라본다. 여전히 어둠에 잠겨 있다.

너는 몸을 흔든다. 비틀린 팔을 흔들고 엉덩이를 흔든다. 밥솥과 냄비가 발에 치인다. 너는 상관하지 않는다. 두렵지 않다. 이제 끝내야 한다는 걸 알기 때문이다. 너는 계속 흔든다, 물건들도 따라 흔들린다.

eating

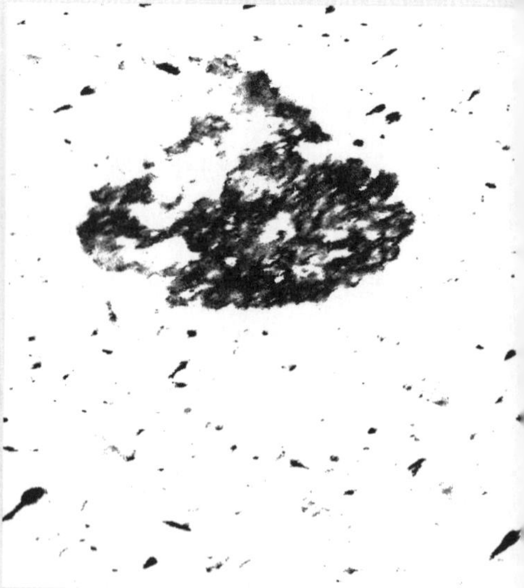

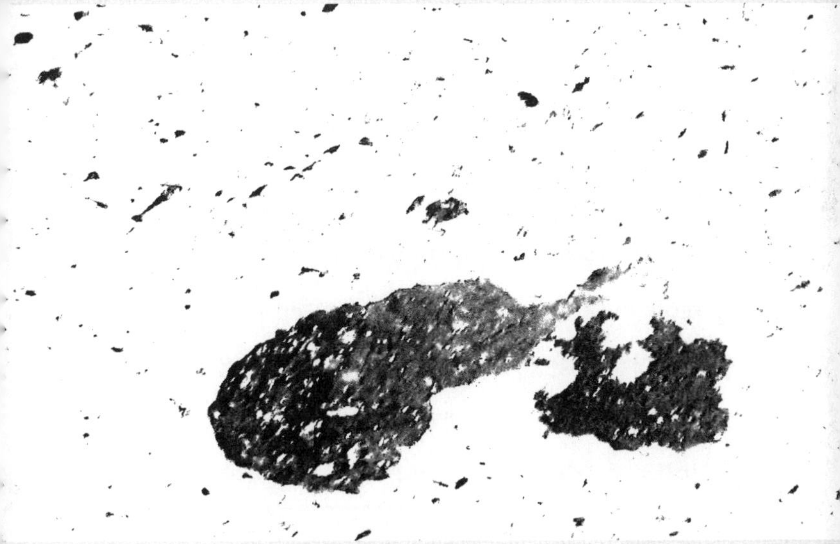

eating

햄버거를 삼키는 17번의 목울대가 요동을 친다. 손가락 사이로 흘러내린 소스를 혀로 핥아내고 크게 한입 햄버거를 베어 문다. 소스가 묻은 양상추가 17번이 입고 있는 작업복 상의를 스쳐 허벅지로 떨어진다. 볕에 그을린 투박한 손으로 양상추를 집어 입에 넣는다. 아삭아삭 씹는 소리가 무척이나 경쾌하다. 소스가 묻은 입가를 손등으로 닦아내며 17번이 나를 보며 말한다. 굵은 저음이 햄버거를 씹는 소리와 함께 스피커를 통해 거실을 울린다. 도조 아나타모 타베테 미테 쿠다사이. 17번의 말에 나도 햄버거를 한입 베어 문다. 갈릭 소스를 바른 돼지고기 패티의 달콤하고 부드러운 육질과 아삭한 양상추와 톡 쏘는 머스터드소스를 음미하며 천천히 목으로 넘긴다. 소스가 묻은 손으로 콜라를 들어 마신다. 목울대를 만져본다. 힘찬 요동이 느껴진다.

17번과 함께 먹는 햄버거는 맛있었다. 17번을 따라 콜라를 마시고 햄버거를 씹고 목으로 넘기며 나는 마치 대가족이 모인 식탁에 앉아 밥을 먹는 기분이 들었다. 포만감으로 불룩한 배를 만져본다. 문득 S가 한 말이 생각이 났다.

너무 친해지진 말아요. 부작용이 생길 수 있으니까.

eating을 보고 4개월 만에 찾아간 내게 S가 말했다. 싱글거리는 S를 보며 그가 말한 부작용의 의미가 궁금했다. 하지만 묻지 않았다. 왠지 조금 알 것 같기도 했다.

내가 처음 CD를 본 건 일 년 전이었다. 그날은 월요일이었지만 개교기념일이었고 주말을 낀 3일간의 연휴였다. 반 아이들에겐 화요일부터 시작되는 중간고사로 바짝 긴장을 시켰지만 정작 선생인 나는 특별히 할 일이 없었다. 이틀을 집안에서 뒹굴다 문득 S가 준 CD가 생각이 났다. 저녁으로 라면을 끓여 노트북 앞에 앉았다. CD를 넣고 재생 클릭을 눌렀을 때 휴대폰이 울렸다. 처남이었다. 망설이다 전화를 받았다. 말없이 흐느낌만 들려왔다. 나는 전화기를 든 채 멍하니 냄비 속에 든 라면과 노트북 화면을 번갈아 보았다.

젊은 남자가 우동을 먹고 있었다. 굵은 면발을 후루룩 빨

아들이고 쩝쩝거리며 씹고 꿀꺽 삼키는 소리가 수화기 너머 흐느낌과 함께 귓전을 울려댔다. 남자의 턱밑에 드문드문 난 수염이 면을 씹을 때마다 삐죽거리며 솟아올랐다. 남자가 그릇을 들고 국물을 마시자 목울대가 쿨렁 요동을 쳤다. 국물이 남자의 턱에서 목으로 흘러 셔츠 속으로 들어갔다. 남은 면발을 젓가락으로 그러모아 그릇째 들고 넘기는 소리가 슬로우 비디오처럼 눈과 귀를 자극했다. 나도 모르게 입안에 고인 침을 꿀꺽 삼켰다. 그 소리에 놀라 아무도 없는 집안을 둘러보았다. 노트북 앞에 놓인 라면이 보였다. 퉁퉁 불어 국물도 없는 라면을 화면 속 남자처럼 후루룩 소리 내어 먹었다. 젓가락으로 냄비 바닥의 건더기까지 긁어 남김없이 목으로 들이부었다. 라면이 역류해 목구멍으로 올라왔다. 꿀꺽 삼켜 다시 넘겼다. 빈 냄비에 뚝뚝 눈물이 떨어졌다. 콧물이 흘러 코를 훌쩍였다. 라면이 다시 올라올 것 같았다. 화장실로 달려가 변기를 붙들고 쪼그려 앉았다. 아무것도 나오지 않았다. 차라리 토해 버리고 싶었지만 목에 걸려 삼켜지지도 나오지도 않았다. 짐승 같은 오열을 쏟아내고서야 겨우 가라앉았다.

아내의 죽음을 알리는 처남의 전화였다. 전화기를 든 채 멍하니 화면을 보며 앞에 놓인 라면을 모두 먹었다. 시간이 지나 정신을 차렸을 때 말로 표현 할 수 없는 비참함과

울분을 참을 수 없었다. 깨끗이 비워진 양은 냄비를 바닥에 엎어놓고 주먹으로 내리쳐도 울분은 쉽게 가시지 않았다.

오늘까지만 먹고 내일부턴 진짜 끊을 거야. 몇 시간 전 다이어트 선언을 뒤로 하고 야식으로 라면을 끓이며 수줍어하던 아내의 모습이 떠올랐다. 납작하게 찌그러진 냄비 안쪽을 주먹으로 두드렸다. 냄비는 펴지지 않았다.

아내는 죽기 전 일주일 동안 음식을 전혀 입에 대지 않았다고 했다. 우울증으로 치료를 받고 있던 아내는 스스로 목숨을 끊었다. 아내의 죽음은 오래전 예견된 것이었다.

심심할 때 봐요. 일본에서 보던 건데 선배 생각나 챙겨놨어요. 아내가 죽기 두 달 전 가게를 찾아간 내게 CD를 건네며 S가 말했다. S는 중. 고등학교와 대학까지 나와 2년 후배로 친동기간 같은 막역한 사이였다. 어느 날 S는 4년 동안 다니던 탄탄한 직장을 그만두고 일본으로 유학을 떠났다. 나는 S의 용기가 부럽거나 대단하다는 생각을 하지 않았다. 교사라는 직업에 대체로 만족했기 때문이었다. S는 2년 만에 돌아와 대학가에 일본 라면 전문점을 열었다. 나는 그때 S가 준 CD를 서류가방 안에 넣어 잊고 지냈다. 평소 장난과 유머를 즐기는 S를 생각하면 식상한 포르노거나 웃음의 포인트를 찾기 힘든 코미디 영화란 생각이 들었기 때문이었다.

아내의 장례식을 치른 후 나는 이틀을 방에 틀어박혀 CD를 보았다. eating이라는 제목의 128분짜리 일본 영상물이었다. 나는 그날 이후 일 년 가까이 매일 eating을 보았다. 생전의 아내가 보았다면 몇 년 동안 제 역할을 하지 못한 위를 음식으로 채웠을지 모른다는 생각이 영상을 보는 내내 들었다.

아들의 죽음 이후 아내는 음식을 거부했다. 아들은 다섯 살 생일을 하루 앞두고 어린이 집 승합차에 치여 갑작스런 죽음을 맞았다. 아이들의 탑승과 하차를 도와주는 인솔 교사가 없었다. 기사는 미처 하차를 못한 아들의 펄럭이는 점퍼를 문에 끼운 채 달렸다. 둘째를 임신 중이었던 아내는 잠이 많았다. 잠깐 소파에 누워 눈을 붙인다는 것이 아들의 도착 시간을 놓쳤다. 아들의 시신 앞에서 아내는 둘째마저 유산했다. 아내는 자신이 거부한 병원 식사로 허기진 위를 채우던 내게 짐승이라 소리쳤다. 나는 목까지 차올라온 산모용 미역국을 화장실로 달려가 모두 게워냈다. 변기위에 뜬 토사물을 보며 나는 아들과 태어나지 못한 둘째에 대한 나의 부성이 한갓 미역국 한 그릇에 무너졌다는데 참을 수 없는 수치심을 느꼈다. 이후로 나는 아내 앞에서 음식을 먹지 않았다. 아내는 스스로 움직일 수 있는 최소한의 음식만 먹었다. 가끔 쓰러진 아내를 업고 병원에 데려가 영양 주사를 맞히기도 했다. 두 손으로 아내의 엉덩이를 추스르며 점점 가벼워지는 아내의 몸을 가늠해보았다. 언젠가 깃털처럼 가벼워진 아내가 날아갈 것 같아 나는 매번 아내의 엉덩이를 꽉 움켜잡았다.

eating을 보기 전 내가 할 수 있는 음식은 거의 없었다. 아들이 죽고 음식을 거부한 아내에게 주방은 쓸모없는 공간이 되었다. 음식 냄새에 민감한 아내를 피해 아침을 거르고 학교에서 급식으로 점심을 해결하고 저녁은 밖에서 먹고 들어왔다. 주말과 방학 때는 아내 몰래 라면을 끓이거나 신 김치와 돼지고기를 한꺼번에 넣고 찌개를 끓이는 정도가 내가 할 수 있는 요리였다. 처음엔 인터넷을 뒤져 아내가 좋아하는 낙지볶음이나 닭볶음탕도 만들어보았지만, 아내는 멀건 흰죽만 조금 먹을 뿐 거들떠보지 않았다. 이후로 거의 밖에서 해결하고 들어왔다. 그랬던 내가 음식을 만들어 먹기 시작한 건 eating을 본 지 두 달쯤 지난 후였다.

처음 얼마동안 나는 그들의 먹는 장면만 멍하니 보기만 했다. 그들이 음식을 씹고 삼킬 때마다 나도 모르게 입을 벌리거나 오므리고 꼴깍 침을 참키며 아무것도 묻지 않은 입가를 혀로 돌려 닦기도 했다. 음식의 유혹이 느껴지면 죽은 아들과 아내를 생각했다. 하지만 조금씩 그들이 먹는 음식을 사오고 배달 주문까지 하게 되었다. 학교에서도 저녁에 먹을 메뉴를 고민했다. 처음엔 간단히 배를 채울 수 있는 패스트푸드나 도시락, 주먹밥 등을 선택했지만 시간이 갈수록 그들이 먹는 음식이 먹고 싶어졌다. 특히 오므라이스와 덮밥. 돈가스와 초밥이 생각났다. 나는 요리를 하기로 작정을 하고 퇴근길에 장을 봤다. 요리법은 인터넷을 뒤지거나 학교 급식 조리사에게 물어 알아왔다. 실력은 매일 조금씩 늘어갔다. 이제 나는 조리사보다 가는 채를 썰 수 있고 바삭한 튀김을 만들어낸다.

오늘 처음으로 5번과 밥을 먹기로 했다. 메뉴를 돈가스로 정하고 퇴근길에 마트에 들러 돼지고기 안심과 양배추, 소스를 사왔다. 소금 후추를 뿌린 고기에 밀가루와 계란을 입혀 빵가루를 묻혀 놓았다. 채를 썬 양배추를 씻어 건져 놓고 튀긴 돈가스에 소스를 뿌려 양배추를 곁들어 접시에 담아냈다.

노트북을 켜고 5번을 클릭한다. 흰 블라우스와 검은 스커트를 입은 젊은 여자가 무척 배가 고픈 듯 아랫배를 문지르며 등장한다. 오나카 스이타. 5번은 곧 소스를 듬뿍 찍어 돈가스를 한입에 넣는다. 오이시이, 아나타모 타베데미테 쿠다사이. 소스처럼 달콤한 5번의 말에 나도 돈가스를 잘라 소스에 찍어 입에 넣는다. 일본말을 모르지만 나는 그들이 무얼 말하는지 알 수 있다. 포크나 젓가락으로 음식을 들고 나를 보며 아나타모 타베데 미테 쿠다 사이라고 말할 때 나는 그 말이 당신도 먹어보라는 뜻이라 생각한다. 5번처럼 아랫배를 문지르며 오나카 스이타라는 말은 배가 고프다는 뜻일 것이다.

바삭하고 고소한 돈가스와 달콤한 소스가 무척이나 잘 어울렸다. 오랫동안 잊고 있던 맛이 느껴졌다. 가슴이 먹먹했다. 아들은 돈가스를 좋아했다. 돈가스를 잘라 입에 넣어주면 조그만 입을 오물거리며 혼자서 거의 일인분을 먹었다.

더럽게, 휴지로 닦아주지. 자식 입에 묻은 건데, 어때. 아내는 언제나 아들의 입가에 묻은 소스를 휴지대신 손가락으로 닦아 자신의 입에 넣었다. 나는 그런 아내에게 핀잔을 주었다. 아들의 5살 생일에 돈가스를 먹으러 가기로 했었다. 아들이 죽은 후 나는 한동안 돈가스를 먹지 않았다. 학교 급식에 돈가스가 나오면 점심을 굶었다. 식당에서 돈가스를 오물거리는 학생들과 동료 교사들을 보는 것이 견디기 힘들었다.

오랜만에 먹어본 돈가스는 맛이 있었다. 그동안 돈가스 맛을 잊었다 생각했다. 문득 오랫동안 음식을 맛보지 않은 아내의 혀도 그 맛을 기억했을지 궁금하다.

"정 선생은 이번에도 불참인가?"

"참석하겠습니다."

"그래? 잘 생각했어, 이제 원래대로 돌아와야지."

당연히 불참할거라 짐작하고 인사치례로 물어오는 교무부장에게 참석을 하겠다고 했지만 솔직히 내키지 않았다. 많이 먹고 힘 내, 산 사람은 살아야지. 회식 때마다 나를 향한 동료들과 사람들의 관심이 불편했다. 유독 음식 앞에서 관심을 기울이는 그들 속에서 아무렇지 않게 웃고 떠들며 음식을 입에 넣을 수 없었다. 부득이한 경우를 제외하곤 이런저런 핑계로 회식을 피했지만 그 또한 마음이 편치 않았다. 그러나 용기를 내 그 속에 성큼 들어가 아무렇지 않게 웃고 마시는 건 더욱 자신이 없었다. 그래선지 무리에서 떨어져 혼자 급식을 먹는 아이를 보면 그냥 지나칠 수 없었다.

"많이 먹어라. 그래야 세상을 살아갈 힘이 생기지."

"……."

나의 관심에 대한 아이들의 대답은 언제나 무반응이었다. 하지만 나는 그 아이들이 누구보다 외로움을 못견뎌하고 누군가 끊임없이 말을 걸어주고 관심을 가져주길 바란다는 걸 알고 있다. 무리를 벗어나려는 건 무리를 원하는 것과 같다는 걸 나는 아내가 죽은 후 알게 됐다. 한때 매스컴을 떠들썩하게 한 아들의 죽음과 아내의 죽음 또한 평범하지 않은 내가 보통 사람으로 살아가는 건 아마도 무리일지 모른다. 하지만 나는 지금 무리 속에서 최선을 다해 살아가고 있다.

아들이 죽고 아내의 우울증이 심각해져 별거를 하고 혼자 생활을 하면서 나는 S외에는 내 생활을 누구에게도 말하거나 보여주지 않았다. 지금에 와 생각해보면 내가 아이들에게 한 말은 나 자신에게 하고 싶던 말이었는지 모른다.

"정 선생님, 제 얼굴에 뭐 묻었어요?"

모두가 웃고 떠드는 속에서 혼자 술잔을 비우는데 맞은편에 있는 최 선생이 불쑥 물어왔다. 갑자기 사레가 걸려 기침이 터져 나왔다. 얼른 자리에서 일어나 밖으로 나왔다.

실수를 했다. 냉면을 먹고 있는 최 선생의 붉은 입술이 eating에서 스파게티를 먹던 10번과 닮아 나도 모르게 자꾸 눈길이 갔다. 지난 밤 나는 10번과 함께 토마토 스파게티를 먹었다. 생각해보니 eating의 친구들 중 요즘 함께 밥을 먹는 친구가 대부분 10번이었다. 포르노를 봐도 좀처럼 반응이 없던 성욕이 요즘은 그녀의 붉은 입술만 떠올려도 불쑥 솟구치는 걸 느낄 수 있다. 한동안 그 자리에 있는지조차 몰랐던 내 물건이 빼근하게 제 존재를 알린 건 10번과 처음으로 먹을 때였다. 10번이 토마토소스가 버무려진 스파게티 면을 포크로 말아 붉은 입술로 가져갔을 때, 면을 넣기 위해 그녀가 입술을 벌린 순간 나는 그녀의 입속으로 들어가는 것이 면이 아닌 것만 같은 착각이 들었다. 그날 나는 오랜만에 사정을 했다.

역시 사람들 무리 속은 피곤했다. 섣부른 도전이었다는 생각이 들었다. 10번이 보고 싶어졌다.

컴퓨터를 거실의 50인치 TV와 연결을 했다. 아들의 성장 과정을 큰 화면으로 보기위해 큰맘 먹고 10개월 할부로 구입한 것이었다. 하지만 정작 아들은 그 화면으로 좋아하던 뽀로로를 한 달도 채 보지 못했고, 아들이 죽자 아내는 매일 아들이 나오는 화면만 끌어안고 울었다. 아내와 아들이 없는 거실에서 혼자 보는 TV는 반 아이들에게 보여주는 성교육 비디오처럼 식상하고 의미 없는 처치 곤란한 기계에 불과했다. 하지만 지금은 eating의 친구들이 음식을 먹고 삼키면 세세한 입모양과 근육의 움직임과 소리까지 적나라하게 보여준다.

스파게티를 먹던 10번과 눈이 마주친다. 미소를 띤 10번의 입가에 토마토소스가 묻어있다. 붉은 혀를 내밀어 입가를 핥아낸다. 검붉은 매니큐어를 칠한 가늘고 긴 10번의 손가락이 포크를 쥐고 면을 감아 다시 입가로 가져간다. 10번의 붉은 입술 사이로 스파게티 면이 빨려 들어가는 장면이 화면 가득 클로즈업 된다. 면을 씹을 때마다 10번의 입술 주름도 함께 움직인다. 아랫도리가 묵직해져온다. 바지를 내려 빳빳해진 성기를 꺼낸다. 땅속으로 꺼질 것 같은 나른함이 밀려온다. 티슈를 뭉쳐 버리고 소파에 몸을 누인다.

아들이 죽은 후 아내는 식욕과 함께 섹스 또한 죄악으로 여겼다. 젊은 혈기에 찾아오는 성욕이 식욕보다 참기 힘들었다. 어린 여학생들의 볼록한 가슴과 동그란 무릎이 눈에 들어올 때마다 죽은 아들을 생각했다. 시간이 지나자 자연스레 성욕도 줄었다. 법적으로 부부였지만 아내가 죽기 2년 전부터 별거 상태였다. 우울증과 함께 찾아온 거식증으로 아내는 입원과 퇴원을 반복했다. 두 번의 자살 시도 후 장모가 아내를 데려갔다. 아내는 줄곧 이혼을 요구했지만 나는 동의하지 않았다. 모두들 아내에 대한 나의 애정에 감동했지만 단지 아내를 사랑해서 이혼을 하지 않은 건 아니었다. 나는 직업 정신이 투철한 교사도 아니고 아들과 아내를 지키지 못한 무능한 가장이었다. 이혼에 동의하지 않은 건 마지막까지 지키고 싶었던 내 알량한 자존심이었다. 결국 내 자존심이 아내를 죽음으로까지 몰고 갔다. 진작 이혼에 동의를 해 주었다면 아내는 극단적인 선택을 하지 않았을지 모른다. 접시에 남은 면을 포크로 감아 입에 넣는 10번을 보며 오랜만에 찾아온 나른한 기분을 잠자리로 가져간다.

남자가 S의 가게에 들어와 라면을 주문할 때부터 줄곧 그를 주시했다. 과연 그는 나의 예상을 져버리지 않았다. 주문한 라면이 나오자마자 면발을 끊임없이 입으로 가져가는데 그것은 먹는다기보다 흡입이라는 표현이 더 어울렸다. 젓가락으로 라면을 집어 올리자마자 순식간에 입안으로 빨려 들어갔다. 그는 면을 씹지도 않고 넘기고 또 흡입하기를 세 번 만에 모두 먹고 남은 국물까지 들이붓듯 마셨다. 그 모습은 eating에서 라면 한 그릇을 내가 채 반도 먹지 못했을 때 국물까지 깨끗이 비워버린 8번을 생각나게 했다. 그런데 갑자기 남자가 라면 그릇을 탁자에 던지듯 놓고 자리에서 일어나 나를 향해 걸어왔다.

"뭐야? 당신, 왜 아까부터 기분 나쁘게 쳐다봐!"

주먹을 휘두를 듯 큰소리를 치는 남자를 보자 몹시 당황이 되었다. 처음부터 그를 보고 있었기에 달리 변명도 할 수 없었다. 고개 숙여 정중히 사과를 했지만 남자의 분은 쉽게 풀리지 않는 모양이었다. 자신을 보는 이유를 물었지만 할 말이 없었다. 라면을 먹는 모습이 eating의 8번과 닮아 그래서 봤다고 할 수는 없었다. 결국 S가 나서 크로케와 군만두를 서비스로 제공하자 마지못해 사과를 받아들였다.

"아이, 선배. 왜 그랬어요, 평소 안 하던 행동을 다하고."

"미안하다, 나도 모르게 그만."

"전에 제가 말했을 텐데요, 적당히 거리를 두고 사귀라고, 설마 선배가 이렇게까지 빠질 줄은 몰랐어요, 이 정도면 상당한 부작용인데. 당장 끓어버리든지, 아예 내다버려요, 정 끊기 힘들면 TV나 인터넷 먹방 프로를 보던지. 참, 그것도 빠지면 곤란하겠네, 그냥 새로운 여자를 만나던지 등산이나 낚시 같은 취미를 가져 봐요."

S의 말에 심각함을 알았지만 결국 또 eating을 보았다. S의 가게에서 라면을 먹고 왔지만 공복감에 치킨을 주문해 노트북 앞에 앉았다. 오늘 밤이 마지막 성찬이라는 생각으로 치킨 한 마리를 15번과 함께 모두 먹고 자리에 누웠다. 더부룩한 배를 만져본다. 일 년 전까지 가슴뼈가 만져졌는데 두툼하게 살이 올라 일부러 배를 눌러 더듬지 않으면 만져지지 않는다. 얼굴 좋아졌다는 사람들의 말을 인

사치레로 들었다. 자리에서 일어나 전등을 켜고 전신 거울을 들여다본다. 날카롭던 인상을 주던 뾰족한 턱과 움푹 들어간 눈과 홀쭉한 볼이 살이 붙어 푸근해 보인다. 불룩 나온 배를 옆으로 돌려 본다. 6개월에 접어든 임산부 같다. 나도 모르는 사이 조금씩 살이 붙고 있었다.

영안실에서 본 아내의 모습은 충격이었다. 아내의 마지막 몸무게는 33킬로였다. 손을 대면 부서져 가루가 될 것처럼 아내의 몸은 바삭 말라 있었다. 예전에 아내는 보통의 키와 몸무게를 유지하면서도 아들을 낳고 붙은 군살을 걱정했다.

"요즘엔 물만 먹어도 살이 찌는 것 같아. 자긴 좋겠어. 아무리 먹어도 살이 찌지 않으니."

"지금이 보기 좋아. 애 엄만데 그 정도 뱃살은 있어야지."

밥 한 공기를 다 비워내도 체중 미달인 나를 아내는 부러워했다. 군살이 조금 붙었지만 나는 아내의 몸을 사랑했다. 어린 시절 어머니는 병약한 나를 위해 자주 장어를 고았다. 먹기 싫어 도망치는 나를 붙잡아 보얀 국물에 만 밥을 강제로 먹였다. 어느 날 장염에 걸려 병원에 입원한 내게 어머니는 간호사 몰래 장어 국물을 먹인 적이 있었다. 그날 어머니는 의사와 아버지, 할아버지에게 차례로 혼이 났다. 설사로 탈진한 내 옆에서 무식한 자신을 탓하며 어머니는 어린 내게 하소연을 했다. 너도 이담에 커 네 자식 낳아 키워보면 알거다. 하지만 겨우 열 살을 넘긴 내가 그 말을 이해하는 건 무리였다. 다만 이제부터 장어 국물을 먹지 않아도 된다는 사실이 기뻤다.

내가 어머니의 마음을 알게 된 건 아들이 죽고 난 후였다. 내 체질을 닮아 병약한 아들을 위해 아내 역시 어머니의 비법을 전수받아 자주 장어를 고았다. 애가 싫다는 걸 왜 굳이 먹이려 그래. 엄마를 피해 달려와 구원을 청하는 아들을 안고 아내에게 항의를 했지만 통하지 않았다. 결국 아들도 아내에게 잡혀 장어 국물에 쑨 미음을 먹었다. 나는 그런 아내를 보며 어머니를 떠올렸다. 그리고 아들이 죽고 집에서 더 이상 장어 냄새를 맡을 수 없게 되자 몰래 장어탕을 찾아 헛헛한 속을 채웠다.

이제 eating을 보지 않기로 결심했다. 하지만 당장 무엇을 먹어야 할지 메뉴부터 정하기 힘들었다. 결국 마트 식품 코너를 돌며 한 시간을 허비하고 집 근처 설렁탕집 문을 열었다. 개업한지 얼마 지나지 않았는지 축하 화분이 눈에 띄었지만 손님이라곤 남자 한 사람 밖에 없었다. 음식을 주문하자 식사를 마친 남자가 나가고 혼자 남았다. 사람이 많은 것보다 다행이다 싶었다. 혹 S의 가게에서처럼 실수를 할지 몰랐기 때문이었다. 하지만 막상 설렁탕을 앞에 두자 eating의 친구들이 생각났다. 학교에서의 점심은 어쩔 수 없이 eating을 보지 않고 먹었지만 저녁은 그 친구들 없이 먹어본 적이 거의 없었다. 덮밥을 먹는 12번이 생각났다. 한손으로 밥그릇을 받치고 다른 손에 쥔 젓가락으로 입안에 덮밥을 밀어 넣으며 쩝쩝 소리내 씹고 삼키던 모습이. 설렁탕 국물을 숟가락으로 떠먹었다. 보얀 국물과 달리 맛이 밍밍했다. 어머니의 진한 장어탕이 생각이 났다.

식탁 위에 놓인 휴대폰에 자꾸 눈길이 간다. 휴대폰을 주머니에 넣고 깍두기 하나를 집어 먹는다. 설익어 고춧가루 맛만 난다. 시간이 궁금하다. 주머니에서 휴대폰을 꺼낸다. 푸른 화면에 다운받은 어플이 보인다. 살짝 터치만 하면 eating을 볼 수 있다. 휴대폰을 다시 주머니에 넣는다. 설렁탕 국물을 한 수저 떠넘긴다. 꿀꺽, 국물이 목울대를 통과하는 소리가 들린다. 콜라를 마시던 17번이 떠오른다. 오늘 만이라는 다짐을 하며 휴대폰을 다시 꺼내 든다.

뭘 그렇게 재밌게 보세요? 어깨 너머로 들려온 주인의 말에 휴대폰을 끄고 먹던 설렁탕을 두고 식당을 나왔다. 한갓 영상물 하나로 하루 만에 무너진 의지력에 실망하며 들린 곳은 집 앞 편의점이었다.

TV 앞에 앉아 편의점에서 사온 도시락을 열어 9번을 클릭한다. 9번이 플라스틱 도시락 뚜껑을 열어 나무젓가락을 가른다. 바스락 하는 소리와 쩍 소리가 난다. 하얀 밥과 계란말이를 입 안 가득 퍼 넣고 우적우적 씹으며 된장국을 마신다. 화면 가득 클로즈업 된 9번을 보며 나도 도시락을 열어 계란말이와 밥을 먹는다. 9번을 따라 된장국을 마신다. 후루룩, 쩝쩝, 꿀꺽하는 소리들이 스피커를 통해 거실을 울린다. 그 소리가 9번에서 나온 건지 내게서 나온 건지 알 수 없다. 다만 나도 모르는 사이 도시락을 깨끗이 비웠다.

인간의 기본적인 생리 욕구 하나 스스로 해결하지 못한 내가 한심해 빈 도시락을 힘껏 구겨 던졌다. 그러나 TV는 끄지 않았다.

아내는 그 많은 시간들을 어떻게 견뎌냈을까. 좋아하던 음식을 멀리하고 멀건 스프나 미음으로 스스로 움직일 수 있을 정도만 먹었던 아내의 시간을 떠올리며 올라온 트림을 참아 넘긴다. 야식의 유혹을 참지 못해 늦은 시간에 치킨이나 족발을 시켜 놓고 부끄러워하던 아내였다. 오늘만 먹고 다이어트는 낼부터. 라고 말했지만 아내의 다이어트는 언제나 내일부터였다. 나는 그런 아내가 귀엽고 사랑스러웠다. 만약 아내가 살아 있다면 지금의 내 모습을 보고 어떤 반응을 보일지 궁금하다. 분명 경악을 하며 화를 내겠지만 눈앞에서 쩝쩝거리며 음식을 씹고 넘기는 나를 보며 아내 역시 침을 삼키며 입술을 오물거릴지 모른다는 생각이 든다.

돈가스가 든 식판을 받아들고 아이들 곁에 앉았다. 급식으로 허기나 달래는 교사들과 달리 학생들은 쉴 새 없이 재잘거리며 음식을 넣고 씹는 걸 게을리 하지 않는다. 그런 아이들과 함께라면 eating을 보지 않고도 먹을 수 있다.

선생님, 돈가스 안 드세요? 하나 가져가도 되죠? 포크를 들고 쳐다보는 여학생의 입가에 소스가 묻어 있다. 순간 eating의 10번과 함께 아내의 얼굴이 떠올랐다. 아들의 입가에 묻은 소스를 손가락으로 닦아 입안에 넣던 아내와 10번의 붉은 입술이. 검지로 여학생의 입가를 닦아냈다. 그리고 아내가 했던 대로 소스가 묻은 손가락을 입에 넣었다. '변태' 두 눈을 치켜뜨고 서슴없이 내뱉는 어린 여학생을 보자 갑자기 현기증이 일고 눈앞이 캄캄해졌다. 오른손 검지를 확인했다. 돈가스 소스가 조금 남아 있다. 손도 대지 않은 식판의 돈가스로 눈길이 갔다. 웅성거림이 들려왔다.

교문을 나섰다. 아들이 죽었을 때 진작 그만두었어야 했다. 학생들을 보면 아들의 사라진 미래가 생각나 불쑥 화가 치밀곤 했다. 하지만 학교가 멀어지자 후련함보다는 왠지 모를 두려움에 걸음이 무겁다. 혹시 하는 기대를 안고 뒤를 돌아본다. 문화제를 알리는 현수막이 교문에 펄럭이고 있다.

내일부터 당장 갈 곳이 없어진 나를 어떻게 통제하며 하루를 보내야할지 고민이다. eating의 유혹에서 벗어나 평범한 생활로 돌아갈지 eating과 함께 무리에서 소외되어 살아갈지 나도 모르기 때문이다. 솔직히 어느 것도 자신이 없다. eating의 사람들은 홀로 남겨진 내게 유일한 친구이다. 하지만 모두 현실과는 먼 사람들로 아마 나는 그 친구들로 인해 더욱 외로워질지 모른다. 무엇보다 그 모든 걸 알고도 끊을 수 없다는 게 두렵고 무섭다.

며칠 후 사표는 수리될 것이고 교무실의 내 책상은 치워질 것이다. 시간이 흘러 학생들과 교사들의 기억에서 서서히 지워질 즈음 급식에 돈가스가 나와 누군가의 입술에 소스가 묻으면 오늘의 일이 되살아나 또 한 번 각인될 것이다.

삼 일을 eating과 함께 뒹굴다 집에서 나와 버스를 탔다. S를 만나야겠다는 생각이 들었다. S는 내가 유일하게 편한 마음으로 함께 밥을 먹을 수 있는 사람이다. eating을 권한 사람이 S니 끊을 수 있는 구체적인 길을 열어 줄 거라 생각했다. 방학이 아닌 평일 오후에 버스를 타고 거리로 나선 건 처음이다. 거리는 많은 차들로 붐볐다. 버스 안 뒷좌석에 앉아 차창 밖을 바라본다. 점심시간인지 사무실에서 쏟아져 나온 직장인들의 발걸음이 분주해 보인다. 지금쯤 학교에서도 점심 급식을 먹고 있을 것이다. 구차하게 변명은 하지 않았다. 이미 나는 그들에게 특별 취급을 받고 있는 사람이었다. 누구도 진실을 믿어주지 않는다는 걸 알고 있기에 미련은 두지 않았다.

버스가 사거리를 돌자 광장에 많은 사람들이 보인다. 하얀 천막 아래 한 줄로 선 사람들과 탁자나 나무 아래 쪼그려 앉은 사람들이 무언가 먹고 있다. 무언가에 이끌리듯 벨을 눌러 하차를 했다. 서둘러 그곳으로 걸어갔다. 자선단체에서 무료로 나눠주는 점심을 먹기 위해 줄을 선 사람들이었다. 배식구 쪽을 기웃거리는 그들의 얼굴엔 별다른 표정이 없다. 그 표정은 이미 세상 어떤 것도 흥미롭거나 관심거리가 아닌 듯했다. 오로지 시간에 따라 삶이 흘러가는 사람들의 표정이 저럴까.

형씨, 제일 뒤로 가요. 얼쩡거리다 몰래 새치기 하지 말고. 노숙자로 보이는 중년 남자의 말에 얼떨결에 행렬의 끝에 서서 밥을 먹는 사람들을 바라본다. 조금 전까지 세상 어떤 일에도 관심이 없어 보였던 얼굴들이 식판을 받아들고 자리에 앉자마자 맹렬하게 음식을 먹기 시작했다. 마치 먹는 것만이 시간과 맞서는 삶의 전부인 양 그들은 오직 먹는 일에만 열중하고 있다.

요즘은 멀쩡한 놈들도 공짜밥 얻어먹겠다고 몰려드니 정작 배고픈 사람이 생으로 굶게 생겼어. 뒤에서 투덜대는 소리에 얼른 행렬에서 비켜 나왔다. 멀찍이 떨어져 밥을 먹는 그들을 바라본다. 오로지 음식이 담긴 식판만 보며 빠른 속도로 밥과 반찬을 비워내며 옆 사람과 말을 하거나 휴대폰을 보는 사람도 없다. 몇몇은 배식 쪽 행렬을 힐끔대며 부지런히 식판을 비운다. 그들 중 40대로 보이는 남자가 재빠르게 식판을 비우고 다시 행렬의 끝으로 간다. 듬성듬성 난 수염과 덥수룩한 머리, 낡은 감색 점퍼가 eating의 17번을 떠올리게 한다. 낡은 작업복 차림으로 햄버거 하나를 세 번 만에 베어 먹고 콜라 한 병을 단숨에 마셔 버린 17번과 남자가 무척이나 닮았다. 요동치는 17번의 목울대가 생각이 난다.

S의 가게로 가는 버스가 정류장에 서 있지만 그대로 지나쳐 걸었다. 따가운 오후의 햇살을 느끼며 스쳐 지나는 사람들과 차량들을 번갈아 본다. 바쁘게 각자의 길들을 가

고 있지만 모두 한 무리처럼 보인다. 조금 전 무료 급식소에 줄을 서 있던 사람들 역시 나와 다른 무리였다. 집을 나올 땐 목적지가 있었다. S에게 구체적인 방법을 물을 생각이었다. 하지만 S역시 나와 다른 무리다. 그는 이미 eating을 보지 않고 아내와 함께 밥을 먹고 사람들과 술을 마시고 어울리며 살고 있다. S는 분명 같은 답을 처음인 것처럼 생소하게 말할 것이다. 여자를 만나거나 사람들과 함께 하는 취미를 가지라고.

갈 곳이 없다. 사방으로 뻗은 교차로에서 어디로 가야할지 방향을 잡지 못해 서 있는데 갑자기 빗방울이 떨어지기 시작한다. 위를 올려다본다. 빌딩 위 대형 전광판에 흰 블라우스와 검정 스커트를 입은 여자가 피자를 손에 들고 미소를 띠고 있다. 분홍빛 혀를 내 밀어 흘러내리는 치즈를 받아먹고 피자를 한입 베어 문다. 입술에 묻은 소스를 혀로 닦아낸다. 나른한 목소리로 여자가 말한다. 도조, 아나타모 타베데 미테 쿠다사이.

17번의 목울대가 쿨렁 요동을 친다. 나도 17번을 따라 햄버거를 삼키고 소스가 묻은 손으로 콜라를 들어 마신다. 목울대를 만져본다. 힘찬 요동이 느껴진다.

나는 오늘도 eating과 함께 살며 아직, 살아 있다. ✗

아무도 전화를 받지 않았다

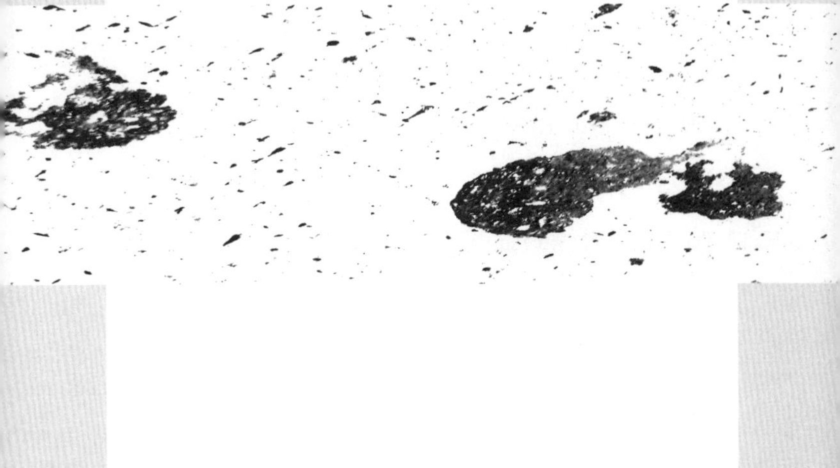

아무도 전화를 받지 않았다

장은 소장의 말이 믿기지 않았다. 다음 주 월요일이면 삼일 후였다. 그만 나가보라는 소장의 손짓에 얼떨떨한 표정으로 사무실을 나와 곧장 아내에게 전화를 걸었다. 그러나 오랜 신호음이 울려도 받지 않았다. 시간을 보니 한창 손님이 몰려 바쁠 때였다. 소식을 들으면 누구보다 기뻐할 아내가 연락이 되질 않자 장은 못내 아쉬웠다. 그러나 지금 장이 느끼는 기쁨은 그 보다 훨씬 큰 것이어서 그런 감정은 잠깐이었다. 하긴, 지금보다 저녁에 깜짝 선언을 하면 더 좋아하겠지, 오랜만에 삼겹살이라도 사서 파티를 해야겠어. 혼잣말을 하며 장은 버스 정류장을 향해 걸음을 서둘렀다.

장은 버스 뒷좌석에 앉아 차창 밖을 내다보며 흐뭇한 미소를 지었다. 삼 일 후면 저 거대한 아파트를 지키고 관리해야 한다고 생각하자 가슴이 벅차올랐다. 그런 감정은 실로 오랜만이어서 누구라도 말을 건네 온다면 반갑게 이야기를 나누고 싶을 정도였다. 그러나 옆자리는 비어 있고 휴대폰도 울리지 않았다. 형제들과 장모와 처남, 처제들을 떠올렸지만 오랫동안 연락 없이 지내온 터라 아무래도 내키지 않았다. 몇 안 되는 친구들 또한 마찬가지였다. 행여 난처한 부탁이라도 할까 전화를 받길 주저하거나 갚지 않은 돈을 재촉할 것 같았다. 돈이 원수지. 한숨처럼 뱉어내며 장은 그러한 모든 것이 결국 돈 때문에 생겨났고 해결 방법 또한 돈밖에 없다고 생각했다. 무엇보다 지금 장이 우선적으로 해결할 일은 아내였다. 방에만 틀어박혀 얼굴 본 지 오래인 아들과 집을 나가 발길을 끊은 딸은 나중 문제였다. 그런 생각을 하자 장은 술 생각이 간절해졌다. 오늘 같은 날 소주 한 잔쯤 괜찮겠지, 하는 마음이 잠깐 들었지만 생수 한 모금으로 떨쳐냈다.

장은 이동통신사 번호인 010만 눌렀다 지우길 반복했다. 매일처럼 걸려오던 통신사와 보험회사의 끈질긴 권유 전화도 웬일인지 오늘은 잠잠하다. 지금이라면 기쁘게 응대해줄 수 있을 텐데, 라고 생각하며 장은 바짝 마른 입술을 혀로 축였다.

버스는 신도시를 벗어나고 있었다. 저게 모두 몇 층이야. 뒷목을 주무르며 장은 멀어지는 고층 아파트들을 올려다봤다. 대충 눈어림으로 세어 봐도 오십 층 이상은 되어 보였다.

장은 자신이 살고 있는 반 지하 빌라를 떠올리며 높아도 너무 높다는 생각이 들었다. 한편으론 저렇게 높은 건물을 지키고 관리하는 일이야 말로 대단하다는 생각에 가슴 한켠이 뿌듯했다. 장은 환승역을 알아보기 위해 노선도를 찾아 버스 안을 두리번거렸다. 그때 장의 눈에 건너편에 앉아 있는 중년 여자가 들어왔다. 여자는 굵은 허벅지를 벌리고 앉아 가방 속에서 무언가를 꺼내 먹고 있었다. 장은 여자의 통통한 손가락을 넋을 놓고 바라보았다. 장의 시선을 느낀 여자가 불쾌한 얼굴로 가방을 추슬렀다. 과자 부스러기인지 떡 고물인지 모를 가루가 가슴을 받히며 불룩하게 나온 상의에 묻어 있었다. 장은 여자를 보며 밥상 앞에 다리를 벌리고 앉아 힘들어하며 밥을 먹는 아내를 떠올렸다. 뱃살 때문에 아내는 언제나 국과 밥을 들고 먹었다. 조심을 한다고 해도 아내의 앞 섶 옷자락에는 늘 반찬 자국이 남아 있었다. 장은 첫 월급을 받으면 먼저 식탁을 사야겠다 생각했다. 좁은 부엌을 탓하며 반대를 하겠지만 서로 마주 앉아 밥을 먹는 모습을 상상하자 입가에 절로 미소가 번졌다. 생각만으로 흐뭇한 풍경이었다.

그래, 강 사장. 강 사장이 있었지, 한번 부탁을 해봐야겠어. 식탁을 떠올리며 장은 강 사장의 번호를 찾아 통화 버튼을 눌렀다. 오랜 신호가 울리고 강 사장이 받았다. 몇 달 만에 듣는 강 사장의 목소리가 장은 무척 반가웠다.

강 사장님, 저 장주석입니다. 그동안 안녕하셨지요. 아, 예. 물론 저도 사장님 덕분에 잘 지내고 있습니다. 하시는 사업은 잘 되시고, 아, 무슨 일로 전화를 했냐고요, 무슨 일은요, 그냥 오랫동안 안부 인사를 드리지 못한 것 같아 겸사겸사, 부탁드릴 것도 좀 있고, 지금 잠깐 통화 괜찮습니까? 한 3, 4분 정도면 되는데, 아, 지금은 좀, 그럼 언제쯤 다시 걸까요, 이십 분쯤 후면 괜찮겠습니까? 아, 그쪽에서 하신다구요, 급한 일 마무리 짓는 대로 곧, 네, 알겠습니다. 그럼 전화 주십시오. 기다리겠습니다.

휴대폰에 대고 당부를 하는 장의 목소리가 버스 안을 울렸다. 몇몇 승객들이 찌푸린 얼굴로 돌아보았다. 건너편에 앉아 있는 여자 역시 장을 향해 얼굴을 찡그렸다. 여자와 눈이 마주친 장이 살짝 미소를 지어보였다. 자세히 보니 통통한 볼에 파묻힌 낮은 코와 목이 파인 라운드 티를 입고 있는 모습이 아내와 사뭇 닮았기 때문이었다.

다이어트? 그것도 돈이 있어야 하지. 돈이 없는데 뭘로 매일 비싼 야채와 과일을 사 먹어! 운동을 하라고? 팔자 좋은 소리 하고 있네, 돈 버느라 잠잘 시간도 없는데 운동할 시간이 어디 있어! 살 좀 빼라는 말을 꺼냈다 화살처럼 쏘아대는 아내의 돈 타령에 장은 두 번 다시 다이어트라는 말을 꺼내지 않았다. 그래도 살을 조금 뺏으면 했다. 장의 시선이 불편했는지 여자가 자리에서 일어나 앞쪽으로 옮겨갔다.

장은 용건도 꺼내지 못하고 끊어버린 강 사장의 전화가 아쉬웠다. 그래도 식탁은 강 사장에게 부탁하는 편이 낫겠다 싶었다. 옛정을 생각하면 원가는 당연하고 잘만하면 재고 물건을 거저 줄지도 모른다는 생각에서였다. 어쩌다 연락이 닿으면 곧 문을 닫을 것처럼 힘들어 했는데 통화도 제대로 못할 만큼 바쁜걸 보니 요즘 가구 공장 일이 그럭저럭 돌아가고 있는 것 같았다. 전화를 달라고 말미에 다짐을 주었으니 궁금해 할 것이고 곧 연락이 올 것이었다. 아쉬운 마음을 달래며 장은 강 사장의 전화를 기다렸다.

곧 하겠다던 강 사장의 전화는 20분이 지나도 오지 않았다. 장은 다시 아내에게 전화를 걸었다. 역시 받지 않았다. 차창으로 흩날리는 벚꽃을 바라보며 장은 이번 일요일엔 아내와 함께 꽃놀이를 가야겠다 생각했다. 함께 외출을 한지 언제였는지 기억이 가물가물했다. 그러한 모든 것이 자신 탓이라 여기며 혹시 하는 마음에 다시 전화를 걸었지만 마찬가지였다.

장은 휴대폰의 연락처를 들여다보았다. 연락처 옆에 126이라는 숫자를 보며 이토록 많은 전화번호가 저장되어 있다는 사실이 믿기지 않았다. 장은 126명의 이름을 대충 검색했다. 그중에는 기억에도 없는 사람들의 이름과 한때 정수기 판매 일을 하며 알고 지낸 거래처와 잠시 머물다 떠나온 동네의 세탁소와 슈퍼, 중국집 번호도 있었다. 장은 먼저 그런 번호부터 제거해 나갔다. 연락을 끊었지만 형제들과 처갓집 식구들과 친구들의 번호는 그냥 두기로 했다. 비록 지금은 서로가 반갑지 않은 사이지만 언젠가 다시 인연의 끈이 이어지리라 믿기 때문이다.

장은 다시 처음으로 돌아와 자음의 순서대로 하나씩 검색해 나갔다. ㄱ, ㄴ을 훑어 내려가다 ㄴ의 자음에서 장은 반가운 이름을 발견했다. 남덕형. 일 년여 전 한때 지방의 건설현장에서 일하며 형제처럼 막역하게 지내던 사이였다. 5개월을 같은 숙소에서 지내며 공사가 끝나고도 가끔 연락을 하곤 했는데 작년부터 뜸해지더니 최근 들어 연락이 없었다. 장은 남덕형이라면 이야기가 통해 자신의 일처럼 기뻐해 주리라는 생각이 들었다.

남덕형의 전화는 연결이 되지 않았다. 번호가 바뀌었는

지 없는 번호라는 안내음이 나왔다. 진작 연락을 했더라면 좋았을 텐데. 쉰이 가까운 나이에 장가도 못가고 치매에 걸린 팔순 노모를 부양한 남덕형의 모습을 떠올리며 장은 그동안 자신의 무심함을 자책했다.

장은 남덕형의 노모를 만난 적이 있다. 오 개월 간의 공사현장 일을 끝내고 남덕형의 차에 동승해 집에 돌아가는 길이었다. 남덕형의 집은 장이 사는 도시에서 한 시간 가량 떨어진 작은 읍이었다. 장이 사는 도시 이정표가 나타났을 때 남덕형의 노모가 있는 요양원에서 전화가 걸려왔다. 요양원은 도시와 가까웠다. 노모의 사고 소식을 듣고 불안해하는 남덕형 대신 장이 운전을 했다. 다행히 노모의 사고는 그리 크지 않았다. 발목을 접질러 부복을 대고 있었지만 노모의 소화력만은 젊은 사람 못지않았다. 장이 사간 참외를 먹어보라는 말도 없이 한 번에 두 개나 먹어치우는 노모를 보며 장은 몇 년 전 세상을 떠난 어머니를 생각했다. 장의 어머니도 참외를 좋아했다. 변변치 못한 아들 벌이로 며느리 눈치 보느라 참외 하나 제대로 먹지 못한 어머니가 생각나 장은 몰래 눈시울을 붉혔다. 장은 노모와 달리 자주 체해 소화제를 비타민처럼 먹던 남덕형을 떠올렸다. 그리고 괜한 불길함을 지우기 위해 다시 연락처를 검색해 나갔다.

자음 ㄷ의 연락처를 훑어 내려가다 따리, 라고 저장된 번호를 장은 복잡한 얼굴로 들여다보았다. 따리, 따리…… 마치 생소한 단어를 처음 입에 담아본 듯 한참을 입속에서 되뇌었다. 긴 한숨이 장의 입에서 새어나왔다. 딸이 집을 나간 날이 떠올랐다. 아내는 아들의 은둔과 딸의 가출이 술 때문이라 원망을 했지만 술은 훨씬 이전부터 마셔왔다. 사고 전 기분 좋아 마신 술이 사고 후 괴로움을 잊기 위해 마시는 술이 되었을 뿐이었다. 일 년 남짓 남은 개인택시 면허 자격증을 장은 갑작스런 인사사고로 잃고 말았다. 다행히 상대편 과실도 있어 형사 처분을 면하고 합의금만으로 해결이 되었지만 개인택시를 몰기 위해 10년 이상 쌓아 온 시간과 모아둔 돈이 모두 날아가 버렸다.

돈이 없어, 먹고 죽으려 해도 돈이 있어야지. 입만 열면 돈 타령을 하는 아내만 보면 장은 술 생각이 더욱 간절해졌다. 아내의 돈타령과 사고 당시의 기억을 지울 수 있는 건 오직 술뿐이었다. 술에 취한 세상은 현실과 반대였다. 그 곳에선 돈다발을 안고 활짝 웃는 아내가 즐거운 비명을 질러댔다. 돈이 많아, 돈이, 집구석을 뒤지기만 하면 막 돈이 나와, 이러다가 돈 다발에 묻혀 죽겠어. 라고. 그러나 술이 깨면 현실은 언제나 아내의 돈타령과 함께 납입기한을 넘겨버린 세금 고지서만 방바닥에 나뒹굴 뿐이었다.

차라리 아빠가 없는 게 낫겠어, 그럼 엄마도 나도 찬이도 지금처럼 살지 않을 테고 아빠도 미워하지 않을 텐데.

뭐? 왜, 아예 죽으라고 대 놓고 말을 해라! 천하에 못 돼쳐 먹은 년!

장은 마시던 소주병을 딸의 얼굴을 향해 던졌다. 이후 이 년이 되도록 장은 딸을 만나지 못했다. 그러나 그날 딸이 한 말은 뇌리 깊숙이 박혀 아무 때고 불쑥 고개를 치밀어 떠올랐다.

택시 사고 후 이 년여 만에 장은 일자리를 찾기 위해 밖으로 나왔다. 그러나 운전 외에 특별한 기술이 없는 장이 할 수 있는 일은 단순노동뿐이었다. 공사현장을 전전하며 잡일을 하다 인력사무소를 통해 강 사장을 만났다. 강 사장은 부엌 가구를 만들고 설치하는 일을 했다. 들쑥날쑥한 현장일은 수입 또한 같았다. 하루를 일하면 몸져눕는 날이 삼 일은 되었다. 백만 원이라도 좋으니 매달 받아봤으면, 장의 아내는 남편이 내민 푼돈을 받을 때마다 고장 난 테이프처럼 반복했다. 기사식당에서 주방 일을 하는 아내의 벌이보다 시원찮다는 걸 알고 있기에 장은 할 말이 없었다. 대신 술에 취해 흔들리는 벽을 보며 장은 밤새 혼자 떠들었다.

아내를 통해 딸이 미용실에서 일을 배우며 먹고 잔다는

소식은 들었다. 장은 딸을 만나러 갈 용기가 나지 않았다. 그래도 아빠가 취직을 했다는 걸 알게 된다면 마음을 풀고 집에 들어올 것도 같았다. 그러나 막상 통화 버튼을 누르는 건 내키지 않았다. 수화기 저 편에서 들려올 딸의 반응이 두렵기 때문이다.

ㄹ과 ㅁ, ㅂ의 자음에선 딱히 연락을 할 만한 사람은 없었다. 인력 시장의 문 소장과 한때 잠깐 일을 했던 사람들의 번호가 있었다. 그냥 둘까 고민을 하다 장은 과감하게 삭제를 했다. 이제 취직을 했으니 연락할 일은 없을 터였다. ㅅ에서 장은 고물상 성 사장의 번호를 발견했다. 그동안 잊고 있던 일당이 생각났다. 보름치면 웬만한 식탁 하나는 살 수도 있을 터였다. 그런 생각을 하자 한동안 잊고 있던 어깨 통증이 느껴졌다. 그때 성 사장이 문병을 와 건넨 치료비 몇 푼이 일당의 일부라는 걸 장은 후에 알았다. 퇴원 후 성 사장을 찾아갔지만 제대로 말도 꺼내지 못했다. 오히려 그때 사고로 손해를 입었다는 말에 사과를 하고 돌아섰다.

아니, 그런다고 그냥 돌아오면 어떡해! 멱살을 잡든지, 매달리든지, 무슨 수를 써서라도 당장 받아 와욧! 펄쩍 뛰는 아내에게 등을 떠밀려 며칠 후 다시 찾아갔지만 결국 빈손으로 돌아왔다. 장은 지금도 그때 고물을 분리하다 무너진 고철더미에 다친 어깨가 날만 흐리면 쑤시고 아프다. 전화를 해볼까? 장은 성 사장의 번호를 보며 고민했다. 물론 일당을 받을 가능성은 전무했다. 그러나 오랜만에 성 사장의 목소리가 듣고 싶었다. 어깨를 다치기 전까지 유일한 술친구였다. 술 생각이 간절해지며 입안이 바짝 타올랐다. 그냥 오랜만에 술 한 잔 하자고 해? 아니, 지금 내가 무슨 말도 안 되는 생각을 하고 있는 거야. 오늘까지 어떻게 참았는데. 굳은 다짐을 하며 장은 성 사장의 번호를 꾹 눌러 삭제를 했다. 이제 성 사장이야말로 두 번 다시 연락할 일은 없을 터였다. 그래도 그때 성 사장 밑에서 잠깐이나마 일을 한 경험이 인정되어 오늘 면접에서 점수를 얻었다고 생각하자 조금은 고마운 마음도 들었다.

쓰레기 분리일이라면 자신이 있었다. 아직 어깨가 완치된 건 아니지만 분리수거장에서 뒤섞여 있는 쓰레기를 분리하고 정리하는 일쯤이야 벽돌을 지고 계단을 오르는 것에 비하면 일도 아니었다. 무엇보다 장은 경비원들이 입고 있는 제복과 모자가 마음에 들었다. 땀에 절어 쉰내 나는 셔츠대신 감색 제복은 제법 폼이 나 보였다. 장은 그 옷을 입고 이천 세대가 넘는 대단지에서 일을 한다고 생각하니 가슴이 또 벅차올랐다.

지난 몇 개월 동안 장은 경비원 모집을 하는 아파트를 찾아 이력서를 내고 면접을 보았다. 푼돈을 내밀 때마다 푸념 하는 아내의 소원을 들어주고 싶었다. 돌이켜보면 결혼 후 한 번도 아내에게 매달 일정한 돈을 가져다 준 적이 없었다. 택시를 몰았을 때에도, 인력 시장을 전전했을 때에도 장의 벌이는 들쑥날쑥했다. 일을 해야만 했다. 아들과 함께 제대로 된 벌이도 없이 소주병만 끼고 사는 남편을 어느 날 아내가 갑자기 버리고 떠날지도 모른다는 생각이 불현 듯 들었다. 그런 생각은 장을 불안하게 했다. 술을 마시지 않으면 불안함을 떨치기 힘들었고 맨 정신으로 아내를 보는 날은 손꼽을 정도였다. 경력, 학력무관 이라는 자격 요건은 누구에게나 문이 열려 있었지만 들어가는 건 쉽지 않았다. 60세 이상이라는 나이 제한은 50초반인 장에게 부족한 자격이었다. 인력시장에서 꺼리는 나이가 경비직에서 반기지 않는다는 사실이 장은 이해가 가질 않았다. 역시 이번에도 기대는 하지 않았었다.

"사시는 집하고 거리가 상당한데 출퇴근은 괜찮습니까? 그쪽에서 오시려면 교통도 좀 불편하실 텐데."

"괜찮습니다, 아무 문제없습니다."

관리소장의 질문에 자신 있게 답하며 장은 정말 아무 문제가 없다고 생각했다. 물론 집에서 가깝다면 더할 나위 없겠지만 그런 곳은 연락도 오지 않았다. 장은 아무리 멀어도 받아주기만 하면 일할 생각이었다. 환승시간만 잘 맞춘다면 한 시간 반이면 충분하니 문제될 건 없었다.

도심에 들어서자 버스는 하교하는 학생들로 금세 만원이 되었다. 장의 옆자리에도 중학생인 듯한 남학생이 앉았다. 시큼한 땀 냄새를 맡자 아들 생각이 났다. 좁은 방구석에서 종일 뭘 하고 지내는지. 장은 긴 한숨을 토하며 옆자리 학생을 흘깃 보았다. 시험기간인지 통로에 서 있는 친구들과 시험문제를 두고 이야기를 하고 있었다. 아들은 정상대로라면 지금 고3 수험생이 되었어야했다. 밤새 공부에 매달려도 시원찮을 마당에 컴퓨터 게임이나 하고 잠으로 시간을 버리고 있는 아들을 생각하자 가슴이 답답해져왔다. 차창을 열자 4월의 봄바람이 들어왔다. 그때 그 놈 말을 들어주는 것이 아니었어. 돌이킬 수 없는 후회가 또 밀려왔다.

아들은 고등학교에 입학하고 한 학기가 끝날 무렵 자퇴를 했다. 적성에 맞지 않는 무의미한 학교생활을 하는 대신 혼자 공부해 검정고시를 보고 대학에 가겠다는 것이었다. 장과 아내는 펄쩍뛰며 반대를 했지만 아들의 고집을 꺾을 수 없었다. 학교에 사정을 해 자퇴를 유보했지만 결국 새 학년에 올라갈 무렵 희망을 포기했다.

독학을 해 검정고시를 보겠다던 아들은 매일 방에 틀어

박혀 밤낮이 바뀐 생활을 하고 있다. 장은 깊은 밤 혼자 부엌에서 라면을 끓여먹는 아들의 뒷모습을 종종 목격했다. 부스스한 뒷머리에 두드러진 등뼈가 최근 장이 기억하는 아들의 모습이다. 앞모습을 본 지 언제인지 기억도 나질 않는다. 일부로 다가가 얼굴을 볼 수도 있지만 장은 내키지 않았다. 장이 기억하는 아들의 얼굴과 전혀 다른 모습을 보게 될 것 같아 두려웠기 때문이었다.

장은 자음 ㅇ에서 아들이라고 저장된 번호를 찾았다. 생각해보니 아들에게 전화를 건 기억이 없었다. 몇 번 아들에게 전화가 온 적은 있었다. 아마 처음 휴대폰을 사 준 중학교 1학년 무렵이었던 것 같다. 그때 택시를 몰고 있던 장은 운전 중 걸려 온 아들의 전화를 받지 않았다. 지금에 와 돌이켜보면 그때 아들의 전화를 받았더라면, 아니면 나중 걸어보기라도 했더라면 하는 생각이 든다. 무언가 꼭 할 말이 있어 전화를 했을지 몰랐다. 장은 아들이 말문을 닫아버린 것이 그 때문일지 모른다는 생각이 들었다. 내년에 영장 나오면 바로 군대에 보내버려야겠어, 훈련을 받고 단체생활을 하다보면 인간이 돼 나올지 모르지. 그런 생각을 하며 장은 옆자리에 앉아 있는 학생에게 말했다. 열심히 공부해라! 부모 속 썩이지 말고. 장의 말에 힐끗 돌아본 학생이 얼굴을 찡그리며 통로 쪽으로 몸을 비틀었다.

ㅇ을 지나 ㅊ, ㅌ, ㅍ을 검색해 나갔다. 채범식? 탁재만? 이 친구들 아직도 택시 몰고 있나? 참, 셋이서 한창 마셔댔었는데. 그때 자주 가던 진미식당 해장국 참 일품이었지. 지금도 하고 있는지 몰라. 해장국을 떠올리자 갑작스레 허기가 느껴졌다. 생각해보니 어제 관리 사무소 전화를 받은 이후 제대로 먹은 기억이 없었다. 간절해진 술 생각을 생수로 달래며 장은 기쁜 일이 있어도 술이 마시고 싶어진다는 사실이 신기하고 이상했다. 그런데, 이놈의 마누라는 궁금하지도 않나, 생전 잘 하지도 않는 전화를 세 번씩이나 했는데. 장은 연락 없는 아내가 야속했다. 채범식과 탁재만에게 전화를 걸어볼까 하는 마음이 일었지만 그만두기로 했다. 만약 연결이 되면 술 한 잔하자는 이야기가 나올 테고 거절하기 또한 힘들 것이었다. 혹시 하는 마음에 진미식당 번호를 찾아 봤지만 보이지 않았다. 대신 기억에도 없는 이름들과 연락을 주고받지 않은 몇몇 번호가 눈에 들어왔다. 장은 삭제 버튼을 눌러 하나하나 지워나갔다.

편현주? 누구지? ㅍ에서 장은 낯선 이름을 발견했다. 이름만으로 보면 여자인 것 같았다. 그러나 도통 감이 잡히지 않았다. 잠깐 스치듯 만난 여자 번호를 저장해 놓았을 리는 없었다. 그런 면에서는 누구보다 철저하다고 확신했기 때문에 편현주라는 이름이 더욱 궁금해졌다. 호기심이 일었다. 장은 통화 버튼을 눌렀다. 신호음이 가고 가늘고 높은 여자 목소리가 들려왔다.

"저는 장주석이라고 합니다만. 제 휴대폰에 그쪽 번호가……."

"어머, 장 사장님, 그동안 건강하셨지요?"

말을 채 끝내기도 전에 반갑게 안부 인사를 하는 상대방의 대응에 장은 당황했다. 자신의 느닷없는 전화를 반갑게 받아주니 기쁜 마음도 없지 않았지만 여자에 대해 기억이 없어 미안한 마음도 들었다. 그러나 사장도 아닌데 무조건 같은 직함을 붙여 불러주는 여자라면 뻔하다는 생각도 들었다. 한편으론 그런 여자의 번호를 저장해 놓은 데 대한 의구심이 일었다.

"미안합니다만, 제가 기억이 잘 나지 않아 그런데, 혹시 저를 잘 아십니까?"

"물론이죠. 잘 알다마다예. 그렇지 않아도 장 사장님께 마침 좋은 상품이 있어 연락을 드리려던 참이었어예."

어미에 요, 가 아닌 예, 를 붙인 걸로 보아 남쪽 지방 출신 같았다. 장은 그제야 여자를 기억했다. 택시를 몰 때 사무실에 매일같이 오던 보험설계사였다. 장과 같은 고향 출신이라는 이유로 한두 번 식사까지 한 적이 있었다. 그때 장은 여자의 끈질긴 권유에 변액보험을 계약했다. 그러나 형편이 여의치 않아 중도 해약을 하고 납입한 보험료를 돌려받으려 했지만, 일 년 가까이 납입한 보험료를 한 푼도 돌려받지 못한다는 사실을 알게 됐다. 장은 그때의 기억이 되살아났다. 막 상품설명에 들어간 여자의 전화를 장은 바쁘다는 핑계로 끊고 편현주의 번호를 삭제했다. 이제 연락처는 103명으로 줄었다.

정류장마다 학생들이 내리자 드문드문 빈자리가 드러났다. 아직 환승할 정류장까지는 조금 더 가야했다. 환승을 하면 집까지는 다섯 정거장밖에 되지 않는다. 신도시를 떠나온 지 한 시간이 더 걸렸다. 출근을 하려면 넉넉잡아 두 시간 정도 여유를 두고 나와야겠다고 장은 생각했다. 그런데, 곧 전화를 주겠다는 사람이 한 시간이 지나도 왜 연락이 없지. 아무래도 잊어버린 거 같은데. 장은 다시 강 사장에게 전화를 걸었다. 오랫동안 신호음이 울렸지만 받지 않았다. 이번에는 아내에게 걸었다. 역시 마찬가지였다. 전화 한 통 받을 새 없이 바쁜가? 아무리 바빠도 그렇지 통화기록은 확인했을 텐데. 장은 아내도 강 사장도 일부러 전화를 받지 않는다는 생각이 들었다. 술을 끊은 지 이제 겨우 일주일이 지났는데 마치 열 달은 된 것 같구먼. 장은 간절해진 술 생각을 생수로 대신했다.

장은 두 번 다시 술을 입에 대지 않겠다고 아내와 약속을 했다. 술을 끊지 않으면 당장 이혼을 하겠다고 엄포를 놓는 아내에게 각서를 쓰고 다짐을 한 게 몇 번째인지 기억이 가물가물하다. 그런데 얼마 전부터 아내의 태도가 이전과 달랐다. 장이 몰래 마신 술병을 보고도 모른척할 뿐 아니라 입에 달고 살던 돈타령도 눈에 띄게 줄었다. 가끔 응답 없는 아들의 방문 앞에서 눈물로 하소연을 하거나 악을 쓰는 일도 하지 않았고 방문을 노크하지도 않았다. 장은 그런 아내가 무서웠다. 어느 날 말없이 아내가 집을 나간 후 시커먼 곰팡이 속에 있을 아들과 자신을 상상하면 참을 수 없는 공포가 느껴졌다. 일 년 내내 습기를 품은 벽은 벽지를 새로 발라도 이내 곰팡이가 피어올랐다. 오랫동안 들어가 보지 못한 아들의 방은 상상만으로 짐작이 갔다. 그 속에서 조금씩 아들의 세포가 썩어가는 상상을 하면 술을 마시지 않고 견딜 수 없었다. 그러나 더 이상 술을 마시면 안 된다는 걸 깨달은 건 불과 육 개월 전이었다. 어느 날 잠을 자다 목이 말라 부엌으로 향하던 장은 딸의 방에서 새어나오는 불빛에 살짝 방문 틈을 들여다보았다. 딸이 집을 나간 후 아내는 딸의 방에서 잠을 잤다. 자연히 부부관계도 멀어졌지만 두 사람 모두 그런 데는 별 흥미를 느끼지 못한 터라 별다른 감정은 없었다. 아들을 낳고 점점 살이 찌기 시작한 아내는 잠자리를 귀찮아했고 장은 그런 아내를 배려했다. 물론 배려라는 말로 미화를 했지만 솔직히 장도 아내와 마찬가지였다. 장이 그날 밤 딸의 방문 틈으로 본 건 자위행위를 하는 아내의 모습이었다. 아내는 모로 누워 평소 잠옷으로 입고 자는 헐렁한 바지 속에 손을 넣고 반라의 남녀가 정사를 하는 장면을 tv로 보고 있었다. 장은 아내의 바지 속에서 꼬물대는 손가락을 몰래 지켜보다 조용히 돌아섰다. 그리고 방으로 돌아와 자신의 속옷에 손을 넣어 늘어진 페니스를 오래도록 주물렀다. 그러나 그 밤 끝내 장은 아내가 누워 있는 방문을 열지 못했다. 그날 이후 장은 왠지 아내의 얼굴과 손을 똑바로 보질 못했다. 얼굴만 보면 그 밤 텔레비전의 푸른 불빛에 비친 몽롱한 표정의 아내가 생각났고 손을 보면 바지 속에서 꿈틀대던 모습이 떠올랐다. 돈 타령을 하며 악다구니를 쳐대는 아내의 얼굴과 묵은지를 찢어 건네는 통통한 손가락이 밤마다 그런 행위를 한다니 도무지 믿어지지 않았다. 장은 자신이 아무리 노력을 해도 아내를 어떻게 해 줄 수 없음에 몹시 괴로웠다. 그런 괴로움은 매일 조금씩 커져만 갔고 급기야 언젠가 견디지 못한 아내가 집을 뛰쳐나가버릴 것 같다는 생각을 하기에 이르렀다. 그러나 약한 의지력은 당장 술을 끊어야겠다 결심을 했지만 이틀을 버티지 못했다.

어떡하든지 돈을 벌어야 해, 한꺼번에 많은 돈은 안길 순

없어도 매달 백만 원이라도 벌어 줘야지. 그러기 위해선 제대로 된 취직을 해야만 돼. 하루에도 몇 번 다짐을 하고 술을 멀리해 보려 하지만 술을 끊으면 어깨 통증이 느껴졌고 아픈 어깨로는 막노동은 물론 운전 또한 무리였다. 그래, 바로 저거야. 저 일이라면 나도 할 수 있을 거야. 어느 날 TV 드라마에 나온 아파트 경비원을 본 장은 결심을 했다.

한경태? 어, 이 친구 번호가 아직 있네. 장은 ㅎ에서 낯익은 이름과 전화번호를 발견하고 착잡한 얼굴로 휴대폰을 들여다보았다. 미안하네, 그동안 내가 너무 무심했네, 나도 사는 게 이 모양이니 자네 식구들 생각할 여유가 없었네. 마치 눈앞에 한경태와 마주한 것처럼 장은 고개를 조아려 용서를 빌었다.

한경태는 장과 입대 동기로 함께 전역을 하고 유일하게 연락을 하고 지내던 사이였다. 장이 인사사고를 냈을 때 자신의 일처럼 뛰어다니며 피해자 가족을 만나 사죄를 하고 절망에 빠진 장을 위로해 주었다. 장은 한경태가 죽기 두 달 전 함께 술을 마시고 노래방까지 갔었다. 그날은 버스 기사인 한경태의 월급날이었다. 장과 헤어진 그날 한경태는 잠을 자다 갑작스런 복통으로 쓰러져 입원한 지 두 달 만에 세상을 떠났다. 그때가 불과 일 년여 전이었다. 장은 그토록 멀쩡했던 친구가 위암으로 세상을 떴다는 사실이 믿기지 않았다. 가끔 소화가 안 된다는 소리는 들었지만 그러기는 장도 마찬가지였다. 걱정 말게, 제수씨와 애들은 내가 자네대신 잘 돌봐 줄 테니. 한경태가 숨을 거두기 전 장은 약속을 했다. 이후 장례가 끝나고 장이 한경태의 가족을 찾은 건 두 번 정도였다. 늘 염두에 두고 있었지만 성 사장의 고물상에서 어깨를 다친 후 자연스레 연락이 끊어졌다. 잘 살고 있겠지. 장은 스스로 위로를 하며 한경태의 번호를 삭제했다.

정리를 끝내자 연락처는 91개로 줄었다. 아마도 남은 91개도 시간이 지나면 삭제가 필요할 것이고 새로운 연락처가 늘어날 것이었다. 우선 다음 주부터 함께 근무하게 될 동료들의 번호로 또 다시 훌쩍 100개가 넘을 것이었다. 그런 생각을 하자 장은 100이라는 숫자가 대단하다는 생각이 들었다. 그렇게 생각하면 나야말로 대단한 거 아니야? 내 나이면 대부분 명퇴하고 들어앉는 마당에 턱 하니 취직을 했으니. 장은 아내가 보고 싶어졌다. 그런데, 왜 아직 전화를 안 주는 거야. 아무리 바빠도 그렇지 전화 한 통 할 시간이 없다니. 한 달 후 백만 원이 든 통장을 받고 기뻐하는 아내의 모습을 그리며 장은 생각을 부풀렸다.

네 아빠가 술도 끊고 취직을 했다지 뭐냐, 이제 그만 집에 들어오너라. 상상 속에서 장의 아내가 딸을 불러들인다. 집을 떠난 딸이 돌아오고 다시 제 방을 찾으면, 아내는 어쩔 수 없이 장과 함께 안방에서 자야하고, 아들은, 그 놈이 문제긴 하지만 절간 같은 집안이 사람소리로 시끄러워지면 제 놈도 어쩔 수 없이 방에서 나오지 않겠어. 그런 생각이 꼬리를 물고 이어지며 상상은 한 없이 부풀었다.

아이쿠, 이런. 정신을 놓다 정류장을 지나쳐 버렸네. 다음 주부터 정신을 바짝 차려야겠어, 한 눈 팔다 또 정류장을 놓치고 그러다가 지각을 해 짤리기라도 하면, 큰일이지. 어떻게 잡은 일자린데. 허둥대며 장은 하차 벨을 눌렀다. 그때 장의 주머니 속에서 휴대폰이 울렸다. 그러나 갈아탈 환승역을 놓친 장의 귀에는 다음 역을 안내하는 방송멘트만 울릴 뿐 전화벨 소리는 들리지 않았다. ✈

다음에, 또

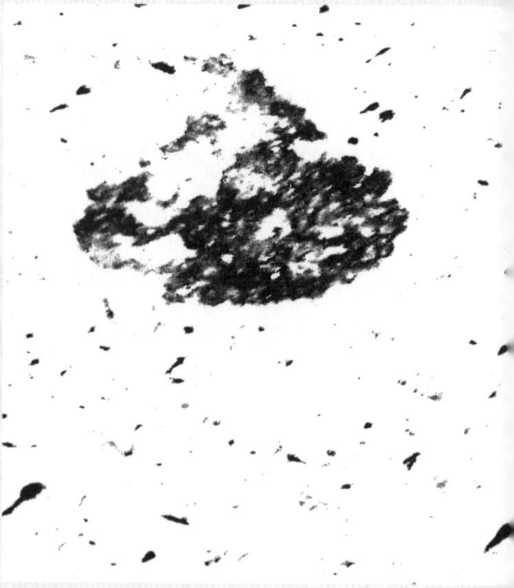

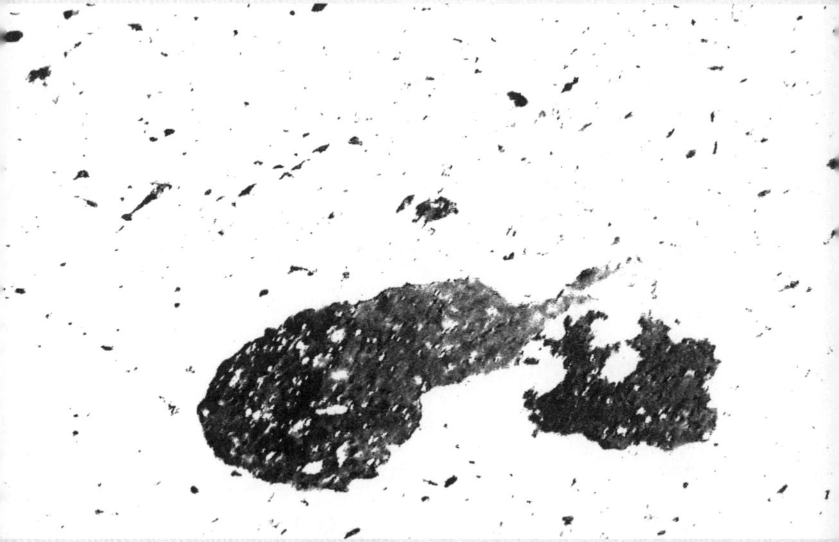

다음에, 또

"바쿠 상."

기차에서 내려 대합실에 들어서자 나를 부르며 손을 흔드는 유스케가 보였다.

"바쿠, 아니고 박, 이에요."

나는 인사를 건네는 것도 잊고 발음부터 정정해주었다. 덥수룩한 곱슬머리와 튀어나온 덧니, 여전한 발음에 나도 모르게 엉뚱한 말이 나와 버렸다. 오랜 시간 농담과 유머를 모르고 지낸 내가 예의를 갖춘 인사대신 그런 행동을 했다는 게 믿기지 않았다. 초대해 줘 감사합니다, 지난번엔 여러모로 신세를 졌습니다. 준비한 인사는 결국 건네지 못했다.

나는 미안해하며 멋쩍게 웃고 있는 유스케를 바라봤다. 파마 안 했어요, 진짜 천연이에요. 일부러 파마를 했냐는 회원들의 질문에 정색을 하며 머리카락을 잡아 보이던 9개월 전의 유스케가 생각났다. 미안한 마음에 유스케를 향해 엄지를 들어보였다. 괜찮아요, 발음 좋았어요.

유스케를 따라 역 광장으로 나섰다. 늦가을의 햇살 속에 손님을 기다리는 택시와 교복을 입고 자전거를 타고가는 학생들과 광장을 가로질러 걸어가거나 역 앞에 늘어선 가게에 들어갔다 나오는 몇몇 사람이 보였다. 간간히 들리는 일본어와 낯선 간판이 없다면 한국의 소도시와 비슷한 풍경이었다. 그래선지 이국적인 느낌은 별로 들지 않았다.

"차로 40분은 가야 해요."

유스케가 싱긋 웃어보이곤 내 트렁크를 끌고 주차장을 향해 앞서 걸어갔다. 40분이라는 시간이 얼마 만큼인지 가늠은 어렵지만 조급함은 일지 않았다. 눈에 보이는 풍경처럼 천천히 다가가고 싶었다. 그래야만 타나다를 볼 수 있을 것 같았다.

유스케의 메일이 온 건 한 달 전이었다. 그날 나는 기간제 교사로 2학년 4반에서 마지막 수업을 했다. 나는 언제나처럼 아이들과 일본어로 인사를 나누고 교실을 나왔다. 그러나 곧 후회를 했다. 아무리 생각해도 '다음에 또'는 마지막 인사로 적당하지 않았다. 그냥 '사요나라' 했다면 찜찜함은 남지 않았을 것 같았다. 나는 집으로 오는 전차에서 내내 그 생각을 했다. 갈아탈 정거장을 놓쳐 평소보다 늦게 원룸에 도착했지만 생각은 한 곳에 머물러 있었다. 그러나 원룸 입구의 계단참에서 잠깐 엉뚱한 상상을 했다. 401호를 향한 계단이 발을 디디면 반대로 내려가 끝없이 추락해버릴지 모른다는 말도 안 되는 상상이었다. 나는 그런 일이 진짜 일어나도 무서울 건 없겠다 생각하며 계단을 올랐다. 휴대폰에 메일 도착음이 울린 건 그때쯤이었다.

메일은 타나다를 담은 첨부 사진과 한 달 후 사가현에서 열릴 '타나다 마쯔리' 즉 계단식논 축제 일정 안내와 9개월 전 나와 한 약속을 지키고 싶다며 초대에 응해주길 바란다는 내용이었다. 유스케의 메일이 당황스러웠다. 첫 만남 이후 따로 연락을 주고받거나 하지 않았기 때문이었다. 더구나 유스케가 말한 약속 역시 특별히 염두에 두지 않았기에 갑작스런 초대를 어떻게 해석해야 할지 난감했다. 그때 나는 유스케가 인사로 '타나다 마쯔리'에 초대를 한다고 여겨 가볍게 응했을 뿐이었다.

첨부메일로 보내온 사진은 9개월 전 학술 세미나 때 유스케가 보여준 것과 비슷한 풍경이었다. 다만 그때는 세미나의 특성상 학술발표가 주된 과제로 타나다를 담은 영상이 짧아 개인적으로 아쉬웠던 기억이 남아있었다. 메일로 보내온 사진은 타나다의 사계를 담고 있었다. 눈이 잘 오지 않는 지역인데 설경을 담은 겨울 풍경과 누렇게 익은 벼 대신 갈대를 담은 가을 풍경은 그때보다 조금 느낌이 달랐다. 특히 해발 900미터 높이의 황금빛 타나다를 돌며 휘날리는 셔츠는 더욱 그러해 몇 번을 클릭해 확대해 보았다.

40분쯤 걸려 도착한 곳은 계곡을 옆에 둔 전통 가옥이었다. 유스케가 여관이라는 말을 하지 않았다면 모르고 지나칠 만큼 규모가 작고 아담했다. 코스모스와 국화가 둘러핀 담장 안의 석등과 보폭에 맞춰 놓인 디딤돌과 정원 한쪽 작은 연못이 검은빛을 띠는 목조 가옥과 어울려 정갈하게 느껴졌다. 무엇보다 눈길을 끈 건 이 층에 나란한 격자무늬 창문과 그 앞으로 나 있는 난간으로 오랜 영화 속 배경과 함께 예전에 읽은 가와바타 야스나리의 '이즈의 무희'를 생각나게 했다. 풀벌레와 물소리밖에 들리지 않는 고요 속에 어디선가 북소리와 함께 샤미센을 켜는 예인 일행과 하얀 얼굴에 빨간 입술의 어린 무희가 춤을 추며 나타날 것 같았다. 그리고 무희를 사모하는 남자 주인공이 이층 난간에 기대 연회에 나간 무희가 오늘밤 더렵혀지는 건 아닐까 조바심치며 괴로워하는 모습과 그런 주인공을 지켜보며 아파하는 내 상상속의 어린 소녀도 함께.

갑자기 시간을 거슬러 온 듯 아득한 느낌이 들었다. 희미하게 불을 밝힌 방 어딘가에 이즈의 무희 속 주인공이 잠 못 이뤄 뒤척이고 있을 것 같았다. 가슴이 두근거렸다. 눈앞에 서 있는 여관이 오랜 시간 누군가를 그리며 기다려왔고 어쩌면 그 누군가가 지금 나일지도 모른다는 생각이 들었다. 이 층 난간을 올려다보았다. 어스름한 어둠속에 서 있는 모습이 마치 신기루처럼 느껴졌다. 한 순간 나타났다 가까이 다가가면 흔적 없이 사라져버리는. 내가 지난 시간 애써 잡으려 했던, 아니 잊으려 했던 기억들처럼. 나는 그렇게 히로토를 잊었고 떠올리길 반복했다.

기다리고 있어, 빨리 다녀올게. 3년 전 히로토는 내게 이전처럼 같은 말을 남겼고 나는 그를 마지막으로 배웅했다. 산장 창가에 기대 좁은 산길을 덜컹이며 오르는 지프차를 향해 손을 흔들며 나는 오래도록 자리를 떠나지 못했다. 한참의 시간이 흐른 후 나는 히로토가 빠져나온 이불속으로 들어갔다. 히로토의 체온이 남아 있는 이불속은 따뜻했다. 나는 곧 돌아올 히로토를 기다리며 깊은 잠에 빠졌다.

그날 히로토는 돌아오지 않았다. 산악동아리 대장인 히로토는 낭떠러지에 떨어진 같은 대학 회원을 구하고 깊은 계곡으로 추락했다. 그리고 한 달 뒤 수색대에 의해 시신으로 발견이 되었다. 나는 히로토의 장례식 후 2년 예정의 유학을 오 개월 정도 남기고 한국으로 돌아왔다.

유스케를 따라 걸음을 옮겼다. 출입문 가까이 노랗게 불을 밝힌 석등에 비친 나무 현판이 눈에 들어왔다.

“검은 계곡 여관? 혹시 저기서 따온 이름이에요?”

나는 여관 옆을 흐르는 계곡을 가리켰다. 해가 진 때문인지 바위와 물이 검게 보였다.

“네, 마을에서 식수로 쓰는 청정수가 흐르고 있죠.”

“그런데 왜, 검은 계곡이죠? 혹시 계곡에 깔린 자갈과 모래 때문이에요?”

나는 검은 모래와 자갈위로 흐르는 맑은 물을 상상하며 유스케에게 물었다.

“그런 이유도 있죠, 바위와 돌이 검은색에 가까우니, 하지만 진짜 이유는 따로 있어요, 보다시피 여기가 고산지역이라 다른 곳에 비해 해가 빨리 떨어져요, 특히 마을에서 제일 먼저 어둠에 잠기는 곳이 저 계곡이라 이름이 그렇게 붙여진 거죠. 보세요, 이제 5시가 조금 넘었는데 저긴 벌써 깊은 어둠이잖아요.”

나는 유스케를 따라 검은 계곡을 바라봤다. 어둠 속을 흐르는 물소리에 귀를 기울였다. 이름 모를 풀벌레 소리가 들려왔다. 사실과 거리가 먼 상상이지만 ‘이즈의 무희’가 이곳에서 탄생을 했을 것만 같았다. 소설 속 배경인 ‘이즈’는 이곳과 꽤 떨어진 곳에 있지만 그런 생각은 좀처럼 지워지지 않았다. 소설 속엔 '검은 계곡'이 나오지 않지만 그때 나는 상상 속의 배경으로 이곳을 떠올렸을지 몰랐다. 문득 암막커튼 속에 두고 온 원룸과 그 안에서 보낸 지난 시간이 생각이 났다. 밤에도 꺼지지 않는 빛과 끊임없이 들려오는 소음 속에서 내가 그리워한 건 지금과 같은 어둠과 고요였던 것 같았다. 유스케에게 감사의 마음이 들었다. 그가 초대 메일을 보내지 않았다면, 9개월 전 만남이 없었다면, 나는 지금도 경계가 불분명한 어둠 속에서 밤새 소음에 시달리며 해결할 수 없는 미래를 고민하고 있었을지 몰랐다.

9개월 전 열린 한일 특성화 고교 교류회는 4일간의 일정이었다. 매년 자매결연을 한 학교 교사와 학생들이 양국을 오가며 교류를 해 왔는데 올해는 교사들만의 교류로 한국의 차례였다. 10년 가까이 이어져 온 교류회지만 내가 참가한 건 그때가 처음으로 교류회 회원인 송 선생의 부탁으로 갑자기 통역을 맡게 되었다.

"갑작스런 제안이라 부담이야 되겠지만, 잘하면 이번 일이 박 선생한텐 새로운 기회가 될 지도 몰라."

교류회 이틀 전 갑자기 장염으로 입원한 통역사의 빈자리를 대신해야 하는 부담이 있었지만 송 선생의 제안은 솔깃했다.

일본에서 돌아온 후 외국어 학원과 방과 후 강사를 전전하다 기간제 교사가 된 지 이 년이 채 지나지 않았을 무렵이었다. 반년 정도 남은 계약 기간은 내게 통역의 경험이나 실력 부족 같은 건 생각할 여유를 가질 수 없게 했다.

교류회의 일정은 한일 교사들의 연구사례 발표와 학교, 기업체 탐방, 시내 관광으로 짜여 있었다. 한국 측 8명과 일본 측 6명의 인원을 혼자 동시통역을 해야 하는 내겐 빡빡한 일정이었다. 나는 반나절 만에 내가 있어야할 곳이 아니란 걸 깨달았다. 처음 듣는 전문용어도 그렇지만 통역을 배려하지 않고 일방적으로 할 말을 다 해버리는 회원들을 감당하기엔 내가 가진 역량이 턱없이 부족했다. 너무 애 쓰진 말고, 적당히 요점만 전달해. 아무래도 내가 감당할 수 있는 분야가 아닌 것 같다고 조심스레 말을 꺼내자 송 선생은 괜한 걱정이라는 듯 싱글댔다. 그리고 일부로 나를 위해 소개를 했는데 이제 와 그만두면 곤란하다고 웃음기를 거둬 말했다.

할 수 없이 부딪혀보기로 마음을 먹었다. 송 선생의 말대로 요점만 전달하고 생소한 단어는 앞뒤 문장으로 추측해 시간 조절을 하며 조금씩 적응해 나갔다. 그러나 정작 문제에 부딪힌 건 발표가 끝난 후 쏟아지는 질문과 답변이었다. 질문은 대체로 발표의 취지에 맞춰 전문적이기도 했지만 때론 엉뚱하고 두서없이 장황해 메모조차 어려웠다. 특히 원예에 조예가 깊은 조 선생이 그랬다. 어디서 찾아왔는지 들풀 하나를 들고 와 며느리밑씻개라는 풀이라며 내게 일본어로 직역하길 원했을 때 나는 몹시 당황했다. 적당히 둘러대 화제를 바꾸려했지만 조 선생의 집요함은 통하지 않았다. 그때 구원투수처럼 나선 이가 유스케였다.

"그건 '마마꼬노시리누구이' 라는 풀입니다. 의붓아들 엉덩이를 닦는다는 뜻이죠."

유스케의 설명에 덧붙여 내가 한국에선 며느리가 일본에선 의붓아들이라고 말하자 모두 비슷한 이름에 신기해했다. 그러나 조 선생은 전혀 다르다고 우겼다. 중요한 건 며느리의 엉덩이가 아닌 밑씻개라는 것이었다. 나는 그 말을 통역하지 않았다.

유스케는 일본 사가현의 농업고등학교 미술 교사였다. 그는 자신의 발표 때 어려운 한자와 전문적인 용어는 설명을 곁들였고 가능한 단문으로 말했다. 덕분에 별다른 실수 없이 통역을 할 수 있었다. 물론 내가 그렇게 할 수 있었던 건 통역에 대한 그의 배려가 컸지만 처음부터 흥미를 끈 발표 내용이었다. 그때 그가 영상으로 보여준 타나다는 지금도 강렬한 기억으로 남아 있다.

안개와 구름에 싸인 정상과 등고선 같은 층층 논, 논둑길을 따라 휘날리는 셔츠들, 타나다를 오르는 사람들과 스치듯 지나가는 그림과 글씨들. 유스케는 별다른 설명 없이 5분 정도 영상을 보여줬다. 가끔 회원들 속에서 가벼운 탄성이 흘러나오면 되돌리기를 하거나 잠깐 영상을 멈추기도 했다. 유스케는 발표 마지막에 안개 속을 휘날리는 셔츠를 클로즈업한 영상을 몇 초간 정지했다 흘려보냈다. 잘 지내지? 거긴 어때? 다음에 또…… 스치듯 지나갔지만 나는 셔츠에 쓰인 글씨들을 읽었다. 갑자기 가슴이 먹먹해졌다. 연구 과제의 경과보고와 마무리 인사를 하는 유스케의 목소리가 들렸지만 전달할 수 없었다. 입을 열면 울먹일 것 같아 멍하니 영상만 바라봤다.

유스케는 오랜 시간 지역을 살릴 방법을 고민 했고 방치되어 갈대와 잡초로 무성한 타나다를 지역축제로 만들 결심을 했다. 많은 난관이 있었지만 학생들과 함께 기획 하고 준비해 마침내 현의 지원을 받아냈고 지역 주민들까지 동참하게 했다. 축제에 참가한 사람들이 자신들이 직접 글씨와 그림을 그려 넣은 셔츠를 들고 타나다에 올라 달게 했는데 꽤 큰 호응을 얻었다고 했다. 유스케는 마지막에 '타나다 마쯔리'를 일본 전국은 물론 해외에서도 찾아오는 글로벌한 지역축제로 만들겠다며 발표의 끝을 맺었다. 다행히 나는 마지막 인사를 실수 없이 전달했다. 그러나 미안함에 마음이 내내 불편했다. 그런 나와 달리 유스케는 내가 한 실수를 별로 마음에 두지 않은 듯 했다. 괜찮아요, 덕분에 하고 싶은 말을 두 번이나 했으니까요.

나는 지금도 그때의 일을 기억한다. 스치듯 지나갔지만 셔츠에 쓰인 글씨 또한 마찬가지다. 정확히 어떤 글이 나를 울컥하게 했는지 모르지만 시간을 되돌려도 담담할 수 있을지 자신이 없다. 그러나 그날의 발표를 위해 짧지 않은 기간 준비를 했을 유스케를 생각하면 여전히 미안한 마음이다.

그날 세미나가 끝난 후 신촌에 있는 삼겹살집에서 뒤풀이를 했다. 왁자한 분위기 속에 소맥이 돌고 삼겹살을 추가 주문하고 많은 대화가 오고갔지만 특별히 통역을 필요로 하진 않았다. 가끔 영어로 소통이 안 되는 경우만 나를 찾았다.

모두 교사라는 직업 때문인지 사적인 대화보다 학교교육에 관한 것이 많았다. 교육현장에서의 문제는 양국이 다 비슷했다. 예전에 비해 낮아진 교권으로 통제가 힘든 학생들의 지도가 어려운 것도 같았고 특별한 해결책이 없는 것 또한 마찬가지였다. 그러나 기간제 교사라는 자격지심은 그런 대화가 나와 상관없는 먼 이이야기로만 들려 어색하고 불편했다.

식당을 나와 모두 노래방으로 향했다. 나는 숙소에 들어가 쉬고 싶었지만 어쩔 수 없이 함께 했다.

한때 그런 분위기를 즐기고 좋아했던 적이 있었다. 정확히 언제부터였는지 기억엔 없지만 유학시절 꽤 즐겼던 건 확실했다. 거기엔 늘 히로토가 있었다. 히로토는 굉장한 음치였지만 가라오케를 즐겼다. 혼자 감정에 젖어 목에 핏대를 세우고 노래를 부르는 히로토를 보며 어쩌면 그의 먼 조상이 한국인이었을지 모른다는 생각까지 들었다. 한국인인 나보다 신라면과 김치를 좋아하고 음주가무를 즐기는 모습은 내가 알고 있는 일본인과 달랐다. 히로토는 J팝은 물론 K팝, 팝송, 엔카까지 장르를 가리지 않고 긴팔과 다리를 흔들어대며 노래했다. 넌 정말 음치구나. 나는 배를 잡고 웃으며 히로토를 놀렸다. 외롭고 힘든 유학생활에 히로토가 있어 다행이라 여기며.

룸에 들어가자마자 화장실을 핑계로 밖으로 나왔다. 1월의 찬 공기에 코트 깃을 여미고 밤하늘을 올려다보았다. 차가운 무언가가 이마에 떨어져 내렸다. 불 켜진 가로등을 올려다보니 눈이 날리고 있었다.

"아, 유끼."

갑작스런 일본어에 놀라 뒤를 돌아보았다. 유스케가 손바닥을 펼쳐들고 하늘을 올려다보고 있었다. 손가락 사이로 담배가 보였다. 라이터로 불을 붙이려다 나를 발견한 것 같았다. 유스케는 회원들 중 혼자 유일하게 담배를 피웠다. 한국이 일본보다 흡연자에게 더 가혹하다며 체류 중 내내 불만을 쏟아내던 그가 나 때문에 참고 있다 생각하니 미안했다.

"피우세요."

내가 한 말을 금방 알아듣지 못한 듯 유스케가 나를 바라봤다. 나는 유스케의 손가락을 가리켜 다시 한 번 말했다. 담배 피우세요, 괜찮아요.

"고맙스무니다."

한국어로 인사를 하고 유스케는 곧바로 라이터를 꺼내 담배에 불을 붙여 물었다. 그리고 갑자기 생각난 듯 자세를 바로 해 머리를 숙여보였다.

"바쿠 상, 오늘 고마웠습니다."

"저, 바쿠, 아니고 박, 인데요."

덥수룩한 뒷머리와 목덜미에서 곱실거리는 머리카락 몇 올을 보자 나도 모르게 그만 엉뚱한 말이 나와 버렸다. 미안해하며 어쩔 줄 몰라 하는 유스케의 반응은 농담이 통할 거라 방심한 나를 당황케 했다. 유스케의 서툰 한국어 발음이 잠시 히로토로 착각하게 만들어 잊고 지낸 농담을 불러왔던 것이었다. 나는 얼른 유스케에게 사과를 했다. 나야말로 미안하고 정말 고마웠다고, 진심을 다해 머리를 숙였다. 유스케는 손을 내저어 자신이야말로 미안하다며 다음엔 제대로 이름을 부를 수 있게 한국어를 공부하겠다고 했다. 눈송이가 굵어지고 있었다.

"사가현에도 눈이 자주 오나요?"

"영하로 내려가는 일이 거의 없어 눈을 보긴 어렵지만 춥진 않아요."

"거기 비하면 여기 추워 굉장하죠?"

나는 영하 10도와 영상 10도의 차이를 생각하며 자라목을 하고 떨고 있는 유스케를 안쓰럽게 바라봤다.

"혼마, 스게데스."

나는 귀를 의심했다. 유스케 입에서 나온 말은 '혼토 스고이'가 아닌 '혼마 스게'였다. '혼마'는 진짜 라는 뜻으로 간사이 지역의 사투리였고 굉장하다는 뜻의 '스게'는 '스고이'와 같은 뜻으로 주로 젊은 남자들이 쓰는 비속어였다. 그렇다고 아무나 쓰는 것도 일부 사람들만 쓰는 것도 아니었다. 하지만 교류회 내내 들어본 적이 없었기에 조금 전 유스케가 한 말은 그냥 스쳐 지나가지지 않았다. 특히 들릴 듯 말듯 짧게 뱉어낸 '스'와 악센트를 주어 길게 빼낸 '게'는 발성법이 독특해 여운이 남았다.

히로토는 입버릇처럼 거의 모든 단어에 스게, 를 붙였다. 눈을 치켜뜨고 위아래로 입을 양껏 벌려 익살스런 표정으로 방금 유스케가 한 것처럼 발음을 하는 히로토를 보면 참을 수 없는 웃음이 터져 나오곤 했다.

스게, 예쁘고, 스게, 맛있고, 스게, 귀엽고, 스게, 춥고, 스게…… 서툰 내 일본어와 타조알같은 삼각김밥도 그런 식으로 스게, 를 붙여 칭찬했다. 확실히 히로토가 말한 스게, 의 느낌은 다른 이들의 스게, 와 달랐다. 히로토의 입에서 스게, 가 나오면 그저 그런 시시한 것들이 갑자기 굉장하고 대단한 것으로 보이고 느껴졌다. 싫어하는 낫토와 우메보시도 히로토가 스게, 우메, 하면 굉장히 맛있어 보였고 방 하나와 부엌뿐인 1DK도 히로토의 스게. 한마디에 방 세 개와 리빙 룸, 다이닝 룸, 키친이 있는 3LDK로 보였다. 나는 가끔 히로토의 흉내를 내며 스게, 하고 따라했다. 그때마다 히로토는 미간을 모으고 내게 주의를 주곤 했다.

'스게,는 너처럼 귀여운 여자가 쓰기엔 어울리지 않아, 그러니 스게, 가 아닌 '스고이'를 써.'

히로토가 죽은 후 나는 스게,를 쓰지 않았다. 이전에 굉장하다고 느꼈던 것들이 시시해진 때문이었다.

"셔츠가 아직 거기 있나요?"

나는 유스케의 손끝에서 타들어가는 담배를 보며 낮에 본 영상을 떠올려 물었다.

"셔츠요?"

"네, 세미나 때 영상으로 보여준 셔츠말에요."

"아, 셔츠, 그건 축제 끝나고 걷어버렸는데……."

유스케는 미안한 듯 끝말을 얼버무리곤 만약 찾아오면 그보다 더 멋진 풍경을 보여주겠다고 약속했다.

직접 확인을 해보고 싶었다. 초대를 하겠다는 유스케의 말에 메일 주소를 알려줬다. 그리고 잊고 지냈다. 아니, 가끔 생각이 났지만 굳이 기억하거나 기억해주길 바라진 않았다. 그런 약속은 수 없이 해왔으니까.

"어서 와요, 먼 길 오느라 고생했어요."

"반가워요, 유스케한테 바쿠 상 얘기 많이 들었어요."

"누나, 발음 조심해, 바쿠, 아니고 박, 어때요? 이번엔 제대로 했죠?"

나는 현관 앞에 나와 인사를 건네는 두 여인과 싱글거리며 농담을 하는 유스케를 당황해하며 번갈아 바라봤다.

"어머니와 누나예요."

싱글거리며 유스케가 말했다. 유스케의 소개로 나는 80에 가까워 보이는 체구가 작은 노인이 어머니고 40대 중반쯤의 보통 키에 조금 통통한 여인이 누나란 걸 알았다. 유스케는 이어 이전엔 어머니가 여관 주인인 오카미였지만 이젠 누나가 오카미며 자신은 허드렛일을 하는 조수라고 너스레를 떨었다.

“이런 산골 여관에서 오카미는 무슨, 여관을 그만두라 해도 노인네가 고집을 피우니 걱정되는 사람이 내려올 밖에, 유스케가 결혼하면 걱정을 좀 덜겠지만.”

유스케는 자신의 결혼 얘기를 꺼낸 누나의 말을 자르고 2년 전 조카가 동경에 있는 대학 기숙사에 들어가자 후쿠오카에서 직장을 다니는 매형과 누나가 주말부부로 지낸다는 얘기를 들려줬다. 기모노를 입고 단정히 빗어 올린 머리가 천연파마인지 구분은 어렵지만 덧니를 드러내 웃고 있는 누나의 얼굴이 유스케와 닮아보였다. 옆에서 두 사람을 흐뭇하게 보고 있던 노인이 나를 어떻게 불러야할지 알려달라며 조심스레 물어왔다. 나는 발음이 어려운 성 대신 ‘유미’ 라는 이름을 불러주길 원하며 초대해 줘 감사하다는 인사를 전했다.

세 사람이 입을 모아 ‘유미 상’하고 불렀다. 나는 ‘하이’하고 대답했다. 웃고 있는 세 사람의 입꼬리가 닮아 있었다.

일주일 전 일본행을 결심하고 연락을 했을 때 유스케는 기뻐하며 자신이 잘 아는 여관이 있으니 그곳에 머물길 원한다고 했다. 그때 나는 유스케가 말한 숙소가 사가현의 온천지역에 있는 여관이나 호텔 중 하나일거라 짐작하며 거절을 해야 하나 고민을 했다. 9개월 전 내가 기간제 교사인지 몰랐던 유스케가 최근에 실업자가 된 것까지 알 리 없을 텐데 비싼 호텔이나 여관을 잡았으면 어쩌나 하는 걱정을 했다. 그러나 내가 찾아온 곳이 유스케의 어머니와 누나가 하는 여관이라는 건 전혀 예상치 못한 일이었다. 여관 옆을 흐르는 검은 계곡과 목조 건물에 붙은 이 층 난간, 삐걱이는 나무 바닥, 사람 좋은 미소로 반겨주는 두 여인, 여기까지 나를 데려와 준 유스케, 예상에 없던 일들이 일어났지만 이상하게 지금의 상황이 이전에 보고 경험한 것처럼 낯설거나 불편하진 않았다.

나는 앞장서 트렁크를 들고 나무 계단을 오르는 유스케를 따라가며 목소리를 낮춰 말했다.

"미리 말을 해줬어야죠, 당황했잖아요."

"그랬다면 미안해요, 사실대로 말하면 불편해 하고 여기까지 오지 않을 것 같아서."

"아무리 그래도 말을 안 한 건 나빠요."

"그럼 미리 말했다면 승낙을 했다는 거죠?"

나는 유스케의 질문을 흘려듣고 계단을 올랐다. 목조 계단은 디딜 때마다 삐걱댔지만 정갈하게 닦여 윤기가 흘렀다. 이 층에 올라서자 좁고 긴 복도와 함께 나란한 방들이 보였다. 첫 번째와 두 번째 방문에 붙은 나무 팻말이 눈에 들어왔다. 호실을 나타내는 숫자 대신 히라가나로 봄과 여름이 쓰여 있었다. 나머지 두 개의 방은 굳이 확인을 하지 않아도 짐작이 갔다. 이 방이에요. 봄, 여름을 지나 세 번째 방 앞에서 유스케가 뒤를 돌아 말했다. 짐작대로 '가을'이라는 팻말이 붙어 있었다. 나는 안도의 숨을 내쉬며 슬쩍 옆방을 확인했다. 솔직히 유스케가 가을방을 지나쳐 겨울방에 멈춰 설까 조금 긴장을 했다. 얼마 후면 다가올 계절이라는 생각 때문인지 유스케가 굳이 선택을 하라면 겨울방은 사양하고 싶었다. 준비 없이 맞을 겨울을 생각하면 타나다를 핑계로 여기까지 찾아온 내가 한심했다. 무엇보다 잠시 내려놓은 내일에 대한 걱정을 '겨울'이라는 단어 하나에 흔들려 큰맘 먹고 떠나온 이번 여행이 후회로 남을까 걱정이 됐다. 유스케가 이런 나를 알고 일부러 가을방을 준비하진 않았겠지만 고마웠다.

다다미가 깔린 방은 정갈했다. 다다미 특유의 냄새도 나지 않았고 거스러미도 거의 일지 않아 손질을 잘 한 것 같았다. 유학시절 다다미방을 청소하며 한국의 온돌바닥을 그리워했던 생각이 났다. 짚이 짜인 결을 따라 조심스레 청소기를 돌리고 마른 수건으로 닦아 내도 거스러미가 일어 옷이나 몸에 붙어 일일이 떼어내느라 애를 먹었다. 무엇보다 좀처럼 적응이 되지 않았던 건 특유의 냄새였다.

히로토는 등반에서 돌아오면 먼저 다다미에 코를 대고

냄새부터 맡았다. 아, 이제 살 것 같다. 안도의 숨을 내쉬며 이내 깊은 잠에 빠져들었다. 나는 그런 히로토를 보며 생각했다. 다다미를 알고 이해해야만 진정으로 그를 알고 이해할 수 있을지 모른다고. 그러나 좀처럼 다다미도 적응이 되지 않았고 높고 험한 곳만 오르려 하는 히로토도 이해하기 어려웠다. 무엇보다 그런 히로토를 마음 졸여 기다리는 나도 이해할 수 없긴 마찬가지였다.

벽에 걸린 타나다의 사진이 눈에 들어왔다. 층층 논에 누렇게 익은 벼들과 갈대를 담고 있었다. 다른 방에 걸려 있을 사진을 상상했다. 아마도 유스케가 메일로 보내 준 사진과 비슷한 풍경일 것 같았다. 인기척이 없어 방들이 다 비었는지 모르지만 짐작대로 유스케가 일부러 가을방을 선택한 것 같았다. 나는 내일이면 보게 될 황금빛으로 출렁일 타나다를 상상했다.

"직접 보면 느낌이 또 다를 겁니다."

"그렇겠죠, 사진만 봐도 굉장한데."

"그나저나 내일도 오늘처럼 날이 좋아야 하는데, 오후에 비예보가 있어 좀 걱정입니다."

"비가 오면 정상까지 오를 수 없나요?"

"아무래도 그렇죠, 보통 때도 정상 부근은 안개와 바람으로 서 있기도 힘든 날이 많으니, 어제 오늘은 날이 좋아

정상까지 오른 사람들이 꽤 있었는데 내일은 어떨지, 하지만 유미 상이 어제 왔다면 누나랑 하룻밤 방을 같이 써야 했을지 몰라요. 다행히 손님들이 돌아가 오늘은 유미 상 혼자뿐이지만."

그러네요, 오늘이 일요일이니. 나는 혼잣말처럼 중얼대며 난간을 향해 다가섰다.

"여기서 타나다가 보이나요?"

나는 난간 너머 어둠속을 내다봤다. 타나다는 물론 검은 계곡도 보이지 않는 캄캄한 어둠이 내려앉아 있었다. 이름 모를 새와 풀벌레, 계곡을 흐르는 물소리만이 고요를 흔들며 들릴 뿐이었다.

"글쎄요, 그건 내일 아침에 일어나봐야 알 수 있을 것 같은데."

유스케는 덧니를 드러내 씩 웃어보이곤 저녁 식사 전까지 짐을 풀고 쉬고 있으라며 방문을 닫고 나갔다. 나는 유스케의 뒷모습을 보며 조금 전 그가 한 질문을 생각했다. 유스케가 미리 말했다면 나는 이곳에 오지 않았을까? 선뜻 대답이 나오지 않았다. 그렇다면 유스케는 왜 나를 여기까지 초대를 했을까, 메일의 내용처럼 단지 9개월 전의 약속 때문이라면, 언제 밥 한 번 먹자처럼 흔한 약속으로 생각했던 내가 잘못인지 몰랐다. 내가 흘려버린 약속을 기억하고 지켜준 유스케가 고마웠다. 한 편으론 유스케는 왜 그냥 흘려버릴 수 있는 나와의 약속을 굳이 지키려 했는지 궁금했다. 혹시 9개월 전 유스케의 발표 때 내가 보인 행동 때문이었을까. 아무 일 없는 듯 모른 척 했지만 유스케는 그때 알고 있었을지 몰랐다. 내가 타나다에서 휘날리는 셔츠를 보고, 클로즈 업 된 글씨를 읽고, 속으로 울먹였다는 걸. 하지만 나는 이유를 묻지 않기로 했다.

"절임 야채 때문에 일부러 찾아오는 손님들도 있어요. 이거 관리한다고 우리 어머니 여행 한 번 제대로 못했잖아요. 누나한테도 안 맡겨요. 매일 손으로 저어줘야 하거든요. 아마 유미 상도 한국에 돌아가면 우리 어머니 손맛 생각나 또 오고 싶을 겁니다."

절임 야채 한 접시를 모두 비워내자 유스케가 싱글대며 말했다. 유스케의 말대로 지금까지 먹어본 중 최고의 맛이었다. 아삭한 야채의 식감과 은근한 단맛에 끌려 나도 모르게 자꾸 손이 갔다.

대체 맛을 모르겠어. 밍밍하니 차라리 그냥 생야채를 먹는 게 나을 것 같아.

김치하고 비교하면 당연히 그렇게 느낄 수 있겠지. 하지만 곧 이 맛을 알게 될 거야.

술안주로 주문한 절임 야채를 연신 스게, 우메. 하며 먹는 히로토를 따라 오이를 씹었지만 도무지 맛을 알 수 없었다. 짜거나 달지도 않은 조금 시든 야채를 씹는 느낌이었다. 그러나 히로토의 말대로 오래지 않아 나는 절임 야채의 맛을 알게 되었다. 귀국을 하고 한동안 절임 야채가 생각나 인터넷을 검색해 만들어도 봤지만 번번이 실패했다. 오랜만에 먹어 본 절임 야채는 기대이상이었다. 유스케의 말대로 돌아가면 생각이 날 것 같았다.

매일 저어주지 않으면 미강에 박아 놓은 야채에서 물이 나와 금방 상한다며 유스케의 어머니는 묻지도 않은 비법까지 알려줬다. 죽순밥과 산채가 주를 이룬 저녁은 정갈하고 맛이 있었다. 나는 오랜만에 밥 한 그릇을 다 먹고 차를 마시며 늦은 시간까지 세 사람과 담소를 나눴다. 잠깐씩 대화가 끊어진 틈으로 계곡을 흐르는 물소리가 들려왔다. 나는 깜깜한 어둠이 내려 앉아 있을 검은 계곡을 생각했다.

눈을 뜨자 날이 밝아 있었다. 오랜만에 늦잠을 잤다. 익숙지 않은 풍경이 낯설어 주위를 둘러봤다. 벽에 걸린 타나다가 눈에 들어왔다. 얼른 자리에서 일어나 창문을 열었다. 아담한 정원과 그 앞을 흐르는 계곡이 보였다. 밤새 흐르던 검은 계곡이었다. 계곡 너머로 안개에 싸인 산이 보였다. 가슴이 두근대기 시작했다. 타나다, 나도 모르게 밸

어냈다.

"안개가 걷히면 잘 보일 겁니다."

화들짝 놀라 뒤를 돌아보니 살짝 열린 방문 사이로 유스케의 얼굴이 보였다.

"놀라게 했다면 미안해요, 노크를 해도 반응이 없어서, 내려와서 아침 먹고 준비해 기다리고 있어요, 이따 데리러 올게요."

유스케는 축제 준비로 공휴일도 없이 보냈다며 방문을 닫고 나갔다. 유스케가 시동을 켜고 여관을 빠져나가는 모습을 지켜봤다. 자동차는 옅은 안개에 싸인 마을을 지나 타나다를 향해 달리고 있었다. 안개를 뚫고 들어온 햇살이 눈이 부셔 뒤를 돌아섰다. 다다미가 깔린 방에 조금 전 빠져나온 이불이 눈에 들어왔다. 겨우 하루도 지나지 않았는데 이전부터의 일인 양 낯설지 않은 풍경처럼 느껴졌다. 또한 지난 밤 절임 야채를 먹고 담소를 나누고 늦잠을 자고 유스케가 인사를 남기고 떠난 것도…….

"여긴 아직 비는 내리지 않지만 정상 부근은 다를 겁니다, 오늘은 하단 부분만 좀 걸어보고 내일 날이 맑으면 더 올라가 보죠."

안개 속에 휘날리는 셔츠들 사이로 몇몇 관광객이 보였

다. 일본 전국은 물론 세계에서 찾아오는 축제로 만들고 싶다는 유스케의 말이 생각났다.

"올핸 관광객이 많이 다녀갔나요?"

"그게, 아직. 하지만 작년에 비하면 두 배 가까이 늘었어요. 작년엔 셔츠 대부분을 학생들이 그렸는데 올핸 관광객들 작품이 제법 눈에 띄거든요. 천천히 올라가며 확인해 봐요."

안내를 하겠다는 유스케의 호의를 사양하고 논둑길을 걸어 올라갔다. 타나다의 중간쯤에 오르자 완만하던 길이 가파른 경사로 조금만 걸어도 숨이 차고 다리가 아파왔다. 정상 부근은 안개인지 구름인지 모를 연무에 가려 거리조차 짐작할 수 없고 올라올 때 간간히 보이던 사람들도 눈에 띠지 않았다. 잠시 걸음을 멈추고 아래를 내려다보니 등고선 같은 층층논들이 눈에 들어왔다. 하나씩 밟아 뛰어 내려가면 금방 안내소에 닿을 듯 폭이 좁아보였다. 몇 년 전까지 이런 곳에 벼농사를 지었다는 사실이 믿기지 않았다. 지대가 낮은 곳과 달리 고도가 높을수록 농사를 짓지 않는 논들이 많았다. 그곳엔 있어야할 벼이삭 대신 갈대가 무성하게 자라있었다.

정상이 가까워오자 숨이 턱에 닿을 듯 가빠왔다. 논둑을 돌며 휘날리던 셔츠도 눈에 띄게 줄어 있었다. 만화 캐릭터와 타나다를 그린 그림과 가족의 건강과 대학 합격, 애인이 생기고 부자가 되길 바라는 글귀들도 중간 지점을 지나자 잘 보이지 않았다. 흐린 시야 속에 셔츠 몇 장이 눈에 들어왔다.

괜찮아요? 거긴 어때요? 여긴 다 잘 있어요, 다음에……
가쁜 숨을 몰아쉬며 셔츠에 적힌 글을 읽어나갔다.

연무가 온몸을 감아 머리는 물론 점퍼까지 축축하게 젖어왔다. 정상으로 오르는 길은 구름과 안개로 나타났다 사라지길 반복했고 바람은 더욱 거세졌다. 점퍼에 달린 모자를 눌러쓰고 지퍼를 목까지 채워 겨우 한 발을 내딛어보지만 세찬 바람에 돌아서야 했다. 바람이 밀어내듯 등을 떼려 논둑에 주저앉았다. 바람이 얼굴을 할퀴고 귓전에 휘몰아쳤다. 주위는 짙은 연무로 아무것도 보이지 않았다. 조금 전 본 이정표를 떠올려 남은 거리를 가늠했다. 200미터도 채 남아 있지 않은 것 같았다. 그러나 지금은 20미터도 무리일 것 같았다. 자리에서 일어나 정상을 향해 돌아서보지만 몰아치는 바람에 숨을 쉴 수 없어 도로 주저앉았다. 가방에서 셔츠를 꺼냈다. 순간 잡을 새도 없이 셔츠가 날아가 버렸다. 정말 순식간이었다. 나는 멍하니 안개 속으로 날아가는 셔츠를 바라봤다.

바람소리에 섞여 누군가의 목소리가 희미하게 들려왔다. 소리는 아주 먼 곳에서 들려오는 듯 아득했다. 가슴이 두근대기 시작했다. 고개를 들어 위를 올려다봤다. 짙은 연무 속에 유스케가 가쁜 숨을 몰아쉬고 있었다. 바쿠 상, 괜찮아요?

"언제든 생각나면 와요."

나는 유스케가 내민 절임 야채를 받아들었다. 조금 전 떠나온 그곳이 벌써 꿈속에서의 일인양 아득하게 느껴졌다. 유스케의 어머니와 누나는 물론 이틀간 머물렀던 가을방과 밤새 흐르던 검은 계곡과 안개 낀 타나다도. 내내 안개가 끼고 비가 내려 정상까진 오르지 못했지만 아쉽거나 하진 않았다. 늘 거기 있다고, 어느 날 문득 먼데 산을 보다 갑자기 생각나도 잘 지내고 있을 거라, 그렇게 생각하기로 했다.

"그럼, 안녕히."

유스케에게 인사를 하고 개찰구를 들어섰다.

유미 상! 홈을 향해 걸어가는데 유스케가 큰소리로 불러 뒤를 돌아봤다.

"다음에 또 봐요."

유스케에게 고개를 숙여보였다. 기차가 홈을 향해 들어오고 있다. ✈

고요한 아침

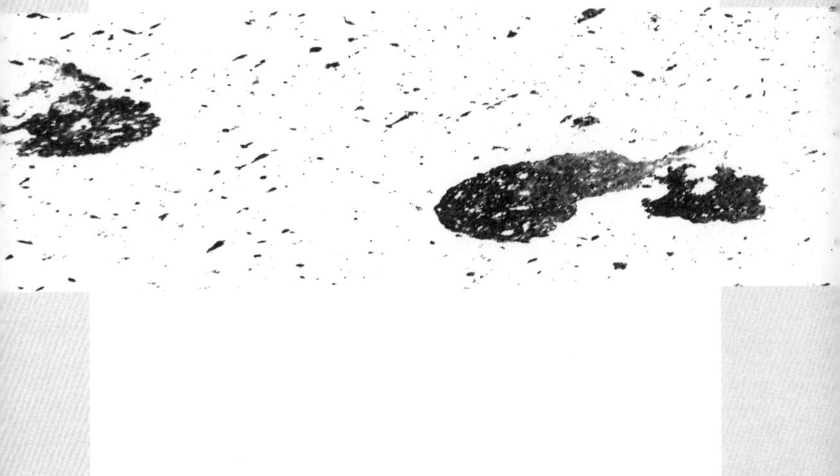

고요한 아침

남자는 손발을 비틀며 비명을 내질렀다. 비명은 테이프로 봉한 입안에서 신음처럼 맴돌 뿐 터져 나오지 못했다. 단단히 묶인 손발은 터질 듯한 방광과 타는 갈증조차 해결할 수 없었다.

설마, 저놈들이, 의구심에 찬 눈으로 남자는 발치에 서 있는 아이들을 바라봤다. 아이들의 눈은 미동 없이 남자를 향해 있었다. 남자는 눈을 부릅떴다. 그럴수록 눈꺼풀은 떨려왔고 눈동자 또한 초점 없이 흔들렸다. 술기운이 가시고 입안이 바짝 타올랐다. 고개를 들어 집안을 둘러보았다. 보이지 않는 아내 대신 아이들의 커다란 눈과 마주쳤다. 순간 남자는 부르르 몸을 떨었다. 혹시 내가 꿈을 꾸고 있는 건가, 정말 꿈이었으면 좋겠다는 생각을 하며 남자는 지난밤을 떠올렸다. 양념 치킨을 받아들던 아이들의 모습이 희미하게 그려졌다. 붉은 양념이 묻은 지저분한 입으로 치킨을 먹고 콜라를 마시던 아이들의 얼굴이 점점 선명해졌다. 남자가 조금만 목소리를 높여도 눈치를 보며 몸을 사리던 모습 그대로였다. 그러나 아내에 대한 기억은 나질 않았다.

남자는 침대 프레임 기둥에 묶인 양손을 힘껏 비틀었다. 삐걱대며 헤드가 흔들리지만 매듭은 풀리지 않았다. 어찌나 단단히 묶였는지 손이 저려왔다. 남자는 저린 주먹을 쥐었다 펴길 반복하며 엉덩이에 반동을 주어 힘껏 두발을 공중을 향해 쳐들었다. 남자의 발치에 서 있던 둘째가 놀라 주춤 물러섰다. 첫째는 미동도 없이 팔짱을 끼고 묵묵히 남자를 지켜볼 뿐이었다. 남자는 첫째를 노려보며 같은 동작을 반복했다. 미동 없는 첫째 대신 둘째의 품에 안긴 고양이가 뾰족한 송곳니를 드러내 앙칼지게 울어댔다.

남자는 입술 사이로 혀를 내밀어 테이프를 밀어보고 얼굴 근육을 움직여 보았다. 그러나 겹겹이 붙여진 테이프는 조금의 들썩임도 없었다. 콧김을 뿜어내며 한참을 숨을 고르던 남자는 다시 힘을 모아 발을 들어올렸다. 자세히 보니 주황색의 얇은 천으로 발목을 세 번 이상 돌려 감았고 묶인 매듭은 모두 다섯 개였다. 매듭을 짓고 남은 끝자락은 두 갈래로 나뉘어 양쪽으로 펼쳐 있는데 남자가 요동을 칠 때마다 나비처럼 펄럭였다. 매듭은 가위로 끊지 않는 이상 영원히 풀리지 않을 것처럼 단단해 보였다.

남자의 눈에 둘째의 원피스 허리에 달린 커다란 리본이 들어왔다. 볼록한 이마를 드러낸 머리띠는 물론 신고 있는 양말의 발목에도 리본이 달려있다. 5개월 전 초등학교 입학식 때 차림이다. 남자는 당차지 못하고 어수룩한 둘째가 친구들에게 왕따라도 당할까 걱정이 되었다. 옷이라도 제대로 입혀 보내면 기는 죽지 않을 것 같았다.

그때 네 놈 때문에 내가 얼마나 죽을 고생을 했는지 알기나 알아? 남자는 그때를 떠올리며 손등의 흉터를 둘째를 향해 내보였다.

도대체 시끄러워 잠을 잘 수 있어야지. 5개월 전 하소연을 하며 찾아온 곽 노인의 부탁으로 남자는 마을의 빈집을 찾아갔다. 낡은 툇마루 밑에서 고양이 새끼를 꺼내려던 남자는 갑작스런 놈의 공격을 받았다. 놈은 날카로운 발톱으로 새끼를 쥐고 있는 남자의 손등을 할퀴었다. 그날 남자는 피가 흐르는 손등을 대충 수건으로 감싸 오랜 사투 끝에 놈을 잡았다. 그리고 집에 돌아와 펄펄 끓는 들통 속에 산채로 놈을 넣었다. 그때 들통에 던져지기 직전 발악하던 놈의 비명과 푸른 눈은 남자의 뇌리에 오래도록 남았다.

그날 남자가 사다 준 원피스를 입고 기뻐하던 둘째의 모습 또한 마찬가지였다.

남자는 자신의 발목을 감고 있는 천이 낯이 익었다. 자세히 보니 주황색 바탕에 노란 꽃무늬가 그려져 있다. 아내의 스카프였다. 언젠가 백화점에서 사다 준 기억이 났다. 기념일은 아니었다. 그날도 지난밤처럼 어느 순간의 기억이 없었다. 다만 남자가 눈을 떴을 때 아내는 주방에서 렌지위에 올려져 있는 북엇국의 간을 보고 있었고 아이들은 등교준비를 하고 있었다. 여느 날과 다름없는 아침이지만 자세히 보면 렌지 위에 올려져 있는 건 빈 냄비였고 그날은 등교를 하지 않는 휴일이었다. 남자는 한참 후에 그 사실을 알았다. 속이 쓰려 북엇국을 재촉했을 때 자신을 돌아보는 아내의 서늘한 눈빛과 목에 난 붉은 상처가 눈에 들어왔다. 이번에도 기억에 없다고, 정말 모르는 일이라고, 말하고 싶겠지만, 애들이 다 봤어요. 아내의 말에 책가방을 챙기던 아이들과 남자의 눈이 마주쳤다.

맞아, 그때도 저 눈빛이었어. 설마 지난밤에 내가 또 실수를 했나? 묶여 있는 손을 올려다보며 기억을 떠올려보지만 그때와 마찬가지로 아무것도 생각나질 않았다. 남자는 아내를 찾아 집안 곳곳을 눈으로 훑었다. 목에 스카프를 두르지 않으면 대문밖에도 나가지 않는 아내였다. 스카프도 풀어두고 집을 나간 아내의 행방이 궁금했다. 물건들로 어질러진 방안이 눈에 들어왔다. 이불과 옷은 장롱과 서랍에서 튀어나와 있고 선풍기는 목이 부러져 소주병과 함께 침대 아래 쓰러져 발 디딜 틈도 없어 보인다. 남자는 고개를 빼 반쯤 열린 안방 문 사이를 내다보았다. 방문에서 정면으로 보이는 현관 앞은 떼로 몰려온 빚쟁이들이 벗어놓은 신발처럼 정신이 없고, 빨랫감인지 걸레인지 구분이 되지 않는 수건과 옷가지들이 주방 근처에 흩어져 있다. 현관 바로 옆 주방에는 설거지도 안한 그릇들과 냄비들로 컵 하나 놓을 자리가 없고 가스레인지 위에는 눈에 익은 들통이 올려져 있다. 남자는 창고에 들어 있어야 할 들통이 왜, 주방 위 렌지에 있는지 의아했다. 그러나 지금은 김을 올리며 끓고 있는 들통의 내용물보다 아내의 행방이 더 궁금했다. 남자는 보이지 않는 작은방과 화장실을 향해 상체를 비틀어 들어 올렸다. 그때 남자의 눈에 작은방 문턱에 비죽이 나와 있는 무언가가 보였다. 자세히 보니 노란색의 그것은 아내의 수면양말이었다. 냉증이 있어 한여름에도 양말을 신고 자는 아내가 생각났다. 서방은 이 지경이 돼 있는데 세상 편하게 쳐 자빠져 자다니, 애들 엄마라는 게 저 모양이니 애새끼들까지 이런 좆같은 장난질이나 하고 있지. 남자는 세상모르고 자고 있을 아내를 떠올리며 길게 콧김을 내 뿜었다.

고양이를 안고 있는 둘째가 무언가 중얼거렸다. 엄마 없어. 남자는 방금 자신의 귀에 들린 말이 둘째가 아닌 고양이의 입에서 나온 건 아닌가 착각을 했다. 귀를 기울여 듣지 않으면 알아들을 수 없이 입속에서 웅얼거려 남자는 자주 둘째의 머리통을 쥐어박았다. 손발만 자유롭다면 진즉 손이 올라갔을 것이었다.

저 발은 뭐지? 무언가에 홀린 듯 갑자기 남자의 표정이 달라졌다. 남자는 멍한 얼굴로 둘째와 작은방을 번갈아 바라봤다. 뒤꿈치를 바닥에 대고 문밖을 향해 나란한 수면양말을 보며 남자는 둘째가 거짓말을 한다고 생각했다. 한편으론 잠귀 밝은 아내가 이런 소란에도 세상모르고 잠을 자고 있는 것 또한 거짓일지 모른다는 생각도 들었지만 남자는 믿고 싶지 않았다. 어린놈이 벌써부터 거짓말이나 하고! 남자는 둘째를 향해 눈을 부라려 발길질을 했다. 둘째가 뒷걸음을 치며 첫째를 돌아보았다. 그러나 첫째 역시 이전 남자가 알고 있던 모습이 아니었다. 겁을 먹은 듯 끔뻑이던 큰 눈은 움직임이 없고 늘 벌어져 있던 입은 굳게 다물고 있었다. 저 놈 얼굴이 원래 저랬나? 남자는 11년을 키워 온 첫째의 얼굴이 왠지 낯설게 느껴졌다. 그러나 당장 무슨 수를 써서라도 묶인 매듭을 풀고 테이프를 떼어내고 싶었다. 갈증은 뒤로하고 과음으로 팽팽해진 방광이 터질 듯 했다. 내키지는 않지만 애원을 해서라도 아이들에게 매달릴 수밖에 없다고 생각했다. 남자는 두 발을 아이들을 향해 흔들었다.

거봐, 내가 절대 풀 수 없다고 했지? 첫째가 둘째를 돌아보며 말했다. 이렇게, 이렇게, 다섯 번이나 꽁꽁 묶었지? 엄마가 매듭은 절대 풀리면 안 되는 거라 했어. 이를 앙 물며 둘째가 매듭 묶는 시늉을 했다.

뭐야, 정말 저 놈들 짓이란 말이야? 아이들의 대화를 듣고 있던 남자는 순간 머릿속이 텅 빈 느낌이 들었다. 작은방 문턱에 나와 있는 아내의 발과 매듭을 묶는 시늉을 하는 둘째와 침대 기둥에 묶여 있는 손을 번갈아 보았다. 그러자 왠지 오른손에 얼얼함이 느껴졌다. 설마, 내가 여편네를? 쉽게 눈으로 확인할 수 없는 오른손을 남자는 여러 번 쥐락펴락했다. 얼얼함은 여전했다. 지난밤의 기억은 양념치킨을 사들고 온 것에서 멈춰 있었다.

"지금 일, 그만 두면 안 되요?"

"뭐? 그만두면, 이 나이에 뭘 해서 저 놈들 공부시키고 먹고 살 건데."

"동네에서 말도 들리고, 애들도 또……."

"왜? 그 놈들이 내가 이런 일 한다고 창피해 싫데? 그리고 동네 누구? 집에선 개 키우고, 나가선 보신탕 사 쳐 먹는 것들은 아무렇지 않데? 씨팔, 웃기는 소리 하지 말라 그래!"

남자는 털을 뽑아 내장을 손질한 고양이를 아내에게 던졌다. 고양이는 아내의 콧잔등에 맞고 바닥에 떨어졌다. 손질한 고양이를 비닐봉지에 넣고 매듭을 짓던 아내가 놀라 바닥에 털썩 주저앉았다. 한두 번만 묶으면 되지, 털 뽑히고 내장까지 털린 놈이 어디 도망이라도 가? 느려터지기는, 빨리 대충 묶어 냉동실에 쳐 넣어! 남자는 큰소리를 치며 또 한 마리의 고양이를 아내에게 던졌다. 그때 자신을 향한 아내의 싸늘한 시선을 남자는 무시했다.

에이, 아닐 거야. 내가 아무리 고양이를 잡아 팔아먹고 산다 해도 설마 마누라를, 그리고 내가 뭐, 그렇게 나쁜 짓 했나, 동물애호? 반려동물? 엿 같은 소리하고 있네, 그럼 키우다 버리지나 말지, 천대받고 거리를 떠돌게 하느니 불쌍한 노인네들 관절이라도 낫게 하는 게 진정한 동물애호 아닌가.

고개를 흔들며 남자는 둘째가 안고 있는 고양이를 노려봤다. 둘째의 품에서 고양이가 꿈틀대며 뾰족한 송곳니를 드러내 보였다. 매듭만 풀기만 해봐, 당장 네 놈부터 잡아

내장을 다 털어 버릴 테다. 콧김을 뿜어내며 남자는 고양이를 노려보았다.

무서워, 오빠. 괜찮아, 아무리 저래도 꼼짝 못해. 겁을 먹은 둘째의 어깨를 감싸며 첫째가 말했다. 남자는 아이들을 노려보며 매듭만 풀리면 단단히 버릇을 고쳐놓아야겠다고 마음을 먹었다. 그러나 한 편으로 당장 매듭만 풀어준다면 아무 일 없는 듯 용서할 생각도 있다.

오줌만 싸고 올게, 오 분만 풀어주라, 아니, 삼 분만. 남자는 아이들을 향해 애원했다. 그러나 간절한 바람은 전달되지 못했다. 방광은 더 이상 참을 수 없이 팽팽하게 부풀었다. 남자는 부르르 진저리를 쳤다.

오줌 쌌나 봐. 둘째가 고양이 등을 쓸어내리며 킥킥거렸다. 마치 방패라도 되는 양 조금 전까지 고양이를 끌어안고 겁을 먹은 모습과는 달리 천진난만한 모습이다.

남자는 오줌이 고인 돌침대 바닥이 불쾌하고 한편으론 비참했다. 발버둥을 치고 안간힘을 써보지만 질척한 침대조차 벗어날 수 없었다. 돌침대는 남자가 고양이를 잡는 일을 시작한 얼마 후 홈쇼핑에서 산 것이었다. 신진대사를 촉진해 만병에 효과가 있다는 쇼핑호스트의 말에 큰 맘 먹고 10개월 할부로 구입을 했다. 무엇보다 침대 프레임의 화려한 조각 문양과 물소 뿔 같은 두 개의 기둥이 마음에 들었다. 차라리 일반 침대를 샀더라면, 남자는 오줌이 고여 질척이는 돌침대가 견딜 수 없었다. 고개를 쳐들어 기둥에 묶인 손을 바라봤다. 마치 커다란 물소뿔에 매달려 있는 것처럼 느껴졌다. 질척이는 바닥이 그런 느낌을 더했다.

너, 아직 숙제 안했지? 빨리 갖고 와. 첫째의 말에 뾰로통하니 입을 내민 둘째가 남자의 옆구리 근처에 고양이를 내려놓고 작은방으로 건너갔다. 주방 한편 싱크대와 냉장고 사이에서 첫째가 둥근 상을 들고 와 방문 앞에 폈다. 남자는 아이들의 동선을 따라 시선을 움직였다. 수면양말은 미동이 없었다. 정말 작은 놈 말대로 마누라는 집에 없나, 그렇다면 대체 어딜 갔단 말이야, 아니지, 지가 갈 데가 어디 있다고. 숙제를 펴 놓고 마주앉은 아이들 사이로 보이는 수면양말이 남자는 아득히 멀게만 느껴졌다.

저것들이 지금 뭐하자는 거지? 지금 날 이 지경을 해 놓고 숙제를 한다고? 방문 사이로 아이들을 보며 남자가 몸부림을 쳤다. 침대에 고여 있던 오줌이 사방으로 튀었다. 근처에 웅크리고 있던 고양이가 캬악, 하고 몸을 일으켜 침대 아래로 뛰어내렸다. 저 새끼를 진즉에 잡아 넘겼어야 했는데. 남자는 오줌이 튀어 따가운 눈을 깜박이며 고양이를 노려보았다. 순간 남자는 고양이의 새빨갛게 벌린 주둥이 사이로 뾰족한 송곳니와 함께 자신을 향해 다가오는 한 줄기 푸른 섬광과 마주쳤다. 그 빛은 그날 빈집에서 본 놈의 눈빛과 닮아 있었다. 그것은 마치 예리하고 날카로운 칼날처럼 남자에게 섬뜩한 공포를 안겼다. 남자는 눈알을 도려낸 듯한 통증에 한참을 눈을 뜰 수 없었다.

문득 남자는 지금 자신이 처한 상황이 아이들이 아닌 고양이의 짓일지 모른다는 매우 엉뚱한 상상을 했다. 말도 안 되는 얘긴데도 이상하게 불안했다. 뚜껑을 들썩이며 끓고 있는 들통과 고양이를 번갈아 바라봤다. 만약 정말로 저 놈이 이런 짓을 했다면 이번에는 자신이 산 채로 펄펄 끓는 들통 속에 던져질지 모른다는 생각까지 들었다. 아이들 또한 예사롭게 보이지 않았다. 숙제를 하는 중간 중간 남자를 감시하는 아이들의 눈빛이 그날 남자의 손등에 흉터를 낸 놈과 닮아 있었다. 그러나 지금 남자는 놈을 유혹해 잡을 미끼도 펄펄 끓는 들통 속에 버둥거리는 놈을 집어넣을 수도 없다.

"터를이 아니고 털을, 다시 써 봐. 그래 그거. 이번엔, 뽑다. 아니, 포가 아니고 뽀뽀할 때 뽀, 그리고 받침은 시옷이 아니고 비읍. 다음은, 삶다. 어휴, 바보, 또 삼 이라 썼네. 내가, 사 밑에 받침이 리을 말고 미음도 있다고 몇 번을 말했어? 그리고 숙제할 때는 다른 짓 하는 거 아냐. 그거 내려놓고 제대로 써."

첫째에게 혼이 난 둘째가 울상을 지으며 남자를 돌아봤다. 둘째의 손에 초록색 천이 들려 있다. 그것 또한 아내의 스카프로 길게 매듭이 지어져 있다. 양 끝 역시 리본모양으로 남자의 발목에 있는 것과 비슷했다. 남자는 자신의 발과 둘째의 손에 들린 매듭과 작은방 문턱에 걸린 수면양말을 번갈아 보았다. 남자의 눈빛이 점점 흔들렸다.

"답답하겠다. 테이프만이라도 떼 주자"

"안 돼! 빨리 숙제나 해, 이번엔, 덫을 놓다. 잘 생각해 써."

단호한 첫째의 말에 둘째가 다시 숙제를 시작했다. 지독한 놈, 도대체 저건 누굴 닮은 거야. 둘째에게 받아쓰기 문제를 내는 첫째를 보며 남자는 잠깐이나마 가졌던 희망을 허탈하게 내려놓았다.

마음이 여려 남자가 잡아온 고양이를 몰래 풀어 놓아 매를 든 적이 몇 번 있었지만 남자는 첫째보다 둘째를 귀여워했다. 가끔 아이스크림과 과자를 사 안기면 뽀뽀를 해주고 살갑게 품에 안긴 것도 물론 둘째였다. 첫째는 말이 없어 답답했다. 언뜻 보면 약간 모자란 듯 순진해 보이지만 커다란 두 눈을 마주하다보면 도무지 무슨 생각을 하고 있는지 알 수 없었다. 자라면서 첫째는 외모까지 아내를 닮아갔다. 남자는 아내의 그런 모습에 끌려 구애를 하고 결혼을 했다. 언제부턴가 남자는 아내의 얼굴만 마주하면 숨이 막힌 듯 답답했다. 말없이 그저 큰 눈을 끔벅일 뿐이지만 남자를 향해 무언가 많은 말을 쏟아내고 있는 듯 느껴졌다. 그러나 무엇을 말하고 있는지는 알 수 없었다. 남자의 매질에도 그저 소처럼 눈만 끔벅일 뿐이었다.

살가운 맛이 있기를 하나, 꿔다 놓은 보릿자루마냥 툭툭하고 고집만 세니, 차라리 살려달라고 매달리기라도 하면 귀엽기나 하지. 이놈에 여편네, 일어나기만 해봐, 당장……. 다리몽뎅이를 분질러 놓아야겠다고 이를 갈았지만 한편으론 어서 아내가 잠에서 깨 묶인 손발을 풀어만 준다면 없던 일로 너그러이 용서할 마음도 있었다. 그러나 처음과 달리 방문턱에 보이는 수면양말이 정말 아내의 발이 아닐지도 모른다는 불안한 생각이 자리를 잡기 시작했다.

또 틀렸잖아, 똑바로 좀 써! 둘째를 야단치는 첫째의 앙칼진 목소리가 들려왔다. 푹 꺾인 둘째의 가는 목이 남자의 눈에 안쓰럽게 보였다. 남자는 첫째를 노려보았다. 독한 놈, 대충 좀 하지. 그런데 요즘 초등학교 받아쓰기 문제에 저런 단어들이 나오나? 하긴, 예전 우리 때와는 다르겠지. 남자는 의구심을 떨쳐내고 아이들의 이름을 차례로 불렀다. 짐승 같은 남자의 신음에 받아쓰기 문제를 내던 첫째가 남자를 돌아보았다. 저, 저 놈이. 순간 남자가 진저리를 치며 비명을 내 질렀다.

일주일 전 남자는 재개발 지역의 빈 공터에서 고양이 일곱 마리를 잡아왔다. 다음 날 새벽 남자는 고양이를 손질하기 위해 창고에 들어갔다. 들통은 한 번에 서너 마리 정도 넣을 수 있는 크기였다. 호수를 연결해 물을 채워 가스를 켰다. 남자는 자루 안에서 고양이를 꺼내 한 마리씩 끓는 들통 속에 던져 넣었다. 네 마리를 데쳐내고 자루 속에서 다섯 마리째를 꺼내 든 순간 고양이가 앙칼지게 울며 요동을 치기 시작했다. 수면제를 넣은 참치 캔을 먹였지만 가끔 잠에서 깬 놈들도 있었다. 남자는 재빨리 자루 입구를 손에 틀어쥐고 들어올렸다. 어깨에 올린 자루를 들통 속에 넣으려던 순간 창고 문 앞에 서 있는 첫째를 발견했다. 너, 거기, 너, 뭐야! 언제부터야! 요동치는 자루를 어깨에 둘러맨 채 남자는 두서없는 말을 늘어놓았다. 남자는 언제부터 첫째가 그 곳에 있었는지 닫혀 있어야 할 창고 문이 왜 열려 있었는지 의아했다. 첫째는 미동 없이 서 있었다. 큰 눈을 굴려 남자가 둘러 맨 자루와 끓고 있는 들통과 이미 데쳐져 바닥에 널브러져 있는 고양이를 보고 있었다. 놀람과 두려움의 눈빛이 아니었다. 남자는 한동안 꼼짝할 수 없었다.

남자는 거친 숨을 내쉬었다. 뜨거운 김을 콧구멍으로 내뿜으며 남자는 방문 앞에 머리를 맞대고 숙제를 하고 있는 아이들과 수면양말을 번갈아 바라봤다.

남자는 다시 간밤의 기억을 떠올렸다. 지금 자신이 이런 일을 당해야 할 만큼 심하게 아이들을 때린 기억도 집안 살림을 부순 기억도 없었다. 선풍기는 며칠 전부터 목이 부러져 있었고 집안은 언제나 너저분했다. 남자는 정리는 물론 청소도 하지 않는 아내가 못마땅했다. 제자리에 있는 물건이 없었다. 아이들조차 아내를 닮아 늘어놓기만 하고 치울 줄을 몰랐다. 집안 구석구석에서 아이들이 먹고 버린 과자봉지와 쓰레기가 나왔고 빨지 않은 속옷과 양말짝이 나왔다. 닦지 않은 변기 속은 오물이 묻어 누랬고 세면대와 타일은 까맣게 곰팡이가 피어있었다. 주방 또한 별다르지 않아 언제나 설거지거리로 쌓여 있었다. 가끔 기분이 내킬 때 남자가 설거지를 하고 청소를 했다.

어수선한 집안과 아이들의 새까만 발바닥을 보며 남자는 가래를 끌어올렸다. 그러나 뱉을 수 없어 다시 목으로 넘겼다. 남자는 등짝까지 오줌에 젖어 축축한 몸으로 애써 어제의 기억을 펼쳐보았다.

건강원 허 사장에게 밀린 돈을 받아 치킨을 사 들고 현관문을 열기 전까지 남자는 기분이 좋았다. 서둘러 왔지만 집이 비어 있었다. 방금 전까지 좋았던 기분이 일시에 가라앉았다. 아내에게 전화를 했지만 받질 않았다. 여느 때 귀가보다 조금 일렀지만 당연히 집에 있어야 할 가족의 부재가 짜증을 불러왔다. 주방 아래 웅크리고 있어야 할 고양이마저 보이지 않았다. 남자는 빈속에 소주를 마셨다. 식어가는 치킨을 보며 소주 세 병을 비웠을 때 아내와 아이들이 현관문을 열고 들어섰다.

코코 병원에 다녀왔어요. 둘째가 안고 있는 고양이를 남자의 눈앞에 들이댔다. 뭐? 병원? 그깟 고양이 새끼 때문에 병원엘 갔다고? 정신들이 나갔구먼. 남자는 치밀어 오른 화를 소주 한 잔으로 꾹 누르고 치킨이 담긴 상자를 아이들을 향해 내밀었다. 둘째가 냉큼 닭다리 하나를 집어 뜯기 시작했다. 눈치를 보며 망설이던 첫째도 날개 하나를 집어 들었다. 남자는 바닥에 쪼그리고 앉아 걸레질을 하는 아내를 향해 닭다리를 내밀었다. 난 됐어요. 아내는 치킨을 거절하고 계속 걸레질을 했다. 걸레는 언제 빨았는지 더럽고 쉰내가 진동했다. 치킨의 냄새까지 더하자 남자는 욕지기가 올라왔다. 치킨을 먹던 아이들이 슬금슬금 자리에서 일어나 제방으로 들어갔다. 남자는 바닥에 웅크려 있는 고양이의 목덜미를 잡아 아내를 향해 던졌다. 고양이와 아내의 비명이 들린 건 거의 동시였다. 아이들 방문이 잠깐 열리고 아내가 다시 걸레질을 시작하고 고양이는 방문 앞에 웅크려 잠을 잤다. 소주 한 병을 마저 비우고 남자는 생각했다. 참으로 평화로운 풍경이라고, 그러나 분명 무언가 잘못 돌아가고 있다고, 당장 무슨 수를 쓰지 않으면 안 된다고, 남자는 생각했다. 다음엔, 필름이 끊어져 기억이 없었다. 오줌이 마려워 눈을 떴을 때 남자의 손발은 단단히 묶여져 있고 입은 테이프로 빈틈없이 붙여져 있었다.

"엄마는? 괜찮은 거야?"

"몰라."

"아빠가 또 술 마시고 때려서 그런 거야?"

"몰라."

"그럼, 이제 우린 어떻게 되는 거야!"

"몰라. 빨리 숙제나 해."

울먹이는 둘째에게 첫째가 공책을 내밀며 다그쳤다.

저놈들이 지금 무슨 말들을 하고 있는 거야! 모른다니, 그럼 저 수면양말을 신고 있는 발은 뭐지? 아니야, 저건 마누라 발이 틀림없어. 저 엄지발가락 구부러진 것 좀 보라고. 남자는 아내의 길고 구부러진 엄지발가락을 떠올리며 고개를 저었다. 그리고 어서 아내가 잠에서 깨어나 지금의 상황을 해결해 주길 간절히 바랐다.

남자는 숙제를 하고 있는 아이들과 렌지 위에서 김을 내며 끓고 있는 들통을 번갈아보았다. 그리고 침대 밑에서 자신을 지켜보고 있는 고양이를 바라봤다. 아프다는 녀석은 언제 그랬냐는 듯 입을 벌려 하품을 하고 기지개까지 켜고 있다. 바닥에 뒹구는 술병을 헤아렸다. 기억이 나지 않는 건 당연하다는 생각이 들었다. 하지만 아직 어린 아이들이 자신의 손발을 묶고 테이프로 입을 봉할 때까지 아무것도 모르고 자고 있었다는 사실은 믿기지 않았다. 남자는 술을 마신 걸 후회했다.

지금이라도 묶인 손발을 풀어주면 아무 일도 없던 것처럼 용서하겠다. 그렇지 않으면 네 엄마와 너희들 모두 놈들처럼 저 들통 속에 집어넣어 버릴 테다. 남자는 마치 좁고 긴 풍선에 공기를 주입하듯 입바람을 불며 아이들을 향해 말했다. 그러나 테이프로 봉해진 입은 변명도 애걸도 그리고 협박조차 전달하지 못했다. 겨우 숨을 쉴 수 있을 만큼 콧구멍 바로 아래에서 턱밑까지 몇 겹이나 붙여진 테이프는 조금도 부풀지 않았다. 풍선 열 개를 한 번에 분 것처럼 갑자기 현기증이 일고 숨쉬기가 괴로워졌다. 남자의 좁고 긴 콧구멍에서 거칠고 뜨거운 콧김이 쉴 새 없이 뿜어져 나왔다.

"배고파."

"어제 먹다 남은 치킨 밖에 없어."

"싫어, 밥 먹고 싶어."

"치킨밖에 없다고 했잖아."

둘째의 투정에도 아랑곳없이 첫째가 냉장고에서 치킨과 콜라를 꺼내와 상위에 올렸다. 그리고 개수대에서 컵을 꺼내 수돗물에 대충 헹궈 둘째에게 내밀었다. 아이들이 콜라를 따르고 치킨을 뜯고 삼키며 목울대를 타고 넘어가는 소리와 뚜껑을 들썩이며 끓고 있는 들통 소리가 조용한 집안에 울려 퍼졌다.

남자는 눈을 감았다. 그럴수록 소리와 냄새는 더욱 남자의 갈증과 허기를 불러왔다. 우선 갈증만이라도 해결하고 싶었다. 콜라 한 모금만 마실 수 있다면, 당장 손발을 풀어주지 않아도 견딜 수 있을 것 같았다. 남자는 평소 콜라는 물론 물도 잘 마시지 않았다. 소주가 물을 대신했고 허기 또한 면해주었다. 그러나 지금 남자는 소주가 아닌 콜라 한 모금이 간절했다. 콜라가 아이들의 목구멍을 통해 넘어가는 소리가 남자의 귀를 울렸다. 콜라 맛이 어땠더라? 남자는 오래전 마셔 본 콜라 맛을 떠올렸다. 그러나 소주 맛만 생각났다. 소주를 생각하자 아내가 끓여준 북엇국이 간절해졌다. 음식솜씨 만큼은 남자도 인정을 했다. 특히 술 마신 다음 날 아내가 끓인 북엇국은 최고였다. 보얀 국물에 만 밥을 딱 한 수저만 먹었으면. 남자의 배에서 연신 꼬르륵 소리가 났다.

배고픈가봐. 치킨을 뜯고 있던 둘째가 남자를 돌아보며 말했다. 첫째는 묵묵히 치킨만 먹을 뿐 아무런 반응을 보이지 않았다. 저런, 지독한 놈. 쳐다보지도 않네. 그래 다 쳐 먹어라! 그것도 내가 피땀 흘려 번 돈으로 사온 거니. 이것만 풀어주면 저놈에 고양이부터 잡아 또 치킨으로 바꿔다 주마. 남자는 고양이를 향해 발을 쳐들어 흔들었다. 고양이가 꼬리를 치켜들고 송곳니를 드러내 울기 시작했다.

코코 왜 그래? 콜라를 마시던 첫째가 자리에서 일어나 고양이를 향해 다가왔다. 괜찮아, 코코. 이제 너 못 건드려. 고양이의 등을 쓰다듬으며 첫째가 말했다. 남자는 어이가 없었다. 저 놈이 방금 뭐라 한 거지? 코콘지 쿠쿤지 저 놈의 고양이를 누가 가져다 줬는데. 내가 바보 등신이었지. 울고 매달려도 모른 척 했어야 했어. 남자는 고양이를 안은 첫째를 보며 한때의 실수를 후회했다.

남자의 머리맡에서 휴대폰이 울렸다. 그제야 남자는 오늘 오전 중으로 허 사장에게 물건을 넘기기로 한 걸 기억했다. 어서 처리해 넘겨야 하는데, 큰일이네, 이러다 거래처 끊어지겠어. 초조해진 남자는 상체를 들어올려 고개를 뒤로 힘껏 젖혔다. 허 사장이라고 뜬 액정화면이 남자의 눈에 들어왔다. 저 액정화면만 터치 할 수 있다면, 그렇게만 된다면 남자는 죽을힘을 다해 신음이라도 질러 볼 생각이었다. 그러나 그런 남자의 희망은 한순간에 사라졌다. 어느 틈에 왔는지 휴대폰이 첫째의 손에 들려 있었다.

급한 일 있다고 휴대폰도 두고 아침 일찍 나가셨는데요. 저는 잘 몰라요, 네, 나중에 아빠 들어오시면 말씀드릴게요. 천연덕스럽게 남자 대신 전화를 받는 첫째를 보며 남자는 처음으로 두려움과 함께 공포를 느꼈다. 그날 창고 안에서 본 첫째의 모습이 떠올랐다. 남자의 눈동자가 흔들리기 시작했다. 남자는 어쩌면 영원히 매듭이 풀리지 않을지도 모른다는 생각이 들었다. 아내에 대해서도 마찬가지였다. 남자가 혹시 하며 믿고 있던 아내의 발 또한 그냥 수면양말일지 모른다는 생각이 점점 자리를 잡기 시작했다.

아내가 일어나지 않으면, 매듭도 영영 풀리지 않으면, 나는 이대로 저 아이들 감시 속에 서서히 죽어가는 건가. 맞아, 고양이. 저 고양이가 아이들을 조종하고 마누라를 죽여 지금 들통 속에 넣어 끓이고 있는지 몰라, 다음은……. 남자의 상상은 꼬리를 물고 점점 커져갔다. 고양이가 다시 송곳니를 드러내 울기 시작했다. 진저리가 쳐지고 공포가 밀려왔다. 남자는 지금 악몽을 꾸고 있고 가위에 눌려 쉽

사리 깨지 못하는 거라 생각했다. 꿈에서 깨어나면 아이들은 곧 사랑스럽고 귀여운 아들과 딸로 돌아올 것이고 순하고 착한 아내는 주방에서 북엇국을 끓이고 있을 터였다. 남자는 어서 꿈에서 깨길 바랐다.

문밖에서 누군가 남자를 찾는 소리가 들렸다. 남자는 있는 힘껏 비명을 질렀다. 첫째가 재빨리 일어나 남자가 누워 있는 방문을 닫고 밖으로 나갔다. 두런거리는 말소리가 들리고 이어 다시 첫째가 들어왔다. 굳이 묻지 않아도 곽 노인이 분명했다. 며칠 전 부탁을 받고 오늘 오전 중에 들려보라는 말을 했었다. 평소 무릎이 좋지 않아 종종 물건을 부탁해오던 노인이었다.

특별한 기술 없이 동네의 허드렛일을 하던 남자에게 이년 전 새로운 일을 제안해 온 건 곽 노인과 허 사장이었다. 가끔 일이 없는 날에 남자는 산을 찾아 칡이나, 버섯, 약초 등을 캐다 건강원 허 사장에게 팔곤 했다. 그날도 남자는 그동안 캐다 모은 약초를 들고 건강원을 찾았다.

고양이가 관절에는 특효라는데. 그거야 누구나 알고 있는 사실이지만, 고양이를 잡아 처리해 줄 사람이 누가 있겠어요. 닭이나 돼지를 잡는 것 하곤 다르지요. 나야 다 손질해서 잡아만 주면 판로야 얼마든지 있지만, 어? 장 씨 언제 왔어? 곽 노인과 이야기를 나누고 있던 허 사장이 남자를 돌아보며 반색을 했다. 그날 이후 남자는 약초 대신 고양이를 찾아 나섰다. 허 사장의 말대로 험한 산속을 헤매는 것보다 돈 벌이가 나았다. 동네마다 버려진 고양이들은 넘쳐났다. 그러나 살아 있는 고양이의 목을 비트는 건 쉽지 않았다. 날카로운 놈들의 이빨과 발톱에 긁힌 상처가 흉터로 남았다. 남자는 언제부턴지 그냥 산채로 끓는 물에 넣었다. 키우던 닭 모가지를 비틀어 죽이는 거나 그냥 산채로 끓는 물에 데치는 거나 같다는 생각이 들어서였다. 매번 끓는 물에 데치기 직전 마주친 고양이들의 눈과 요동치던 몸부림과 들통 속에서 들여오던 비명만 참으면 그만이었다.

지금 침대 아래 누워 있는 고양이 또한 일 년 전쯤 공터에서 잡아 왔다. 회색 털에 검은 줄무늬가 있는 푸른 눈의 새끼 고양이였다. 근수를 늘려 잡을 속셈으로 쥐나 잡으라고 마당에 둔 놈을 아이들이 키우겠다고 애원을 해 마지못해 허락을 했다. 진즉에 잡아 팔아 넘겼더라면 오늘 같은 일은 일어나지 않았을 거라는 생각이 들었다. 남자는 고양이의 저주 때문에 이런 일이 벌어진 것 같았다. 그렇지 않고서야 착하고 순진한 아이들이 이런 짓을 할 리가 없었다. 남자의 기억에 지난밤은 여느 날처럼 별일 없었고 오히려 평온하기까지 한 밤이었다. 아내에게 고양이를 던지고 손찌검을 했다고 해도 밤새 남자의 밤은 고요하고 평화로웠다. 남자는 여느 날과 같은 아침을 맞으리라는 걸 의심치 않았다.

"책가방 챙겨, 학교 가야지."

"지각 아니야?"

"괜찮아, 서두르면 돼."

"알았어, 오빠. 잠깐만 기다려."

첫째가 다시 상을 접어 냉장고 사이에 끼우고 둘째가 작은방에서 책가방을 들고 방문턱을 넘었다. 그때 둘째의 발이 수면양말에 닿았다. 순간 남자는 수면양말 한 쪽이 살짝 옆으로 기울었다 다시 제자리로 돌아가는 걸 보았다. 진숙아! 남자는 큰소리로 아내의 이름을 불렀다. 미동 없는 아내의 발 대신 가방을 맨 둘째가 남자가 누워 있는 방으로 들어와 고양이를 안고 나갔다. 주방 앞에서 첫째가 둘째에게서 고양이를 받아들었다. 현관문이 열리고 둘째의 모습이 사라지고 다시 현관문이 닫히고 들통 뚜껑이 열린 건 동시였다. 순간 남자는 자신의 눈을 의심했다. 방금 전까지 첫째의 손에 들려 있던 고양이가 감쪽같이 사라진 것이다. 남자는 첫째까지 사라진 현관문과 그리고 뚜껑을 들썩이며 끓고 있는 들통을 번갈아보며 비명을 질렀다. 그러나 그 소리가 들통 속에서인지 자신의 목에서 나온 건지 남자도 알 수 없었다. 요란하게 끓고 있는 들통과 수면양말과 묶인 매듭을 번갈아 보며 몸을 비틀고 비명을 질러보지만 남자가 해결할 수 있는 건 아무것도 없었다. 진숙아! 남자는 간절히 아내를 불렀다. 그러나 소리는 입안에 갇혀 나오질 못하고 들통만이 요란하게 끓고 있을 뿐이었다. 아침해가 동쪽 창으로 방안 가득 들어왔다. 밝고 고요한 아침이다.

피크닉

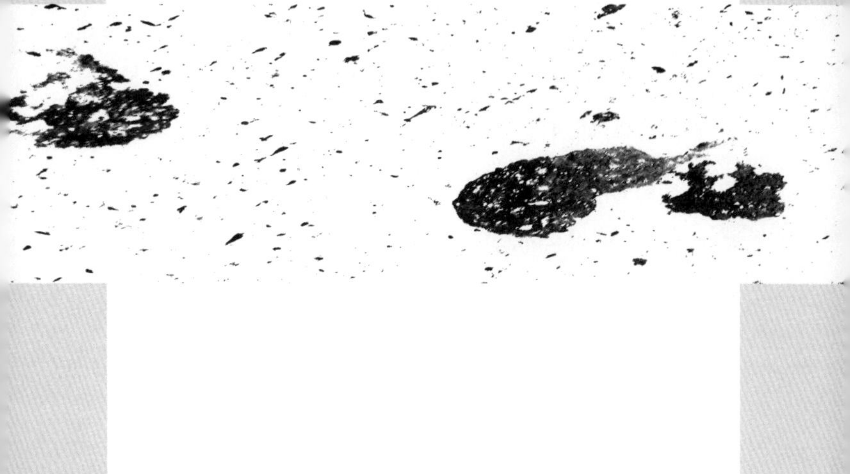

피크닉

분홍 보자기를 휘날리며 아들이 달려온다. 아빠, 보물. 함박 웃으며 내게 노란 색종이를 내민다. 종이를 펼쳐 보물을 확인한다. 동전 두 개가 그려져 있다. 주머니에서 이백 원을 꺼내 아들에게 준다. 신이 난 아들이 보자기를 펄럭이며 재촉한다.

"아빠 또 보물 숨겨 줘."

색종이를 집어 돌아앉는다. 초록과 연두색 종이에 동전을 그려 넣고 붉은 종이에 꽝, 이라 쓴다. 그리고 노란 종이를 집어 보물을 적는다.

"김, 상, 훈? 아빠 그것도 보물이야?"

어깨너머로 훔쳐 본 아들이 호기심에 찬 얼굴로 묻는다. 아들의 말에 색종이를 보니 김상훈이 적혀 있다. 당황함을 숨기려 얼른 종이를 구겨 주머니에 넣는다.

"아빠, 어택타이거, 변신로봇인데 진짜 보물이야."

"그거 진짜 보물 맞아?"

"어, 진짜야."

커다란 눈을 반짝이며 아들이 말한다. 파란 색종이에 아들이 말한 보물을 적는다. 보물을 숨길 곳을 찾아 공원을 둘러본다.

공원 구석에 빨래를 널고 있는 아내가 보인다. 화장실에서 빨래를 하다 청소원에게 들켜 한소리를 들었는지 젖은 얼굴을 하고 있다. 빨랫줄에 걸친 작업복에서 검은 물이 뚝뚝 떨어진다. 바짓단이 곧 땅에 닿을 것 같다. 색종이를 밀어놓고 나무에 감긴 빨랫줄을 팽팽하게 당겨 굵은 가지에 단단히 묶어준다. 아내의 얼굴을 살피며 김 사장에게 전화를 넣어본다. 여전히 전원이 꺼져 있다. 오늘밤 김 사장을 찾아 거리로 나서기로 한다.

구부정한 어깨, 숱 많은 곱슬머리, 검은 가죽 워커. 김 사장이다. 좁은 골목길을 터벅터벅 걸어가는 그의 뒷모습을 주시하며 몰래 뒤를 밟는다. 골목을 건넌 그가 걸음을 멈춰 주위를 둘러본다. 담벼락에 바짝 몸을 숨기고 그를 지켜본다. 가로등을 등지고 선 그의 얼굴에 짙은 그림자가 드리워져 있다. 하지만 내 눈을 의심하지 않는다. 이번엔 틀림없는 김 사장이다. 주저하다 놓쳐버릴지 모른다. 전봇대를 마주한 그의 곁에 다가가 속삭인다. 김 사장 나야, 이한 구. 급하게 바지춤을 추스르는 그의 얼굴에 잽싸게 주먹을 날린다. 선혈로 물든 얼굴이 가로등 빛에 드러난다. 낯선 얼굴이다. 사과를 하고 서둘러 골목을 빠져나온다. 벌써 세 번째 실수다.

김 사장을 찾아 밤마다 거리를 뒤지고 골목을 헤맸다. 전봇대에 기댄 취객의 얼굴을 확인하고 달리는 자동차의 꽁무니도 쫓았다. 우린 지금 조금씩 지쳐가고 있다.

오래전부터 피크닉을 가고 싶었다. 등나무로 잘 짜인 바구니에 솜씨 좋은 아내가 만든 김밥과 샌드위치, 바삭하게 튀겨낸 치킨이 들어간 도시락에 과일을 싸들고. 아이들이 풀밭에서 공을 굴리고 나는 아내의 무릎을 베고 누워 오수를 즐기는 상상을 했다.

공원은 모든 걸 할 수 있는 최적의 장소다. 보물을 숨기고 봉고차에 앉아 아들을 지켜보거나 음수대 아래 몸을 숨기고 다가오는 발소리를 듣고 있으면 내 심장도 따라 쿵쿵 울려댄다. 김 사장도 어디선가 듣고 있을 것이다. 다가오는 내 발소리를.

승합차 한 대로 길을 나선 건 가을이 시작될 무렵이었다. 가을은 피크닉을 떠나기에 좋은 계절이었다. 나는 겨울이

오기 전까지 피크닉을 즐길 생각이었다. 하지만 겨울을 넘기고 9개월이 지난 지금 우리 가족은 아직 피크닉 중이다. 아내는 오랜 피크닉에 지쳐 승합차 안에서 종일 딸을 안고 멍하니 차창 밖만 보고 있다. 세 돌이 지난 딸은 여태 고개를 가누지 못하고 걷지를 못한다. 아들은 보물찾기를 하며 한글을 익히고 키를 키워 내년에 초등학교 입학을 앞두고 있다. 그리고 나는 아직, 김 사장을 찾지 못했다.

아들이 자장면이 적힌 보물을 내민다. 트렁크에서 짜파게티를 꺼내 건네자 보자기를 휘날리며 냄비를 들고 음수대로 달려간다. 아들의 등에서 낙원떡집이라는 금박 글씨가 휘날린다. 새삼 보자기의 출처가 궁금해진다.

"저 보자기는 어디서 난거지? 우리가 언제 떡 해먹은 적 있나."

"산이 돌 때 거잖아. 잔치는 못해줘도 돌떡은 나눠먹어야 아이가 오래 산다고 시장통 낙원떡집에서 수수떡 싸온 보자기야. 돌이 돼도 혼자 서지도 못해 걱정을 했는데 이담에 달리기 선수라도 되려는지……."

둘째에게 우유를 먹이며 아들의 뒷모습을 좇던 아내가 긴 한숨을 내쉬며 돌아앉는다.

"참, 우리 산이 돌때 뭐 잡았지?"

힐끗 돌아본 아내가 한심하다는 듯 혀를 차곤 이내 고개를 돌려버린다.

생각났다. 아들이 집은 건 돈과 연필이었다. 부, 명예 좋은 건 다 잡았으니 이담에 자네 아들 덕 좀 보겠어. 김 사장 말에 세상을 다 가진 듯 기뻐했던 때가 어제 일 같다. 찰랑이는 냄비를 들고 걸어오는 아들을 보자 가슴 한켠이 뭉클해져온다.

아들의 입가를 닦아주며 짜장면을 대신 할 수 있는 짜파게티가 있어 다행이라 생각한다. 만일 김 사장을 찾지 못하면 나는 무얼 대신 찾아야 할까. 김 사장이 아닌 다른 보물이 있을까. 김 사장은 정말 보물일까? 매일 밤 거리를 나서지만 의문은 점점 깊어만 간다.

아들이 집을 그린다. 엘리베이터가 있는 고층 아파트다. 거실과 방에 물건들이 가득 차 있다. 모두 아들이 찾아 온 보물들이다. 파란 침대와 컴퓨터가 놓인 책상, 동화책으로 가득 채운 책꽂이, 그리고 바닥에 가득 찬 장난감과 블록들. 아들도 무의식 속에 집에 대한 불안이 잠재해 있는 걸까.

지금 우리집은 승합차다. 승합차 가운데 의자를 떼어낸 자리가 방이 되고 주방이 되고 침실이 된다. 아들은 승합차 안에서 그림을 그린다. 재활용장에서 주워온 탁자가 책상이 되고 가족의 밥상이 된다. 그리고 탁자를 치우고 매트를 깔면 침실이 된다. 아들은 이곳에서 매일 아파트를 그리고 우리가 살 공간을 채운다. 초등학교 입학 전에 아파트로 이사를 간다는 말을 철석같이 믿고 있는 아들은 매일 그림 속 공간을 채웠다 지우기를 반복한다.

엄마도 우리 산이 나이로 돌아가고 싶다. 그림을 그리는 아들을 보며 아내가 한숨처럼 중얼댄다. 밖으로 나와 담배에 불을 붙인다. 깊숙이 들이마신 연기를 허공에 뱉어낸다. 담뱃불을 바닥에 던지고 발로 문질러 비빈다. 앞발로 흙을 차 작은 구덩이를 만들어 담배와 함께 묻어버린다.

아빠, 힘내세요, 우리가 있잖아요. 벽돌을 부리고 내려오는데 공터에서 아들의 노랫소리가 들린다. 승합차 옆에서 아들이 두 팔로 하트를 그려 보이고 있다. 나도 따라 하트를 그려 보인다. 효자 아들 덕에 힘이 절로 나겠어, 부럽네, 부러워. 아들 없는 사람 어디 서러워 살겠나. 부럽긴요, 못난 아빠 만나 혼자 저러고 놀고 있는데요.

아들에 대한 칭찬과 나에 대한 부러움을 표현했을 텐데 달리 들린다. 그동안 나도 많이 변했다는 생각이 든다. 사람이 저렇게 고지식하고 순진하니 당할 수밖에. 김 사장과의 일이 일어난 후 주위 사람들은 입을 모아 말했다. 그때 나는 생각했다. 그럼, 나는 처음부터 당할 사람이니 당해도 가만히 있어야 하고 운명처럼 받아들여야 하는지. 그런 생각은 내내 머릿속을 떠나질 않았다. 처음부터 나를 그렇게 보고 일을 저지른 김 사장이 도저히 용서가 되질 않았다. 결국 나는 김 사장을 잡으러 길을 나서기로 했다. 최소한 필요한 살림과 옷가지만 남기고 나머지는 지인의 창고에 맡겼다. 아픈 딸과 어린 아들을 아내에게 맡기고 혼자 길을 나설 수 없었다. 보증금이 없는 방은 없었다. 고민 끝에 봉고차를 선택했다.

김 사장은 지금까지 해온 일 중 가장 규모가 큰 공사를 조만간 따낼 수 있다고 큰소리쳤다. 인테리어 일을 하는 김 사장을 따라다닌 지 삼 년이 지났다. 이번 공사만 따내면 밀린 월급에 특별 보너스까지 챙겨 주겠다고 김 사장은 딸을 걸고 약속 했다. 딸의 병원비로 지인들에게 아쉬운 소리를 했을 때 선뜻 십만 원짜리 수표를 열 장이나 건네준 이가 김 사장이었다. 큰 공사를 따내려면 당장 선수금을 마련해야 하는데 보증이 필요하다고 했다. 99프로 확실하다는 김 사장의 말을 믿고 덜컥 인감을 맡겼다.

나는 지금도 가끔 김 사장이 홀연 내 앞에 나타나 무릎을 꿇고 용서를 빌며 돈을 돌려줄지 모른다는 생각을 하곤 한다. 만약 그가 다시 함께 일을 하자고 하면 나는 어떻게 할 것인가. 솔직히 모르겠다. 고아로 자란 내게 김 사장은 친형제 같은 사람이었다. 아내는 절대 김 사장을 찾을 수도 돈을 받을 수도 없다고 말한다. 그러나 밤마다 내 귀가를 기다리고 안색을 살피고 휴대폰이 울릴 때마다 긴장하며 숨을 죽이는 걸 알고 있다. 아픈 몸으로 태어난 딸을 품느라 아내는 한동안 아들을 잊고 지냈다. 나 또한 월급은 제때 들어오지 않아도 아들이 마음병을 앓고 있는 것도 모를 만큼 일은 새벽부터 밤늦게까지 이어졌다. 점점 말수가 줄어드는 아들보다 평생 장애를 안고 살아야 하는 딸의 앞날을 생각하면 밤마다 술을 마시지 않고 견딜 수 없었다. 9개월 전 살던 집을 비워 주어야 했을 때 아내가 딸을 품에 안은 대신 나는 아들을 품에 안기로 했다. 그리고 아들이 원하는 피크닉을 떠나기로 마음을 먹었다. 피크닉은 매일 즐거워야 한다.

아들이 찾아온 보물을 들고 마트 안을 뛰어다닌다. 아이스크림을 찾아오고 초콜릿과 우유식빵을 찾아오고 야쿠르트를 찾아오는데 채 오 분이 걸리지 않았다. 아들이 남은 보물들을 내게 보인다. 귀저기, 라면, 분유가 적혀 있다. 나는 우리가족이 필요한 물건이나 음식을 보물로 적어 넣었다. 가끔 아들이 원하는 장난감이나 과자 아이스크림을 적어 넣기도 하지만 대체로 가족 공용의 것들이 많다. 아들과 함께 보물을 찾아 마트를 뒤진다. 보물에는 없지만 폐점을 앞두고 반값 할인을 하는 인절미도 바구니에 넣고 계산대에 올린다. 와! 우리 아빠 부자다. 지갑속 지폐를 흘깃 본 아들이 탄성을 지른다. 아들이 생각하는 부자의 의미가 겨우 만 원짜리 지폐 몇 장이라니 기분이 씁쓸하다. 며칠 더 여기서 일을 할 수 있으면 좋겠지만, 오래 머물 수 없다. 그동안 거리를 뒤졌지만 김 사장의 흔적은 보이질 않았다. 오늘 밤 마지막으로 거리로 나가 볼 생각이다. 분명 어딘가에서 구부정한 어깨로 술잔을 기울이고 있을 것이다.

라면이나 하나 더 사지. 말은 그렇게 했지만 아내는 이내 인절미 하나를 입에 넣고 우물거린다. 딸을 낳고 산후 조리를 못한 아내는 어금니가 몇 개 빠져 아들에게 대머리 독수리라 놀림 받는 내 정수리처럼 비어 있다. 나는 잠잘 때를 빼놓고 모자를 벗지 않는다. 아들에게 젊고 힘센 아빠로 보이고 싶다. 저녁을 먹고 아들을 뒷자리에 재운다. 아내와 딸은 의자를 빼낸 가운데에 누울 수 있도록 이불을 펴 주고 나는 운전석 등받이를 한껏 젖힌다. 이불대신 밤하늘을 덮고 잠을 잔다. 겨울에는 옷을 겹겹이 껴입어도 차 안 냉기를 감당하기 힘들어 손이 절로 가랑이 사이로 들어갔다. 아침마다 어깨며 온몸이 뻐근했다. 어디든 냉기를 피할 수 있는 곳으로 들어가고 싶었다. 지금은 밤하늘을 덮고 잠들 수 있는 것만으로 얼마나 다행인지 모른다.

어젯밤 총총하던 별이 보이질 않는다. 어딘가 숨어 있을 별을 찾아본다. 나무와 풀들이 습기를 머금는 소리가 들린다. 조용히 자리에서 일어나 밤거리를 나선다.

앉아 있는 뒷모습이 분명 김 사장이었다. 순댓국 집 열린 문으로 그를 발견 했을 땐 피가 거꾸로 솟는 것 같았다. 가게로 들어가 무작정 멱살을 잡았다. 김 사장이 아니었다. 찢어진 입술을 손으로 닦아내며 몇 번이나 고개를 숙였다. 저녁에 반주로 마신 소주 몇 잔이 실수를 불렀다. 김 사장의 얼굴을 다시 한 번 기억해 본다. 그렇게 흔한 얼굴이 아니건만 길거리에 넘쳐나는 모든 사람이 김 사장으로 보였다. 그만그만한 덩치, 구부정한 어깨, 푸른 체크무늬 남방과 검은 워커를 볼 때마다 가슴이 뛰었다.

차창을 때리는 빗줄기를 보며 오늘 하루 아들과의 놀이를 생각한다. 오후에 비가 그치면 현장일을 할 수 있지만 쉽게 그칠 것 같지 않다. 김이 서린 차창에 아들과 그림을 그린다. 내가 세모와 네모, 동그라미를 그리자 아들이 내가 그린 도형에 그림을 그려 넣는다. 네모는 우리 가족이 타고 있는 승합차가 되었고 동그라미는 딸의 얼굴이 되었고 세모는 피자 조각이 되었다. 피자 맛있겠다. 옛날 어린이집 다닐 때 먹었는데. 중얼대며 입맛을 다시는 아들을 위해 뒷자리에서 선 버너와 프라이팬을 꺼낸다. 아이스박스를 열어 푹 쉬어버린 김치에 밀가루를 넣어 반죽을 한다. 고소한 기름 냄새가 차안에 가득하다. 비오는 날 봉고차 안에서 김치전으로 배를 불리고 나뭇잎에서 떨어지는 빗소리를 듣는다. 차장에 비바람에 날려 온 꽃잎이 하얗게 붙어 있다. 하나, 둘, 셋, 넷…… 아들이 동생의 손을 잡고 꽃잎 수를 헤아린다. 기분이 좋은 듯 딸도 입을 벌려 웃는다. 숫자 이십을 넘기지 못하고 십칠에서 왔다 갔다 하며 꽃잎을 헤아리는 아들에게 딸과 아내와 내 손가락과 발가락을 동원해 숫자를 가르쳐 준다.

다 더해도 백이 안 되네, 이참에 셋째나 가져볼까? 가볍게 던진 농담에 아내가 눈을 흘긴다. 경제적인 이유를 들어 반대하는 아내를 설득해 딸을 낳았다. 아들에게 든든한 편을 만들어 주고 싶었다. 손을 잡고 공원을 뛰어다니며 보물을 찾아올 수 없지만 둘이 한편이라는 생각은 지금도 변함이 없다. 어떤 이들은 말한다. 훗날 딸이 아들에게 짐이 될 거라고. 짐이 될지, 지원군이 될지 당신들이 그걸 어떻게 알아! 그때마다 큰소리를 치며 화를 냈다. 그리고 아내와 아들이 좋아하는 후라이드치킨과 인절미를 사오곤 했다. 호기롭게 큰소리치던 때가 오래 전 일처럼 아득하다. 아내의 품에 안긴 딸을 본다. 아들과 아내와 딸에게 미안해진다. 내일은 치킨 한 마리 사 와야겠다. 문득 치킨 한 마리로 풍요와 빈곤이 왔다갔다하는 생활이 누군가에 의한 일이라 생각하니 가슴속에서 불덩이가 치솟는다.

김 사장을 B시 근처에서 보았다는 소문을 들었다. 일주일 동안 이곳 C시를 헤맸다. 밤이면 포장마차나 국밥집을 기웃거렸고 낮엔 공사장을 찾아다녔다. 김 사장을 찾진 못했지만 일자리를 얻었다. 이제 이곳 일도 접어야 할 것 같다.

삼 년이 지나면 독립하도록 도와준다는 김 사장 말을 믿었다. 아내에게 아픈 딸을 맡기고 아들의 마음에 상처를 내며 주말에도 일을 했다. 인테리어 일을 배우면 아들에게 자랑스러운 아빠가 될 것 같았다. 김 사장 말대로 큰 건 한 방만 터트리면 내가 설계하고 지은 집에서 아내가 만든 도시락과 후라이드치킨을 들고 주말마다 피크닉을 즐길 수 있을 거라 희망도 품었다. 언제까지 아들이 보는 앞에서 등에 벽돌이나 지고 철근을 나르는 모습을 보이고 싶지 않다. 어떤 물건이든 등짐을 지고 장난감 삽으로 땅을 파고 흙을 퍼내는 아들을 보면 아내가 질색하는 술, 담배가 더욱 간절해진다. 김 사장을 찾지 않는 이상 나는 지금 하는 일을 계속 해야 하고 피크닉 또한 마찬가지일지 모른다. 김 사장을 찾아 돈을 받으면 아내와 함께 살림집이 딸린 작은 식당을 차릴 생각이다. 김 사장만 찾으면.

일찍 찾아온 더위로 에어컨이 없는 차안이 찜통 같다. 9개월 전 길을 나설 땐 겨울을 생각하지 않았다. 한두 달 피크닉을 즐기다 제자리로 돌아올 생각이었다. 긴 겨울을 길 위에서 보내며 우리 가족이 손꼽아 기다렸던 계절은 뜨거운 여름이었다.

규정 속도를 넘어 달리는 차들로 차창을 내릴 수 없어 딸에게 부채질을 해주는 아내의 얼굴이 땀에 젖어 있다. 아빠도 덥지? 조수석에 앉은 아들이 그림책으로 부채질을 해주며 씽긋 웃어 보인다. 아들의 젖은 앞머리를 쓸어올려주고 고속도로 휴게실로 진입을 한다. 그늘에 앉아 늦은 아침으로 아들과 새벽에 사온 김밥을 먹는다. 소화가 안 된다며 아내는 어제 먹다 남긴 감자 한 알로 아침을 때우고 딸에게 분유를 타 먹인다. 나는 그대로 두면 쉬어버릴 아내 몫의 김밥까지 전부 먹어버린다. 김밥을 먹으며 휴게소 푸드 코트에 눈을 떼지 못하는 아들의 손을 잡고 편의점에 들어가 아이스크림을 고르게 한다. B시까지 가려면 아직 두 시간은 더 가야 한다. 출발 전 채운 기름이 벌써 계기판 아래를 향하고 있다. 톨게이트비와 채워야 할 경유 값을 계산해본다. 언제 아플지 모를 딸을 위한 비상금을 제하면 얼마 남지 않는다. 어제 현장 일을 같이 했던 박 씨 말에 의하면 B시 근교의 신도시 건설로 일자리가 많을 거라 했다. 겨울이 오기 전 보증금이라도 마련해야 한다. 다시 겨울을 길에서 맞이하고 싶지 않다.

살살 아프던 배가 끊어질 것 같다. 졸음 쉼터에 차를 세웠는데 화장실이 보이지 않는다. 할 수 없이 풀숲으로 들어갔다. 아빠 나도 배 아파. 뒤 따라온 아들이 바지를 내리고 옆으로 온다. 찡그린 얼굴로 앉아 있는 나를 보며 아들이 깔깔댄다. 아픈 배를 쥐고 나도 아들을 향해 킬킬 웃어 보인다. 아무래도 김밥 때문인 것 같다. 김밥 속 시금치가 조금 이상했었다. 지금까지 그 정도는 괜찮았다. 조금 상한 것쯤 별 탈 없이 위와 장이 받아주었다. 아들의 어린 장기까지 미처 생각지 못한 내가 한심했다. 두 번이나 차를 세우고 아들과 찡그린 얼굴을 마주하고 휴게소에서 약을 사먹었다. 5시간이 걸릴 길이 꽤 지체될 것 같다. 고속도로 휴게소 쉼터에 나란히 누워 아들의 배를 문질러 준다. 아빠 손은 약손, 산이 배는 똥배. 아들이 작은 손으로 내 배를 문지르며 따라 부른다. 산이 손은 약손, 아빠 배는 똥배. 배가 가라앉는 것 같다. 아들도 어느새 가벼운 코를 골며 잠이 들었다. 다른 건 몰라도 우리 아들 면역력 하나는 튼튼해 진 것 같네. 아내의 말에 씁쓸한 표정을 숨기려 양손을 비벼 마른세수를 한다.

지난 9개월 동안 나는 많은 보물을 숨기고 아들은 찾아

왔다. 하지만 아들이 보물을 찾아올 때마다 정말 내가 숨긴 것이 보물인지 의구심이 들곤 했다. 제대로 약속을 지키지 못한 보물들이 아들의 동심까지 속이고 있다는 생각에 피크닉을 나선 것이 최선이었는지 돌아보게 했다. 보물을 찾겠다고 낯선 공원을 뛰어다니는 아들을 보며 나는 몇 번이나 피크닉을 그만 둘 생각을 했다. 하지만 한편으론 아들이 찾아오는 보물이 진짜 보물이길 바라는 엉뚱한 상상도 했다. 지난 가을 장애를 가진 딸과 어린 아들을 데리고 가족이 함께 길을 나서기 전 나는 김 사장을 찾을 때까지 아이들을 시설에 맡길 생각도 했었다. 그러나 가족은 어떤 일이 있어도 함께여야 한다는 아내의 말을 거역할 수 없었다. 지금은 아내의 선택이 옳았다는 생각이 든다. 아들의 튼튼한 면역력이 지난 9개월간의 피크닉으로 얻은 때문이라는 아내의 말에 동감하지만 씁쓸한 기분 또한 숨길 수 없다. 아들은 아마 오늘의 피크닉을 오랫동안 기억할 것이다. 한 번도 가본 적 없는 B시가 기대된다.

아내가 깨워 눈을 떴다. 옆 자리를 보니 아들도 한결 편해 보인다. 예상했던 시간보다 늦게 B시에 도착했다. 저녁때가 가까워오고 있다. 서둘러 차를 몰아 신도시로 향한다.

건설 중인 고층 아파트와 건물들이 보인다. 미리 연락한 박 씨 덕분에 바로 현장 일을 구했다. 무작정 김 사장을 찾아 돌아다니는 게 얼마나 무모한 짓이란 걸 지난 9개월 동안 터득했다. 어린 자식이 둘이라는 건 언제나 예상할 수 없는 돈을 필요로 했다. 특히 장애를 가진 딸은 언제 호흡기에 이상이 생기고 열이 날지 예측할 수 없었다. 딸로 인해 몇 번의 고비를 넘기며 아내와 큰소리가 오갔다. 원인 제공자는 김 사장이었지만 결국은 내가 저지른 일이었다. 내일 새벽부터 일을 하기로 했다. 아내는 내가 인복이 없다 하지만 생각해보면 아주 없는 것도 아니다. 당장 일거리 걱정 없이 김 사장을 찾을 수 있다는 생각에 오늘 밤은 찜질방에서 자기로 한다. 내일부터 일을 하는 틈틈이 김 사장을 찾아볼 생각이다. 운이 좋으면 내일 공사 현장에서 마주칠 수도 있지 않은가. 만약 몇 달 늦어진다 해도 매일 번 돈을 모으면 작은 월세 방 보증금 정도는 마련할 수 있을 것이다.

찜질방은 승합차만큼 우리 가족에겐 익숙한 곳이다. 지난 겨울의 한파를 우린 지금도 기억하고 있다. 꽁꽁 얼어붙은 공원에선 보물을 숨기고 찾을 수도 없었고 아무리 꼭꼭 담요로 차창을 둘러쳐도 칼바람은 낡은 승합차 문틈으로 비집고 들어왔다. 견디다 못해 들어간 찜질방 역시 낮선 환경에 칭얼대는 딸로 인해 사람들의 시선 또한 바깥 공기와 다르지 않았다. 그러나 그 또한 선택의 여지가 없었다. 얼어붙은 공사장을 뒤로 하고 일거리를 찾아 헤매다 불판을 닦고 숯불을 피운 돈으로 여관비를 냈고 찜질방에 들어갔다. 뼛속까지 시린 날 찜질방의 온기를 나는 지금도 잊지 못한다. 딸이 칭얼대지 않고 조용히 잠을 자준다면 뒷골목의 여관보다 찜질방만큼 최상의 공간은 없다.

목욕탕을 뛰어다니는 아들을 불러 때를 밀어준다. 아내의 당부대로 구석구석 몸을 씻기고 내 등도 아들에게 맡긴다. 아들의 손이 제법 야무지다. 김 사장과 일을 같이 하고부터 나는 아들과 함께 한 일이 거의 없었다. 아들을 데리고 목욕탕 좀 다녀오라는 아내의 잔소리를 언제나 술에 취해 들었다.

찜질방의 답답한 공기 때문인지 딸이 칭얼댄다. 다행이 체온은 정상이다. 9개월 동안 딸도 바깥 공기에 적응이 된 것 같다. 아들은 오늘 낮의 배탈과 장시간의 여행으로 지쳤는지 미역국으로 저녁을 먹고 일찌감치 잠이 들었다.

아이들을 아내에게 맡기고 새벽에 찜질방을 나선다. 저녁부터 시작할 피크닉 장소를 물색하기로 한다. 대규모 신도시 공사 현장이라 마땅한 장소가 보이질 않는다. 한참을 돌아다닌 끝에 적당한 공원을 찾아 차를 세우고 보물을 숨겨 놓을 장소를 찾아본다. 아들은 아마 내일 보물을 찾는데 오랜 시간을 보낼 것이다. 며칠은 걸려야 이곳 공원에 익숙해 질 테니. 저녁에 일을 마치고 아내와 아이들과 함께 오기로 하고 현장으로 향한다.

도로를 정비하고 나무를 심는 일이 주어졌다. 특별한 기술이 없어도 누구나 할 수 있는 일이다. 3년이 넘도록 김 사장 밑에서 일을 했다. 김 사장은 상가나 주택을 설계하고 내부 공사나 전체 완공까지 모든 일을 해냈다. 잔꾀라곤 모르는 나는 쉬는 시간 외엔 잠시도 한 눈을 팔지 않았다. 전문 기술은 없지만 내가 그의 눈에 든 건 어쩌면 당연한 일이었을 것이다. 김 사장이 같이 일을 해보자고 했을 때 나는 아들을 먼저 떠올렸다. 우리 아빠 직업은 인테리어 기사입니다. 몇 년 후 초등학생이 된 아들이 친구들과 선생님 앞에서 씩씩하게 말하는 모습을 상상하며 덥석 그의 손을 잡았다. 하지만 그는 정작 중요한 기술은 가르쳐주지 않았다. 그의 밑에서 내가 한 일은 전과 다름없는 누구나 힘만 있으면 할 수 있는 잡일이었다. 건물 설계 같은 특별한 기술을 배우기 위해선 그 정도 수련은 거쳐야 한다는 김 사장의 말을 나는 믿지 않을 수 없었다. 이제 나는 적당히 요령도 피울 줄 안다. 감독의 눈을 피해 허리도 펴고 아내와 아들에게 전화도 걸고 담배도 피운다. 지금쯤 아내와 아이들은 무얼 하고 있을까. 답답한 찜질방에서 아이들이 아내를 힘들게 하고 있지 않은지 마음이 쓰인다. 아내는 아마 추가 요금을 내고 찜질방에 있을 것이다. 낯선 곳에서 혼자 애쓰고 있을 아내가 걱정돼 전화를 하려는데 감독이 온다. 주머니에 휴대폰을 넣고 삽으로 구덩이를 판다. 오늘 하루 만난 인부들 중 김 사장은 보이지 않았다.

아내와 아이들을 데리고 새벽에 봐 두었던 공원으로 향한다. 음수대에서 쌀을 씻어 밥을 짓고 꽁치통조림으로 찌개를 끓여 공원 안 평상에 저녁을 차린다. 공원을 뛰어다니는 아들을 불러 가족이 모두 평상에 둘러앉는다. 꽁치를 골라 아들과 아내의 숟가락에 얹어주고 나는 국물에 밥을 비며 먹었다. 밥 한 공기를 뚝딱 비운 아들이 종일 찜질방의 답답했던 하루를 보자기를 휘날리며 나를 재촉한다.

아빠, 빨리. 아들의 채근에 색종이에 보물을 적어 넣는다. 동전을 그려 넣고 초코과자와 인절미, 분유를 적는다. 그리고 빨간 색종이에 꽝, 이라 적는다. 꽝? 에이. 아들이 실망한 얼굴로 색종이를 접는다. 종이를 반으로 접어 손바닥으로 꾹꾹 누르는 아들의 손이 아내와 닮았다. 아내의 통통한 손등과 짧은 손가락을 본다. 토닥토닥 딸을 재우는 허전한 손가락을 보며 미안한 마음에 아내에게 말을 붙여본다.

"여기 신도시 알아보면 싸고 괜찮은 방들이 많다네. 잘하면 보증금 없는 방도 구할 수 있을 것 같은데. 한번 알아볼까?"

"……지겨워."

한숨처럼 뱉은 아내의 말에 무안해져 주머니를 뒤져 담배를 꺼내 문다. 아빠, 담배 피지마! 아들의 명령에 실없는 웃음을 흘리곤 주머니에 도로 담배를 넣는다.

보물을 접은 배와 비행기, 자동차와 학들로 수북해진 상자를 앞좌석에 올리고 조수석의 이불을 꺼내 잠자리를 준비한다. 내일부터 새로운 곳에서 피크닉이 시작된다. 내일 하루 공원을 뛰어다니며 보물을 찾아 올 아들의 모습을 그리며 피곤한 하루를 접는다.

이곳에서의 생활도 벌써 일주일째다. 아들이 이곳의 지형을 파악하는데 걸린 시간은 이틀이면 충분했다. 처음 숨바꼭질을 할 때 아들과 나는 서로 찾지 못해 항복을 선언했다. 찾지 못한 보물 때문에 아들은 일하고 있는 내게 몇 번이나 전화를 걸어왔다. 그날 나는 퇴근하자마자 아들과 함께 보물을 찾느라 주린 배를 안고 공원을 뒤져야 했다. 플래시를 비춰도 찾을 수 없어 다음 날 아침 그것들을 찾느라 결국 출근이 늦어졌다. 하지만 이제 아들이 보물들을 찾는 데 걸린 시간이 삼십 분이면 충분하다는 걸 아내에게 들어 알고 있다. 더 이상 숨을 곳도 숨길 곳도 없다. 김 사장도 이제 숨을 곳이 없을지 모른다. 9개월간의 도피 생활에 그도 지쳤을 것이다. 내가 지금 이곳에 눌러 붙을 생각을 하듯이 그도 어딘가에서 자리를 잡고 살고 있을지 모른다. 술래가 된 아들이 나를 찾으며 다가 올 때의 기분을 지난 9개월간 아들과 숨바꼭질을 하며 느꼈다. 매일 조이며 다가오는 나의 발자국을 어디선가 김 사장은 듣고 있을 것이다. 지금도 아들은 김 사장을 찾기 위해 낙원떡집 상호를 휘날리며 공원을 뒤지고 있을 것이다. 매일 밤 저금통의 무게를 확인하는 아들을 보며 나도 마음속으로 다짐을 했다. 그래, 조금만 기다리자 라고. 하지만 가끔은 내가 찾는 것이 김 사장인지 아니면 또 다른 무엇인지 알 수 없을 때가 있다. 정말 김 사장이 보물일까, 라는 의구심과 함께 내가 지금 쫓고 있는 김 사장이라는 사람이 세상 어디에도 없는 허구처럼 느껴질 때가 있다. 지난 일주일 동안 점심 시간과 쉬는 시간 틈틈이 김 사장을 찾기 위해 공사현장 곳곳을 뒤졌다. 왠지 이곳에 있을 것만 같았다. 그러나 일주일이 지난 지금 그가 여기 없을지도 모른다는 생각 또한 쉽게 떨쳐지지 않는다. 매일 멍하니 딸을 안고 있는 아내와 홀로 뜨거운 공원에서 놀고 있을 아들이 자꾸만 떠오르는 건 앞으로 다가올 시간들이 지난 시간보다 더 나을 것 같지 않은 불안감 때문일지 모른다. 김 사장은 지금 어디서 무얼 하고 있을까.

처음엔 눈을 의심했다. 가슴에 활랑활랑 금방이라도 불이 붙을 것 같았다. 나도 모르게 손에 땀이 나고 주먹이 쥐어졌다. 분명 김 사장이다! 작업 중이라 술은 입에 대지 않았다. 삼 일전부터 아파트 공사 현장에서 폐자재를 치우는 일을 시작했다. 아침 조회 시간에 새로운 얼굴들이 보였다. 매일 새로운 사람들이 들어오고 떠나갔다. 나 이외엔 아무도 새로운 사람에게 관심을 가지는 이는 없다. 예전보다 마르고 주름이 깊지만 김 사장이 틀림없다. 하지만 길을 가다 스쳐 지나면 모를 것 같다. 예전 호기롭게 큰소리치던 모습은 어디에도 보이지 않는다. 고개를 숙이고 있는 그를 계속 응시한다. 자꾸만 다리가 후들거리고 활랑이는 가슴이 진정되지 않는다. 김 사장이다, 김 사장이다, 놓치면 안 된다, 얼른 가 멱살을 잡아야 한다, 속으로 초조하게 외쳐보지만 발걸음이 쉬 떨어지지 않는다. 드디어 그렇게 찾던 김 사장이 눈앞에 나타났는데, 어찌된 일인지 한 발을 떼는 일이 천 근 쇳덩이를 매단 것처럼 무겁다. 이제 피크닉을 끝낼 수 있을 것인가. 보물이 적힌 종이가 눈앞에 있는데 펼쳐보기가 겁이 난다. 커다랗게 '꽝'이라 쓰여 있을 것만 같다. 그렇다면, 정말 그렇다면 어쩔 것인가. 보물찾기가 끝났다고 누군가 호각을 불어주기만을 기다려야 할 것인가. 떨어지지 않는 걸음만큼이나 머릿속이 복잡하다. 어쨌든 색종이를 펼쳐보는 수밖에 없다. 제발 꽝이 아닌 김. 상. 훈 석자가 적혀있길 바라며 빨리 조회가 끝나기를 빈다.

드디어 조회가 끝났다. 바닥에 있는 각목을 주워들고 김 사장의 뒤를 따라간다. 후들거리는 손목에 바짝 힘을 준다. 갑자기 주머니 속의 핸드폰이 울린다. 진동으로 해놓는 걸 잊고 있었다. 움찔하는 순간 앞서가던 김 사장이 돌아본다. 눈이 마주친다. 순간 각목을 쥔 손에 힘이 빠지고 휘청 현기증이 인다. 지난 날 골목에서 전봇대에 기대 선 취객의 얼굴과 국밥집에 앉아 있던 등이 굽은 남자와 낡은 트럭에 올라타던 중년의 사내가 오버랩 되어 눈앞에 어른거린다. 눈을 부릅떠 보지만 자꾸만 시야가 흐려진다. 지금 마주 서 있는 사내가 정말 내가 찾던 김 사장이 맞는지, 분명 김 사장이었는데, 그런데 김 사장이라면 지금 내 앞에 저렇게 담담한 얼굴로 서 있진 않을 텐데. 그렇다면 지금까지 내가 기억하고 있던 김 사장은 누구란 말인가. 머릿속이 혼란스럽다. 계속 울려대는 휴대폰을 주머니에서 꺼내 액정화면을 본다. 아내의 전화다. 힘이 풀려버린 손아귀에서 각목이 빠져나가 바닥에 떨어진다. 떨어진 각목을 다시 주워들고 휴대폰을 켠다. 아내가 울고 있다. 여보, 큰일 났어. 산이가 다쳤어. 당신이 숨겨놓은 보물을 찾겠다고 정글짐 위로 올라가다 떨어졌어. 각목을 잡은 손에 힘을 주어보지만 자꾸만 풀려버린다.

아들이 설마 그 곳까지 올라갈 줄 몰랐다. 지루한 아들의 하루를 조금이라도 단축해 주기 위해 궁리 끝에 숨겨 놓은 보물이었다. 저녁에 일을 마치고 아들과 함께 올라가 찾아올 생각이었다. 흐린 시야 속에 뒤돌아 선 사내의 등이 점점 멀어진다. 정글짐 위에 걸려 펄럭이는 분홍 보자기와 함께 노란 색종이가 눈앞에 어른거린다. 손을 뻗어 색종이를 잡았지만 펼쳐보기가 두렵다. 그냥 손에 구겨 쥐고 아내에게 말한다. 괜찮아. 침착해. 어서 전화 끊고 119에 전화해, 바로 갈게. 괜찮아. 이제 다 끝났어.

피크닉을 끝내야 할 때가 온 것 같다.

502호

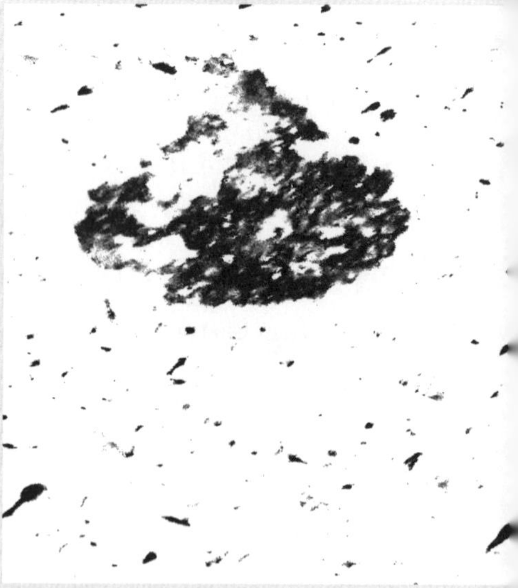

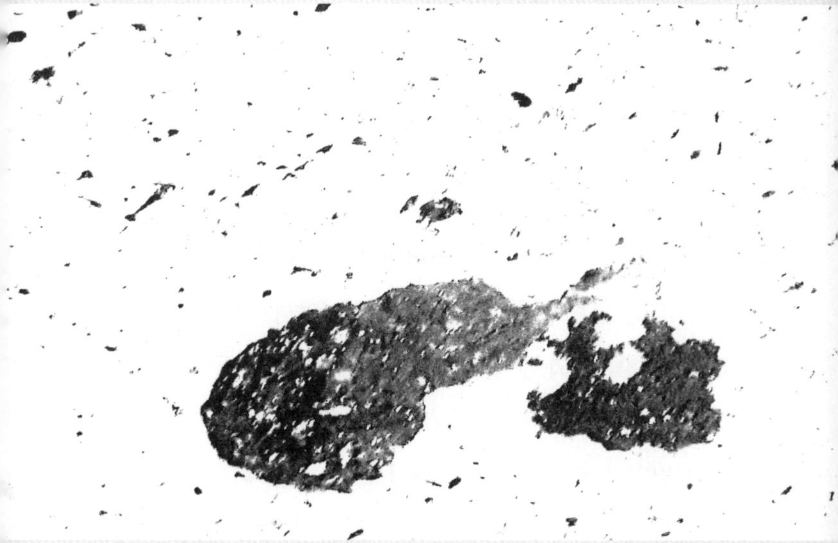

502호

벨이 울리자 개 짖는 소리가 요란하게 들려왔다.

누구요! 퉁명한 목소리에 이어 짧은 백발에 북어처럼 마른 노인이 현관문 사이로 고개를 내밀었다. 문틈으로 요란하게 짖어대는 개들이 보였다. 당장 튀어나올 듯 짖어대는 개들을 보자 나도 모르게 뒷걸음이 쳐져 하마터면 계단 아래로 발을 헛디딜 뻔 했다. 순간 휘익, 하는 휘파람이 들리고 개들이 조용해졌다.

노인의 입을 멍하니 바라봤다. 방금 들려온 휘파람이 노인의 입에서 나왔다곤 믿기지 않았다. 노인의 입술은 간장에 졸인 유부처럼 검고 얇았다. 주름을 모아 오므리고 있지만 벌리기만 하면 눈앞의 모든 걸 쓸어갈 것처럼 연신 꼬물대고 있었다. 오래전 본 남자의 얼굴을 떠올렸다. 어렴풋한 기억으론 남자의 키와 덩치가 컸지만 가늘고 긴 눈매와 얇은 입술이 닮아 있었다. 노인의 얼굴에 고랑처럼 패인 무수한 주름들이 지금까지의 삶이 평탄치 않았으리라는 짐작을 하게했다. 죽은 남편을 닮은 아들이 생각났다. 어쩌면 세상의 모든 아들은 아버지를 닮아가고 있다는 생각이 들었다. 씁쓸한 기분을 털어내고 노인에게 말했다.

"안녕하세요, 여기 502호 집주인인데요, 아드님 지금……."

뚫어질 듯 쳐다보는 노인의 눈빛에 눌려 나도 모르게 목소리가 기어 들어갔다.

"뭐라고? 귀가 어두워 잘 안 들려, 큰 소리로 말해."

날카로운 눈빛과 달리 노인의 목소리는 걸걸했다. 나는 노인의 귀에 대고 큰소리로 또박또박 말했다.

"집주인인데 아드님을 만나러 왔다고요. 지금 집에 있나요?"

"그쪽이 여기 집주인이라고?"

"네, 아드님 지금 어디 있어요? 오늘 꼭 좀 만나야 하는데."

"그 놈 집에 안 들어온 지 꽤 됐어."

노인은 아들에 관한 일은 자신과 무관하다는 듯 퉁명하게 내뱉곤 집안으로 들어가려 했다. 나는 예상 밖의 노인의 태도에 당황해 재빨리 문을 잡고 애원하듯 말했다.

"그럼, 있을만한 연락처 좀 알려주세요."

"연락처 같은 거 몰라, 말도 없이 지 맘대로 나갔다 내키면 들어오니까."

"그렇다면, 오늘이라도 들어올 수 있겠네요."

"거야 모르지."

"그럼, 아드님 올 때까지 여기 좀 앉아 기다릴게요."

나는 계단참에 엉덩이를 내리고 주저앉았다. 두 시간 가까이 지하철과 버스를 갈아타고 빌라에 도착해 5층까지 걸어 올라왔는데, 이대로 노인의 말만 믿고 돌아갈 순 없었다.

노인이 일부러 아들의 연락처를 알려주지 않는다는 생각이 들었다. 그동안 502호로 속을 끓인 걸 생각하면 당장 집안에 쳐들어가 직접 눈으로 확인을 해야 하지만 일단 한 발 물러서는 게 나을 것 같았다. 4개월을 기다려왔는데 한두 시간쯤, 아니 밤을 새워서라도 기다려야겠다는 오기가 생겼다.

나는 지난 4개월을 매일 밤 잠자리에서 내일은 꼭 502호를 찾아가기로 다짐을 하고 아침이 오면 남은 보증금을 계산하며 너그러운 집주인으로 돌아가길 반복했다. 생각해보면 나는 늘 그런 식이었다. 2년 전 부동산에서 남자를 만나기 전까지 절대 노인이나 어린아이가 있는 집은 세입자로 들이지 않겠다고 한 결심 또한 그런 식으로 흐지부지 되어 버렸기 때문이다. 그동안 502호를 거쳐 간 세입자들 중 한두 달은 물론 반 년 이상도 월세가 밀려 보증금까지 거의 까먹고 나간 경우가 태반이었던 걸 상기하면 야박한 것 같아 조급함이 누그러졌다. 그러나 시간이 갈수록 남자와 노인에 대한 나의 상상은 때론 잠을 이루지 못할 만큼 엉뚱한 방향으로 확장이 되어 불안감은 더욱 깊어만 갔다. 근래에 와선 잠을 자고 밥을 먹고 TV를 보는 일상적인 생활조차 무의식중에 보내는 일이 많아 아들에게 종종 치매일지 모른다는 소리를 듣곤 했다.

계약 당시 남자는 대형화물차 기사로 한 달에 반 이상 집을 비워 대부분의 시간을 팔순이 넘은 아버지 홀로 지낸다고 했다. 담배에 전 누런 이를 드러내 싱글거리는 남자에게 나는 매일 아버지 안부를 챙기라고 말했다.

어찌나 정정한지 나 보다 오래사실 겁니다, 술, 담배 없이 하루도 못사는 나와 달리 몸에 나쁜 건 입에 대지도 않고 좋다고 하는 건 어떡하든 구해 찾아 드시는 양반이니까. 남자는 빈정 섞인 말투로 뱉어내곤 계약서에 도장을 찍자마자 담배를 빼어 물고 부동산 문을 열고 나갔다.

남자와의 연락이 끊어진 후 제일 먼저 떠오른 건 노인이었다. 매일 술, 담배에 절어 밤낮 없이 도로를 달리고 있을 남자가 아닌 홀로 있을 노인을 떠올린 건 지난 경험에서 온 본능이었다. 본 적도 없는 노인이지만 이상하게 머릿속에서 떠나질 않았다. 만약 운전을 한다는 남자에게 무슨 일이 생겼다면, 그런 생각은 이내 충격을 받았을 노인에게로 달려가 불안을 불러왔다.

지금 눈앞에 서 있는 노인은 지금까지의 상상과는 전혀 다른 모습이다. 상상 속에선 혼자 거동도 할 수 없는 죽음을 코앞에 둔 상 늙은이였다. 그동안 두 사람의 장난에 속아 혼자 동정하고 불안해하고 화를 내며 속을 끓였던 걸 생각하자 허탈감과 함께 배신감이 몰려왔다.

다행히 노인의 건재함을 직접 확인했으니 헛된 걸음은 아니었다. 기다리다보면 남자도 만날 수 있을 것 같았다. 진즉에 찾아올 걸 하는 후회가 들었다.

"괜한 시간 낭빌 거요, 나중에 아들 오면 연락하라 할 테니 어서 일어나 돌아가요."

노인은 성가시고 난처하다는 듯 문틈으로 팔을 내밀어 휘젓곤 이내 문을 닫아버렸다. 당황한 나는 재빨리 엉덩이를 들어 아직 잠기지 않은 현관 손잡이를 잡고 힘껏 앞으로 당겼다. 덜컥 문이 열리고 노인이 찡그린 얼굴로 다시 고개를 내밀었다.

"어허 참, 사람이 말을 하면 알아들어야지, 갑자기 남의 집에 찾아와 이게 무슨 행패야, 어서 돌아가요."

세상에 남의 집이라니, 4개월이나 월세도 안내고 내 집에 사는 건 어느 나라 경우란 말인가. 목까지 차오른 말을 겨우 눌러 삼키고 노인에게 사정을 했다. 문밖에서 기다리겠다고 했지만 집안이 궁금했다. 문틈으로 본 개는 한두 마리가 아닌 듯 했다. 20평 남짓한 집안에서 성견 여러 마리를 키운다고 생각하자 걱정과 불안이 앞섰다. 직접 확인을 해야 할 것 같았다.

급해서 그런데 화장실 좀. 재빨리 노인을 따라 집안에 들어섰다. 원인 모를 역한 냄새가 코를 찌르며 개들이 요란하게 짖어대기 시작했다.

502호 때문에 골치가 아파 죽겠어요, 어떻게 좀 해 줘요. 어제 오후 무심코 받은 전화가 하나빌라의 통장이라는 걸 알았을 때 드디어 올 것이 왔다고 생각 했다. 502호라는 말을 듣자마자 심장이 두근대기 시작하고 머릿속은 갖은 상상으로 뒤엉켜 좀처럼 진정이 되질 않았다. 그러나 이어진 통장의 말은 내 상상과는 다른 것이었다. 통장은 502호에서 기르고 있는 개들 때문에 악취와 소음으로 민원이 들어와 골치를 썩고 있다며 빠른 조처를 부탁했다.

정말 개 때문인가요? 노인이 아니고? 나는 몇 번을 되물었다. 내가 자꾸 엉뚱한 질문만 반복하자 통장은 어이가 없다는 듯 내일이라도 502호를 찾아가 줄 것을 부탁하고 전화를 끊어버렸다. 통화가 끝나자 조금 전까지 두근대던 가슴이 가라앉고 뒤엉킨 머릿속이 풀리기 시작했다. 노인이 아니라 개 때문이라니, 사람들이 너무 민감하게 반응을 한다고 생각했다. 집안에서 개 한두 마리쯤 키우는 게 큰 문제가 될 일도 아니고 살아 있는 짐승이니 짖을 수도 있는 일인데, 그러나 통장이 말한 악취라는 말에 밤새 뒤척이다 아침을 맞았다.

지금도 이전에 살았던 노파를 떠올리면 절로 진저리가 처지고 소름이 돋곤 한다. 얼굴과 목은 물론 팔다리까지 저승꽃이 피어 바짝 마른 노파를 처음 부동산에서 본 순간 나는 마음속으로 거절할 핑계거리를 찾았다. 가족도 없이 홀로 살 거라는 말을 부동산에서 미리 들었지만 직접 본 노파의 모습은 하나빌라의 502호가 아닌 요양병원으로 가야할 것처럼 보였기 때문이었다.

5층인데, 엘리베이터가 없어 불편하실 텐데요. 특별히 나갈 일도 없고 찾아올 사람도 없어 괜찮아요. 집이 오래 돼 사시다보면 여기저기 손볼 곳이 많을 겁니다. 새집도 마찬가지죠. 어떤 핑계에도 노파의 대답은 모두 오케이였다. 나는 찜찜함을 털어내지 못하고 결국 계약서에 도장을 찍었다. 그러나 그날 이후 알 수 없는 불안감에 숙면에 들지 못했고 전화벨 소리에 민감해졌다. 결국 일 년도 채 지나지 않아 우려했던 일이 일어났다. 제 날짜를 거의 어기지 않던 월세가 두 달 가까이 들어오지 않았고 연락도 되지 않았다. 갑자기 막연했던 불안감이 현실처럼 다가왔다. 밤새 뜬 눈으로 새우고 아침 일찍 집을 나섰다.

그날 내가 본 502호의 모습은 그동안의 상상과 크게 다르지 않았다. 다행히 계절이 겨울이라 노파의 주검은 심한 악취는 풍기지 않았다. 처음 안방 문을 열고 들어섰을 때 나는 노파가 잠을 자고 있다는 착각까지 했다. 눈을 감고 가지런히 손을 모아 누워 있는 모습은 계약 당시와 크게 달라 보이지 않았다.

나는 개들에 둘러싸여 꼼짝 없이 현관 앞에 서 있었다. 노인이 나서 주방 쪽 베란다로 개들을 몰았다. 그러나 놀란 가슴은 좀처럼 진정이 되지 않았다. 게다가 코를 찌르는 악취와 날리는 개털로 숨도 쉴 수 없었다. 개들은 대충 다섯 마리가 넘을 것 같았다. 노인의 명령에 물러나 있지만 당장이라도 뛰쳐나올 듯 유리문을 긁어대며 날카로운 이빨을 드러내 보였다.

화장실이 급하다 하지 않았소? 노인의 말에 정신을 차려

발을 떼보지만 좀처럼 떨어지지 않았다. 눈앞의 화장실이 아득히 멀어 보였다. 괜찮아, 보기엔 사나워 보여도 순한 놈들이니. 노인의 말에 천천히 걸음을 옮겨 화장실로 향했다.

화장실은 생각보다 멀쩡했다. 곰팡이는 어느 정도 예상을 했기에 그다지 놀랄 일도 아니었고 세면대와 변기, 바닥과 벽의 타일도 특별히 깨지거나 갈라진 곳도 없어보였다. 다만 오랫동안 청소를 하지 않았는지 개털과 오물이 묻어 지저분했다. 특히 욕조 안은 더욱 심해 욕지기가 올라올 정도였다. 다행히 청소만 깨끗이 하면 별도의 수리비는 들지 않을 것 같았다. 집안은 잠깐 둘러봐 어떨지 모르지만 아무래도 문턱과 방문은 걱정이 되었다.

밀린 월세와 수리비를 대충 계산했다. 남은 보증금이 200만 원이 채 되지 않았다. 한 달 안에 내보내지 않으면 수리비는커녕 월세마저 받기 힘들다는 계산이 나왔다. 무슨 일이 있어도 오늘 안에 해결을 해야 했다. 더 이상 봐주면 502호는 빌라가 아닌 사육장이 되어 버릴 것 같았다. 돌아가는 길에 부동산에 들러보기로 마음을 먹었다. 그러나 조금 전 올라온 계단을 떠올리자 한숨이 절로 나왔다. 엘리베이터도 없이 낡고 지저분한 계단을 5층까지 오르내릴 세입자를 구하려면 또 몇 개월이나 초조하게 기다려야

할지 어느 것도 쉬울 것 같지 않았다.

502호를 산 건 6년 전이었다. 2, 3년 안에 재개발이 된다는 지인의 말에 교통사고로 죽은 남편의 보상금과 보험금의 일부를 합해 502호를 계약했다.

언제부턴가 나는 숫자 7에 의미를 두고 눈에 띄는 모든 숫자를 더하는 버릇이 있었다. 럭키세븐이라는 말처럼 숫자 7은 내게 행운을 가져다주리라는 믿음과 함께 그냥 스쳐 지날 수 없는 의미로 다가왔다. 내가 하나빌라의 502호를 산 것 역시 그것과 무관하지 않았다. 5와 2를 더한 숫자 7은 내게 재개발이라는 행운을 가져다 줄 것을 확신했기에 선뜻 계약서에 도장을 찍었다. 그러나 지금 502호는 이전의 느낌과 달랐다. 럭키세븐이라고 믿어왔던 7이라는 숫자가 고개가 푹 꺾인 고독하고 외로운 문양으로만 머릿속에 그려졌다. 그 모습은 8년 전 죽은 남편을 떠올리게 했다.

한방이면 돼, 딱 한방이면 그동안 고생한 거 다 끝나. 남편은 오랜 시간 사업을 벌이고 접길 반복하며 한방에 대한 꿈을 끝내 놓지 않았다. 나는 애초에 남편이 말한 한방이 뭔지 궁금하지 않았고 기대도 하지 않았다. 그러나 가끔 상상해 본적이 있다. 손님이 주문한 닭을 튀기다, 기다리다 지쳐 홀로 잠든 어린 아들의 얼굴을 보며, 기름내에 쩐 몸으로 잠자리에 들며, 문득, 정말로 남편이 제대로 한방을 보여줬으면 하고 바라기도 했다. 남편은 8년 전 술에 취해 횡단보도를 건너다 차에 치어 즉사했다. 결국 남편이 남긴 보상금은 처음이자 마지막으로 내게 보여 준 한방인 셈이었다.

빌라의 재개발은 6년이 지난 지금까지 무소식이다. 세입자가 바뀔 때마다 도배를 했고 고장 나고 부서진 곳을 수리를 했지만 매번 다른 곳에서 탈이 났다. 근래엔 옥상의 누수로 비만 오면 천장이 새고 보일러도 자주 고장이 났다. 세입자들은 대부분 계약 기간을 채우지 못하고 이사를 갔다. 다행히 남자와 노인은 계약기간 2년을 넘겨 살고 있다. 입주 후 남자에게선 한 번도 연락이 없었다. 세입자를 들인 후 늘 그래왔던 것처럼 집안 어딘가 고장이 나고 탈이나 한 번쯤은 연락이 올 거라 생각을 했다. 무엇보다 고장이 잦은 낡은 보일러가 마음에 걸렸다. 또 한 번 작동이 멈추면 새것으로 교체 할 수밖에 없기 때문이었다. 나는 보일러 문제로 세입자의 전화를 받을 때마다 진즉에 교체를 했더라면, 하고 후회를 했다. 그러나 막상 들어갈 목돈을 생각하자 수리비 몇 만원이 푼돈처럼 느껴져 결국 같은 일을 반복했고 또 후회를 했다.

오늘 502호를 찾아오기 전까지 나는 통장이 말한 문제가 이전의 것들에 비해 그다지 심각하진 않을 거라 생각했다. 물론 악취에 대한 불안에 지난밤을 뒤척이긴 했지만 날이 밝자 그 또한 별것 아닌 일로 여겨졌다. 통장의 말대로 개들 때문이라면 내보내면 자연히 해결 될 문제였다. 만약 수리비가 들어갈 일이 생기면 밀린 월세와 함께 청구하기로 마음을 먹었다. 그러나 막상 한두 마리도 아닌 다섯 마리가 넘는 개들을 보자 너무 안일했다는 생각이 들었다. 괜한 동정 같은 건 버리기로 마음을 먹었다. 변기 물을 내리고 화장실 문을 열고 나왔다.

"정말 우리 아들 올 때까지 기다릴 거요?"

화장실을 나오자 주방 안쪽에서 노인의 목소리가 들려왔다. 고개를 돌려보니 가스레인지 위에 커다란 들통이 끓고 있는 게 보였다. 주방을 향해 걸음을 옮기려는데 노인의 발밑에 모여 있는 개들이 눈에 들어왔다. 자세히 보니 모두 여섯 마리의 성견으로 한 마리만 털이 하얗고 나머지는 누랬다. 종류는 잘 모르지만 모두 잡종으로 보였다. 몸값이 비싸다면 이런 열악한 환경에서 키워질리 없다는 생각이 들어서였다. 다만 노인의 명령에 잘 따르는 걸로 보아 짧지 않은 시간 훈련을 잘 들인 것 같았다.

"네, 달리 방법이 없잖아요."

누린내가 나는 걸로 보아 돼지뼈나 소뼈를 고고 있다고 짐작하며 목소리를 높여 대답했다. 누린내는 집안의 다른 냄새들과 섞여 심한 악취를 풍겼다. 가슴을 쓸어 울렁이는 속을 달래며 집안을 둘러보았다. 특별할 것 없는 살림살이가 한눈에 들어왔다. 방문이 닫힌 작은방을 제외하고 화장실 옆 안방과 거실은 대충 안이 들여다보였다. 안방은 노인의 방인 듯 낡은 자개농과 문갑이 두 개의 벽면을 차지하고 있고, 거실엔 뚱뚱이 TV와 검은색 비닐커버가 찢어진 삼인용 소파가 덩그러니 놓여 있었다. 소파 위 벽엔 호랑이 사진 액자가 걸려 있는데 날카로운 눈빛과 송곳니를 보자 그 아래 소파에 앉아 있을 노인의 모습이 그려졌다. 현관 앞에서 마주한 눈빛이 떠올랐다. 모든 걸 한눈에 제압할 듯 짧고 강렬한 눈빛이었다. 처음에 부동산에서 남자가 아닌 노인을 만났다면 기꺼이 5만원까지 깎아 계약을 하지 않았을 텐데, 소용없는 후회가 밀려왔다.

수리할 곳을 찾아 집안을 둘러봤다. 너덜너덜한 벽지와 찌든 오물로 대책 없는 바닥, 긁히고 깎인 문턱과 방문, 대충 계산을 해도 수리비가 만만치 않을 것 같았다. 혹시 깨진 창문과 내려앉은 싱크대가 있을지 몰라 베란다와 주방을 둘러봤다. 자세히는 볼 수 없어 모르지만 외관은 멀쩡해보였다. 다만 구석구석 쌓여 있는 검은 비닐봉지가 눈길을 끌었다. 크고 작은 봉지들은 입구가 단단히 묶여 어떤 것들은 내용물이 흘러나와 축축했고 바닥엔 말라붙은 얼룩과 그 위에 개털들이 붙어 지저분했다. 또한 그것들과 무관하지 않을 개들이 노인의 명령을 기다리는 듯 봉지 주위로 꼬리를 내리고 얌전히 앉아 있었다. 개들을 보자 갑자기 이상한 생각과 함께 개털과 오물로 지저분한 욕조가 떠올랐다. 설마 노인이 저놈들을 이상한 목적으로 사육을 하는 건 아닐까 하는, 말도 안 되는 생각이지만 쉽게 떨쳐지지 않았다. 갑자기 머리가 지끈거리고 속이 매스꺼워졌다.

"영감님, 내일 당장 이사 갈 집 알아보세요."

노인은 반응이 없었다. 들통 속을 국자로 휘휘 저어 내용물을 떠 맛을 보고 다시 국자로 젓길 반복할 뿐이었다. 들통이 끓는 소리에 귀가 어두운 노인이 내가 한 말을 듣지 못한 것 같았다. 몸에 좋은 것만 찾아 먹어 자신보다 오래 살 거라는 남자의 말이 생각났다. 어쩌면 조금 전 상상이 전혀 엉뚱한 것이 아닐지 몰랐다.

"집을 비워 달라구요."

"비우라니, 뭘?"

"이 집이요, 지금 영감님이 살고 계신 502호요."

들통을 젓던 노인이 국자를 든 채 몸을 돌렸다. 하얀 액체가 뚝뚝 바닥에 떨어져 내렸다. 그때 주방 한쪽에 얌전히 앉아 있던 흰둥이가 일어나 떨어진 국물을 핥기 시작했다. 노인이 흰둥이를 향해 국자를 휘저어 내쳤다. 그 바람에 안에 담긴 내용물이 사방에 떨어져 누렁이들까지 일제히 일어나 바닥을 핥고 노인을 향해 앞발을 쳐들었다. 휘익, 노인이 다시 휘파람을 불었다. 개들이 슬금슬금 꼬리를 내리고 주방 구석에 앉았다. 나는 국자를 든 채 나를 향해 다가오는 노인과 노인의 명령에 꼬리를 내리고 앉아 있는 개들을 번갈아보며 주방으로 향하던 걸음을 멈췄다. 바닥에 접착제가 붙은 듯 꼼짝 할 수 없었다.

"당장 저 개들 데리고 이 집을 나가세요. 보증금은 그동안 밀린 월세와 수리비를 제하고 아드님 통장으로 입금해 드릴 테니."

200만 원이 안 되는 돈으로 집을 구하긴 어려울 거란 생각이 들었지만 단단히 마음을 다잡았다. 계약 당시 혼자 온 남자는 동거인에 대해 아무것도 모르고 그저 종일 액자처럼 벽에 붙어 TV만 보는 상늙은이라 말했다. 남자가 거짓으로 그런 말을 했는지 아니면 노인이 일부러 아들 앞에서만 그런 행동을 보였는지 모르지만 지금 눈앞의 노인은 분명 액자로 보이지 않았다. 바짝 마른 팔과 다리는 무엇으로도 꺾을 수 없는 완력이 느껴졌고 개들을 제압할 때 보인 눈빛과 짧지만 강렬한 휘파람은 세상 어떤 것도 꼼짝 할 수 없게 하는 강한 무언가가 느껴졌다.

나는 톱밥처럼 부스러진 방문턱과 너덜너덜한 벽지를 다시 확인하고 어떤 경우에도 절대 봐 주거나 약한 모습은 보이지 말자고 다짐했다. 남자와 노인 역시 전 세입자들인 젊은 부부나 고독사한 노파보다 나을게 없기 때문이었다.

노파의 죽음 이후 한동안 세입자가 들어오지 않았다. 8개월 후 어린 남매를 둔 젊은 부부가 계약을 하자고 했을 때 나는 노파의 명복을 빌며 감사를 했다. 그러나 맞벌이를 하는 젊은 부부가 방치한 집은 또 한 번 나를 경악하게 했다. 벽지와 타일을 덮은 곰팡이는 물론 싱크대 문짝과 변기뚜껑은 내려앉거나 떨어져 나갔고 베란다와 거실 유리문은 깨지고 금이 가 청테이프로 붙여져 있었는데 무엇보다 나를 참을 수 없게 한 건 집안 곳곳의 쓰레기였다. 악취로 진동하는 쓰레기 속에서 아무렇지 않은 듯 과자를 먹고 놀고 있는 아이들을 보며 나는 다시는 노인과 어린아이가 있는 집은 세입자로 들이지 않겠다고 다짐을 했다. 하지만 다시 공실이 되고 3개월이 지나자 그런 결심은 흐지부지되고 말았다. 월세만 받을 수 있다면 누구든 상관이 없었다. 다행히 4개월을 넘기지 않고 부동산에서 연락이 왔다. 나는 기쁜 마음에 한달음에 달려갔다. 다행히 아이도 독거노인도 아니었기에 행여 남자의 마음이 변할까 월세를 깎아달라는 말에 선뜻 5만원까지 빼주고 계약을 했다. 다만 남자의 동거인이 늙은 아버지가 아닌 그의 아내였으면 하는 아쉬움은 있었다.

"4개월이면 오래 기다린 거죠, 못된 주인 만났으면 지금까지 참지 않았을 거예요. 이달 말까지 시간 여유를 드릴게요, 아직 20일이 넘게 남았으니 내일부터 알아보세요."

홧김에 당장 집을 비우라고 했지만 아무래도 억지 같아 기한을 이달 말로 정했다. 그 정도 시간이면 이사 갈 집을 알아보고 집을 비우는데 충분할 것 같았다.

"밀리다니, 대체 뭘 4개월씩이나 밀렸다는 거요, 전세도 매달 집주인에게 내야 하는 게 있소?"

뜬금없이 전세 얘기를 하는 노인을 보며 나는 문득 액자 같다던 남자의 말이 떠올랐다. 귀가 어두운 노인에게 어떤 말을 해도 엉뚱한 답만 돌아오니 차라리 그림이나 사진이 들어있는 액자로 여기는 남자가 이해가 갔다. 가끔 쳐다보며 위안 정도 얻을 수 있다면 그것도 나쁘지 않을 것 같았다.

나는 자주 들고나는 세입자들과 부동산 수수료와 수리비 등을 계산할 때마다 502호를 팔아버릴까 고민을 했다. 서른이 넘도록 허황된 꿈이나 꾸며 아르바이트를 전전하는 아들에게 가게라도 차려 줄 생각이었다. 아들은 중학생이 되자 힙합 가수가 되겠다고 밤낮 없이 뜻도 모를 소리를 중얼대더니 다니던 대학까지 자퇴를 해버렸다. 지금은 일 년 전 군대를 제대한 후 편의점과 주유소에서 알바를 하며 공연을 한다는 핑계로 밤마다 대학로를 떠돌고 있다. 유명 힙합 대회에 나가 우승만 하면 그동안 고생은 한방으로 끝난다는 말을 들으면 자꾸 죽은 남편이 생각났다. 너 자꾸 네 아빠 닮아 갈래? 아들의 등짝을 후려지며 야단을 쳐 보지만 정작 아픈 건 내 손바닥뿐, 아들은 언제나처럼 내가 한 말을 힙합처럼 따라하며 반박했다.

"요, 너 자꾸, 네. 아빠, 닮아 갈래? 요, 어머니, 제발 그런 말 하지 말아요, 요, 요, 아버지와 나는 달라요, 왜냐면, 저는 꿈이 있어요, 요."

"다르긴 뭐가 달라, 요, 네 아버지가 꾼 꿈이나 지금 네가 꾸는 꿈이나, 뜬 구름 잡는 건 마찬가지지, 요."

아들의 힙합을 따라 나도 힙합으로 대꾸를 하곤 했지만 헛된 꿈이라는 생각은 변함이 없다. 내가 가진 아들에 대한 기대 또한 마찬가지다.

나는 그냥 재개발이 되는 그날까지 월세나 받기로 마음을 먹었다. 20년이 넘게 시장에서 닭을 튀기며 얻은 관절염으로 2년 전 가게를 접은 내게 502호의 월세는 쉽게 포기할 수 없는 수입원이다. 솔직히 나도 남편처럼 한방을 기다리고 있다는 걸 부정하지 않는다. 502호를 살 당시만 해도 층 같은 건 개의치 않았다. 해도 잘 안 드는 저층보다 5층이 낫다는 생각에 세입자가 들어오지 않아 공실이 된다거나 매입자가 없어 팔리지 않을 거란 생각도 물론 하지 않았다. 럭키세븐을 믿었기에 재개발만 된다면 그런 걱정 또한 쓸모없는 기우에 불과했다. 그러나 이번엔 느낌이 달랐다. 당장 502호의 세입자를 내보내긴 해야 하는데 이후의 일이 걱정이 됐다. 매매를 하던 세입자를 들이던 한동안 공실은 면치 못할 것이었다. 무엇보다 남자도 아닌 귀도 어두운 노인을 상대해야 하는 게 짜증이 났다. 나는 지금이라도 남자가 돌아오길 간절히 바라며 노인을 향해 큰 소리로 또박또박 말했다.

"영감님, 지금 월세 얘길 하는 거예요, 그동안 밀린 월세 말예요."

노인은 대체 영문을 모르겠다는 듯 국자를 든 채 내 얼굴을 빤히 쳐다봤다. 갑자기 노인이 노망이 났을지 모른다는 생각이 들었다. 그렇다면 지금 노인을 잡고 이야기를 해봤자 괜한 헛수고와 시간 낭비에 불과했다. 몹시 난감했다. 오늘 중에 남자를 만나야 하지만 언제 돌아올지 모를 상황에 마냥 문 앞에 앉아 기다릴 수도 없고, 일단 돌아갔다 다음 날 와도 남자를 만날 확률 또한 희박하기 때문이었다.

나는 혹시 하며 챙겨온 계약서를 노인에게 내밀었다. 순간 노인의 손에 들린 국자가 바닥에 떨어져 내가 서 있는 근처까지 굴러왔다. 다투듯 개들이 몰려와 국자와 바닥에 떨어진 액체를 핥기 시작했다. 나는 꼼짝없이 선 채 뭔가 일이 크게 잘못됐다고 짐작했다.

나는 뼈다귀를 뜯고 있는 노인을 보며 올라오는 신물을 목으로 넘겼다. 꿀꺽, 하는 소리에 살점을 뜯고 있던 노인이 힐끗 나를 올려다보곤 양푼에 든 뼈다귀를 집어 내밀었다.

"한 점 들어보라니까, 보기보단 맛이 괜찮아."

"아뇨, 저 상관 마시고 영감님이나 많이 드세요."

나는 노인이 내민 뼈다귀를 진저리를 치며 사양했다. 뼈에 붙은 너덜너덜한 살점과 기름으로 번들거리는 노인의 입과 손을 보자 신물이 또 넘어올 것 같았다. 제발 눈앞의 뼈를 치웠으면 좋겠다고 생각한 순간 갑자기 긴 휘파람과 함께 노인이 들고 있던 뼈를 현관을 향해 던졌다. 얌전히 앉아 있던 개들이 현관으로 달려 나갔다. 뼈를 차지하기 위한 개들의 사투로 현관 앞은 금세 투견장처럼 되어갔다. 나는 갑자기 눈앞에서 벌어진 일에 놀라 앉은 채 뒤로 벌렁 넘어졌다. 가래가 끓듯 클클대는 웃음소리와 함께 다시 휘파람이 들려왔다. 방금 전에 비해 휘파람은 매우 짧고 강렬했다. 사투를 벌이던 개들이 현관에서 물러나 노인에게로 와 얌전히 꼬리를 내리고 앉았다. 노인은 매우 흡족한 듯 개들의 머리를 쓰다듬곤 양푼 속의 뼈다귀를 건져 하나씩 나눠주었다.

뼈다귀가 궁금했다. 모양과 굵기로 보아 소뼈와 돼지뼈는 아닌 것 같았다. 20년 넘게 닭집을 해 온 경험으로 오리뼈나 닭뼈도 아니었다. 염소뼈나 말뼈도 아닌 것 같았다. 냄새에 코가 막혔는지 누린내도 거의 나지 않았다. 혹시 내 상상이 맞다면, 정말 그런 목적으로 사육을 하고 있다면, 대체 집안 어디서 처리를 하는지. 개털과 오물로 지저분한 욕조를 떠올렸다. 갑자기 오소소 소름이 돋았다. 베란다를 돌아봤다. 망치나 도끼가 어딘가에 있을 것 같았다. 말라붙은 화분과 뚜껑 없는 장독 몇 개와 주둥이가 묶인 검은 비닐봉지들이 보였다. 속을 알 수 없는 것들로 상상은 더욱 커져갔다. 직접 노인에게 물어보기로 했다.

"무슨 뼈죠?"

"어?"

"그게 대체 무슨 뼈냐구요."

"아, 요거? 궁금하면 하나 뜯어봐, 클, 클."

노인이 뜯고 있던 뼈를 불쑥 내밀며 클클 댔다. 갑작스러운 노인의 행동에 화들짝 놀라 뒤로 또 벌렁 넘어졌다. 아, 정말, 이 영감탱이, 노망이 들어도 단단히 들었네. 나는 입 밖으로 튀어나오려는 말을 겨우 눌러 삼키고 뼈다귀를 들고 클클 대는 노인을 노려봤다.

노인은 큰 선심을 베풀 듯 밖에서 기다리겠다는 나를 눌러 앉혔다. 나는 그런 노인의 제의가 내심 반가웠다. 계단에 앉아 기다리겠다고 했지만 솔직히 자신이 없었다. 또한 충격을 받았을 노인을 홀로 두고 나갈 수 없었다. 본인이 말을 하지 않아 자세한 건 모르지만 노인이 준 전세금을 아들이 가로채고 대신 월세로 계약을 한 것 같았다.

처음에 노인이 내게 월세라는 말을 듣고 충격을 받은 듯한 모습을 보였을 때 나는 금방 내가 저지른 경솔함을 후회했다. 괜한 말을 꺼내 큰일이라도 치르게 된다면, 후에 감당할 일을 떠올리자 눈앞이 캄캄해져왔다. 그러나 내 상상과 달리 노인은 곧 평정을 되찾고 뒤돌아 국자로 찜통을 휘휘 젓고 국물까지 떠 맛을 보기까지 했다. 갑자기 머릿속이 혼란스러워졌다. 남자가 정말 노인을 속이고 월세로 계약을 한 건지, 아니면 처음부터 노인이 월세라는 걸 알고 있었는지, 만약 후자라면 노인에게 속아 넘어간 내가 한심하지만 어느 쪽이든 노인에게 동정이 갔다. 매일 혼자서 이상한 뼈다귀나 뜯으며 연락도 없는 아들을 기다릴 노인과 식은 밥에 물을 말아 김치 하나로 먹으며 아들의 저녁이나 걱정하는 나와 다를 것 없다는 생각이 들었기 때문이다. 내 아들이나 영감 아들이나 부모 등골 빼먹고 사는 건 똑 같네. 나는 한숨처럼 혼잣말을 뱉어냈다.

문득 남자가 영영 돌아오지 않을지 모른다는 생각이 들었다. 처음부터 남자는 나를 속일 생각으로 502호로 들어왔고, 노인 역시 그걸 알고 있었고, 내가 화장실에 들어간 사이 노인이 남자에게 연락을 해 귀가를 늦추게 했고, 나는 두 사람의 농간에 속아 바보처럼 여기 이러고 있고. 머릿속에서 얽힌 생각들은 좀처럼 풀리지 않았다.

노인은 대체 무슨 생각으로 처음 본 내 앞에서 누린내 나는 뼈다귀를 뜯고 국물까지 마시고 있는지. 집안 구석구석 쌓여 있는 봉지 속의 것들이 지금 노인이 먹고 있는 뼈다귀라는 생각이 좀처럼 떨쳐지지 않았다.

저 비닐봉지 속에 든 것이 정말 내가 생각한 거라면 실내가 아닌 냉장고에 들어 있어야 할 텐데, 최근에 잡은 건가, 주방 근처에 모여 앉은 개들을 보았다. 어쩌면 이틀 전이나 어제까지 여섯 마리가 아닌 일곱 마리였을지 모른다는 상상을 하며…… 아무래도 확인을 해봐야할 것 같았다.

"창문 좀 열죠, 냄새 때문에 도무지 숨을 쉴 수가 없네요, 그리고 저 비닐봉지들은 다 뭐에요?"

주방을 향해 무릎으로 기어가 비닐봉지 하나를 집어 들었다. 순간 휘파람과 동시에 개들이 몰려와 짖기 시작했다.

"그냥 놔둬!"

고함소리가 들려왔다. 털썩 엉덩이를 주저앉혔다.

"함부로 이것저것 손대지 말고 가만히 있어, 창문도 그대로 두고, 쓸데없이 열어 이웃 간에 분란 일으키지 말고."

노인의 제압에 개들이 다시 제자리로 돌아갔다. 일단 오늘은 집에 돌아가야겠다고 생각했다. 그러나 이대로 502호를 나가버리면 내 상상대로 이 집은 노인과 개들에게 점령당해 두 번 다시 올 수 없는 곳이 되고 말 것 같았다. 그렇지 않고서야 지금 눈앞의 노인이 이렇게 당당할 수 없었다. 갑자기 지금까지의 내 상상과 달리 처음부터 노인이 남자에게 전세금을 주지 않았고 월세가 밀린 것 또한 알고 있었을지 모른다는 생각이 들었다. 돌이켜보니 내가 계약서를 내밀었을 때 보인 노인의 태도가 조금 이상했었다. 처음엔 노인이 충격을 받았다고 생각해 미안한 마음까지 들었다. 그러나 지금 노인은 멀쩡하다. 아무래도 노인에게 속고 있는 것 같다. 남자를 만나야겠다는 생각이 더욱 확고해졌다.

남자는 대체 어디에 있단 말인가, 혹시, 작은방에 숨어 있거나 아무것도 모르고 깊이 자고 있는 건 아닐까. 작은방은 왜 닫혀 있을까. 작은방이 궁금했다. 노인과 개들을 곁눈질 하며 조금씩 엉덩이를 밀어 작은방을 향해 다가갔다.

그 방엔 암 것도 없어! 나는 유부주머니처럼 벌어진 노인의 입과 슬금슬금 다가오는 개들과 굳게 닫힌 작은방을 번갈아보며 내쉬던 숨을 삼켰다. 노인은 아무 일도 없다는 듯 뜯던 뼈다귀를 개들에게 던졌다.

노인이 준 뼈다귀를 받았다. 악취에 코가 마비가 됐는지 역겨운 냄새도 나지 않았다. 오히려 구수하기까지 했다. 늦은 아침으로 점심을 걸러 허기가 든 때문인 것 같았다. 그러나 막상 뼈다귀를 들고 뜯는 건 용기가 나질 않았다. 솔직히 맛을 보고 정체를 알아낼 자신도 없었다. 주저하는 내게 노인이 어서 먹으라는 듯 손짓을 했다. 한 점 뜯어봐, 몸에 무척 좋은 거야, 클, 클, 클.

나는 뼈다귀를 손에 든 채 노인과 개들을 바라봤다. 만약 내가 끝내 뼈다귀를 거부하면, 저 간장에 졸인 유부주머니 같은 입술 사이로 휘파람이 나오고, 개들이 내게 몰려오고, 그럼, 월세는……. 점점 생각이 확장됐다.

왜? 먹고 죽을까봐? 지켜보던 노인이 퉁명스레 말했다. 죽을지도 모르죠, 개 뼌지 뭔지 정체도 모르는 걸 먹어야 하는데. 나는 목까지 차오른 말을 조금 뜯은 살점과 함께 꿀꺽 삼켰다. 겨우 그거 먹어 맛을 알아? 크게 뜯어 씹어야 제대로 느끼지. 노인은 자꾸만 주저하는 내가 답답하다는 듯 짜증스런 말투로 말했다. 기름이 묻어 번들거리는 노인의 입술로 자꾸만 눈길이 갔다. 당장 휘익, 하고 휘파람을 불 것처럼 주름을 모아 연신 오물대고 있었다.

살점을 조금 크게 뜯어 조심스레 씹었다. 생각보다 질기지 않고 누린 맛도 나지 않았다. 그런대로 먹을 만했다. 울렁이던 속도 차츰 가라앉았다. 사이사이 붙어 있는 살점을 뜯고 골수까지 빨아먹었다. 문득 아들의 저녁과 아직 돌아오지 않는 남자가 궁금해졌다.

"아드님은 언제 와요?"

노인은 대답 대신 내게 뼈다귀 하나를 새로 건넸다. 나는 노인에게 받은 뼈다귀를 뜯으며 생각했다. 어쩌면 밀린 월세를 받는 것도 노인을 내 보내는 것도 힘들지 모른다고. 한편으로는 보증금이 200만 원은 남았으니 당장 오늘 해결을 보지 않아도 급할 것 없다는 생각도 들었다. 나는 스스로를 위로하며 뼈다귀를 뜯었다. 정체를 알 수 없는 뼈다귀는 맛이 있었다. ✈

괜찮은, 유

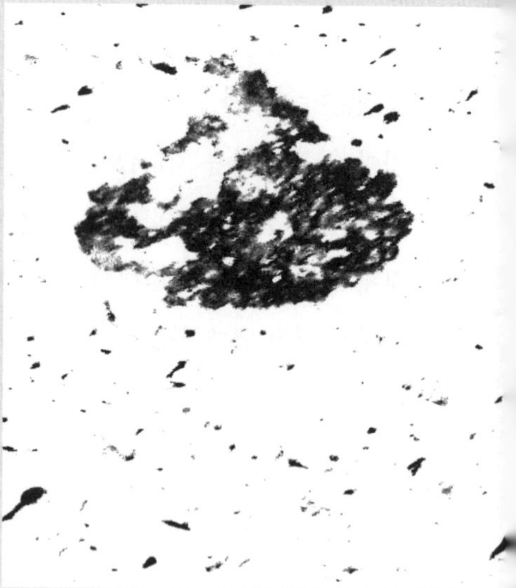

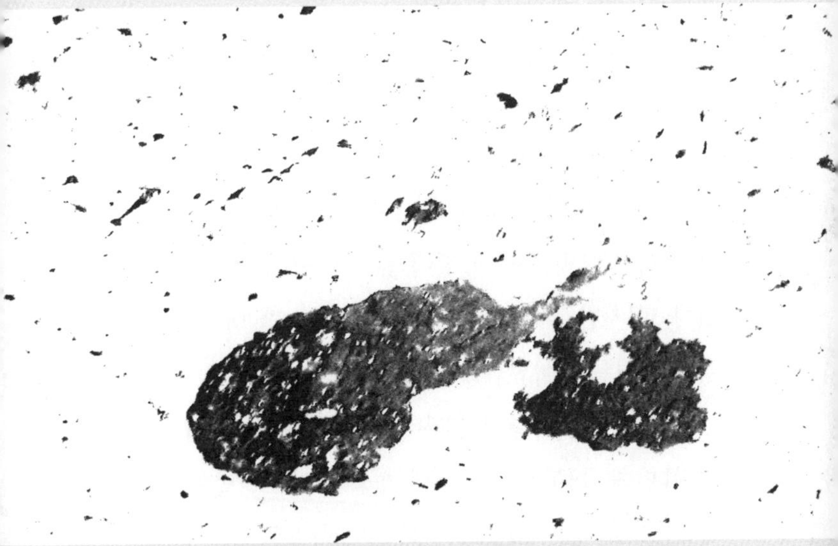

괜찮은, 유

부장님, 오늘 점심은 돈가스 먹죠. '어때요'가 아닌 돈가스를 먹자는 박 대리의 말에 유는 먼저 부장의 안색을 살폈다. 하지만 부장은 돈가스를 제안한 박 대리대신 유를 향해 물어왔다.

"돈가스? 글쎄, 유 과장은 어때? 나는 어제 먹었던 보리밥 좋던데, 다들 웰빙하는데 청국장에 보리밥이 낫지 않아?"

"전, 아무거나 괜찮습니다."

"아무거나 라니, 돈가스야? 보리밥이야?"

부장의 다그침에 유는 얼떨결에 보리밥이라 말해버렸다. 사실 유는 부장이 돈가스와 보리밥 중 하나를 선택하라 다그쳤을 때 하마터면 돈가스라 말할 뻔 했다. 처음 박 대리의 입에서 돈가스라는 말이 나왔을 때, 돈가스라니, 어린 애도 아니고. 그런 생각을 했다. 그러나 돈가스와 보리밥 중 선택권이 주어졌을 때 머릿속엔 먼저 돈가스가 떠올랐다.

부장의 다그침에 얼떨결에 보리밥이라 말해버린 후 유는 돈가스가 특별한 음식처럼 느껴졌다. 특별히 돈가스를 좋아한 것도 아니었다. 만약 돈가스와 제육볶음 중 한 가지만 선택하라 했다면 제육볶음 쪽으로 손을 들었을 것이었다. 굳이 돈가스여야만 하는 이유를 생각해봤지만 한 가지뿐이었다. 박 대리였다. 만약 박 대리가 아닌 다른 사람의 입을 통해 돈가스가 나왔다면 이토록 강렬히 떠오르진 않을 터였다.

유는 출근시간과 점심시간은 물론 퇴근시간까지 칼같이 지키는 박 대리가 예의 없고 이기적이라 생각했다. 하지만 솔직히 부러운 마음도 들었다. 만약 자신에게 그런 용기가 있다면 점심에 보리밥 대신 돈가스를 먹었을 거였다. 사실 유는 며칠 전부터 선택에 대해 고민을 했다. 그것은 흔히 짜장면이냐 짬뽕이냐가 아닌 상당한 용기를 필요로 했는데 은근히 박 대리의 무례함을 기대하며 점심시간과 퇴근시간이 가까워 오면, 습관처럼 시계를 보고, 박 대리의 책상 쪽을 기웃대고, 엉덩이가 들썩이고, 입술이 달싹이는 걸 느꼈기 때문이다. 그러나 유는 한 번도 소리를 입 밖에 내거나 먼저 자리에서 일어난 적은 없었다. 그저 박 대리의 무례함이 통해 오늘 점심도 그러길 바랐고 그렇게 되리라 여겼는데 유는 결국 언제나처럼 무난한 선택을 했다.

유 과장님, 정말 아무거나 괜찮으세요? 솔직히 말씀해보세요. 돈가스 쪽이셨죠? 아니야, 둘 다 괜찮아. 에이, 아니신 것 같은데. 싱글거리는 박 대리의 얼굴을 보며 유는 있지도 않은 보리밥 알갱이를 찾아 입안에서 혀를 굴렸다.

오늘 박 대리는 보리밥을 먹지 않았다. 유와 함께 보리밥을 선택한 직원을 제외하고 몇몇 직원들은 박 대리와 함께 돈가스를 먹으러 갔다. 유는 입안에서 굴러다니는 보리밥을 찾아 넘기며 돈가스를 먹었더라면 하고 후회했다. 점심시간이 끝나고 고소한 냄새를 풍기며 사무실로 들어온 박 대리를 보며 유는 그가 먹고 온 돈가스가 궁금했다. 내일 또 같은 선택을 해야 한다면 돈가스를 먹어야겠다고 생각했다. 그러나 곧 유는 박 대리의 용기가 무난함과는 거리가 멀고 결국 무난한 삶으로 이어지긴 어려울 거란 결론을 내렸다.

칼 퇴근을 한 박 대리를 선두로 직원들과 부장까지 모두 가버린 사무실에 유는 업무를 핑계로 남았다. 유는 인터넷 검색창에 돈가스를 입력했다. 수많은 맛집들과 함께 다양

한 종류의 돈가스들이 모니터를 채우며 나타났다. 그중 일본 전통 돈가스라는 맛집을 먼저 클릭했다. 대부분 알고 있는 종류로 특별한 건 없었다. 다른 맛집을 찾아 클릭했다. 추천 메뉴에 가츠나베라는 돈가스가 나왔다. 블로그에 올라 온 후기를 보니 국물이 있어 느끼하지 않아 좋다는 평가가 달렸다. 그러나 유는 입맛이 당기지 않았다. 또 다른 맛집을 클릭했다. 전통 돈가스가 아닌 퓨전 돈가스 집이었다. 흔한 안심 돈가스와 왕돈가스, 치즈 돈가스와 함께 피자, 롤, 김치, 고구마 치즈, 새우 돈가스 등 수 많은 종류의 생소한 돈가스들이 화면을 채웠다. 돼지고기가 주재룐데 그것들과 어떻게 조합을 이루는지 맛이 궁금했다.

유는 7년 전 일본 출장길에 먹었던 돈가스를 생각했다. 현지 일본인의 안내로 먹어 본 돈가스는 모양도 맛도 특이했다. 지름 4센티 길이 7센티 크기의 두꺼운 돼지고기 안심을 빵가루를 묻혀 통째로 튀겨 1.5센티 두께의 슬라이스로 썰어 놓은 것부터 유가 알고 있는 돈가스 모양과 달랐다. 곁들여 나온 돈가스 소스와 양배추 소스, 그리고 돼지고기가 들어간 된장국 맛도 매우 특별했다. 처음에 주문한 돈가스가 나왔을 때 바삭한 겉과는 달리 살짝 분홍빛이 도는 고기가 찜찜해 유는 선뜻 젓가락을 들지 못했다. 현지 직원의 권유로 한입 베어 문 돈가스는 특별히 맛이 있다거나 없다는 것으로 표현할 수 없는 오묘한 맛으로 오랫동안 유의 뇌리에 남았다. 사실 모든 것에 무난한 유가 음식 맛을 한마디로 표현하는 건 쉽지 않았다.

유는 그때의 돈가스가 먹고 싶어졌다. 검색창에 일본 돈가스를 입력했다. 그러나 일본 돈가스 체인점도 정통 일본식 돈가스집이라 소개된 맛집의 사진 속 메뉴에도 유가 찾는 돈가스는 없어 보였다. 두꺼운 돈가스, 분홍빛 돈가스, 돼지고기 미소 된장국, 등. 유는 찾을 수 있는 모든 단어를 조합해 입력했다. 두꺼운 돈가스는 보통보다 조금 두꺼웠고 분홍 돈가스는 케첩과 마요네즈를 섞은 소스와 함께 만개한 벚꽃 사진이 따라 나왔다. 된장국은 초밥이나 일식에 곁들여 나온 것뿐이었다.

유는 컴퓨터 창을 닫고 자리에서 일어나 창가로 다가섰다. 도로가에 늘어선 가로수들을 내려다보며 조금 전 분홍빛 벚꽃으로 채웠던 모니터 화면을 떠올렸다. 벚꽃이 흩날리는 거리를 지금처럼 내려다보던 기억이 오래지 않은 일처럼 느껴졌다.

맞아, 벚꽃이었어, 연분홍의. 유는 7년 전 그 도시에서 본 벚꽃이 마치 눈앞에서 흩날리는 듯 아련한 시선으로 창밖을 내다봤다. 도시는 어제와 다름이 없었다. 돈가스 대신 보리밥을 먹고 하루를 무난히 보낸 것처럼 지금 떠오른 돈가스 또한 잠깐의 부질없는 소망이라 생각했다. 이틀째 아내가 미역국과 고등어구이를 내 놓아도 먹을 수밖에 없고 그것 또한 지나고 나면 아무것도 아닌 것이 될 터였다. 그러나 한편으론 아내가 오늘은 돈가스를 해 놓았으면 하는 마음도 들었다.

퇴근길에 유는 회사 근처에 새로 생긴 돈가스 집을 기웃거렸다. 저녁 시간이지만 가게 안은 한산해보였다. 유는 가게 밖에서 진열장 안의 돈가스 모형을 들여다보았다. 작은 나무 팻말에 쓰인 로스가츠, 치즈가츠, 히레가츠, 치킨가츠, 새우가츠, 등을 차례로 보며 유는 모형의 정교함에 벌린 입을 다물지 못했다. 그것들은 모두 뜨거운 기름에서 막 건져 낸 듯 뾰족하게 날은 세운 빵가루는 살짝 손을 대면 부서질 것 같았고, 한입 베어 물면 바삭, 하는 소리가 들릴 듯했다. 특히 치즈가츠는 매우 정교해 유는 좀처럼 모형에서 눈을 뗄 수 없었다. 돈가스 속에서 흘러나온 치즈는 한입 베어 물면 한없이 늘어날 것 같았고 양배추 역시 방금 얼음물에서 건져낸 듯 귀를 기울이면 아삭 하는 소리가 들릴 듯했다. 모형들은 모두 실제보다 더 먹음직스럽게 진열장 안에서 보는 이의 군침을 돌게 했다. 유는 입안에 고인 침을 삼키고 모형 아래 붙은 가격을 확인했다. 보리밥의 두 배고 아이들이 좋아하는 간장 치킨 한 마리

가격과 비슷했다. 또한 15년이나 남은 융자금의……. 유는 긴 한숨을 내쉬었다.

17년을 무난히 버텼으니 15년쯤이야. 유는 환갑까지 갚아야 할 융자금을 계산하며 지난 해 정리해고로 회사를 떠난 입사 동기 오를 떠올렸다. 유는 지난 IMF때도, 미국발 금융위기 때도 무난히 잘 넘기고 회사에 남았다. 국내 자동차 회사 첫 번째 협력업체로 유는 총무부에서 17년 동안 근무를 해왔다. 지난해는 원청회사가 미국 현지의 대량 리콜로 타격을 받아 유의 회사도 어수선한 분위기 속에서 동료와 상사 몇이 짐을 싸 떠났다. 그러나 유는 남았다. 그런 그를 두고 직원들 사이에서는 오너 일가의 먼 친척이거나 국가에 공을 세운 독립 유공자의 후손이라는 말이 공공연히 나돌았다. 그러나 유의 집안은 지극히 평범해 그나마 성공한 사람이 초등학교 교장 정도였고 유의 조부와 아버지 또한 무난한 삶을 목표로 살았기에 나라를 위해 선불리 목숨을 내 놓을 위인들도 아니었다. 어찌됐든 유는 무사히 살아남았고 대출금도 착실히 갚아나가고 있다.

유는 돈가스 집 문을 열고 들어섰다. 직원의 안내로 자리에 앉아 메뉴판을 들여다보았다. 하지만 막상 주문을 하려니 많은 종류의 돈가스 중에서 무얼 먹어야 할지 고민이 됐다. 고민 끝에 조금 전 진열장에서 첫 번째로 본 로스가

츠를 주문했다. 바삭한 튀김옷에 둘러싸인 두툼한 살코기가 일본에서의 돈가스를 생각나게 했다. 모양은 달랐지만 군침이 돌았다. 소원했던 돈가스를 곧 먹게 된다는 기쁨에 어서 음식이 나오길 기다렸다. 주방에서 돈가스를 튀기는 소리가 들리는 듯했다. 입안에 침이 고여 꿀꺽하고 삼키다 그 소리가 너무 커 멋쩍게 주위를 둘러보기까지 했다. 그러나 기대와 달리 막상 직원이 가지고 온 돈가스를 보자 유는 선뜻 젓가락을 들지 못했다. 밖에서 본 돈가스 모형과 사뭇 달랐기 때문이었다. 눈앞의 돈가스는 모형보다 얇고 크기도 작을 뿐 아니라 오래 튀겨 짙은 갈색이고 곁들어진 양배추 또한 접시 한쪽을 빈약하게 채웠을 뿐이었다.

"이건 밖에서 본 모형하고 다른데."

유는 자신도 모르게 반말이 튀어나왔다.

"아이, 손님, 어떻게 모형하고 매번 나오는 음식이 똑같겠어요."

"그럼 모형을 치우던가 해야지요, 밖에서 그거 보고 들어왔는데 이렇게 다르면 눈속임 아닙니까?"

"눈속임요? 잠깐 기다려보세요. 사장님 모셔올게요."

유의 말에 당황한 종업원이 카운터로 걸어가 사장에게 유가 앉아 있는 자리를 가리켜 소곤댔다. 유는 두 사람을 보며 조금 전 종업원의 친절한 말투 속에 숨어 있던 피곤과 짜증을 떠올렸다. 거리상 미묘한 표정까지 보이지 않지만 사장의 표정 또한 별반 다르지 않아 보였다. 사장이 자리에서 일어나 유를 향해 걸어왔다. 늙지도 젊지도 않은 사장을 보며 유는 자신과 비슷한 또래라 짐작했다. 문득 입사동기 오가 생각났다. 오는 6개월 전 고기집을 개업했다. 유는 개업식 때 축하 화분을 들고 직원들과 함께 갔다. 그날 직접 고기를 구워주며 꿈에 부풀어 있던 오의 모습이 지금 눈앞에 서 있는 사장과 오버랩되어 떠올랐다.

"손님, 죄송합니다. 맘에 들지 않으시면 새로 해 드리겠습니다. 그러나 기계가 아닌 사람이 만드는 거라 모형과 똑같을 수 없는 건 양해를 해 주십시오."

유는 예의를 갖춰 정중히 대하는 사장과 대면하자 자신이 괜한 시비를 걸고 있는 건 아닌가 하는 생각이 들었다. 하지만 이대로 물러나면 정말 그렇게 되어 버릴 것 같았다. 유는 가게 밖 진열장을 가리켜 사장에게 큰소리를 쳤다.

"그럼, 밖에 진열장 안 모형들을 치우세요. 똑같이 만들 수 없는데 모형을 진열하는 건 의미가 없지 않소."

"손님, 여기서 괜한 억지 부리지 마시고 정 맘에 안 드시면 다른 가게를 찾아보시죠. 손님이 원하는 것과 똑같이 만드는 가게가 있을지 모르니. 돈가스 집은 여기 말고도 얼마든지 있습니다. 음식 값은 받지 않겠으니 주문하신 돈가스는 드시든 그냥 놔두시든 손님 뜻대로 하십시오."

사장은 정중히 고개 숙여 인사를 하고 카운터를 향해 걸어갔다. 유는 사장을 불러 따져야 한다고 생각했지만 탁자에 놓인 물컵만 만지작거렸다. 물컵이 넘어져 바지를 적셨다. 조금 전 사장이 말한 억지라는 단어가 뇌리에서 지워지지 않았다. 축축한 바지를 대충 휴지로 닦아내고 자리에서 일어나 카운터로 걸어갔다. 지갑 안에서 지폐 두 장을 꺼냈다. 거스름돈은 됐어요. 단호하게 말하고 유는 카운터에 지폐를 놓고 나왔다.

가게 문을 열고 나오자마자 유는 곧 후회를 했다. 손도 대지 않은 돈가스 값을, 게다가 거스름까지 포기하고 나오다니, 보리밥대신 돈가스라는 말도 못한 주제에 그깟 모형을 두고 억지나 부렸으니. 헛웃음을 흘리며 유는 사장이 말한 억지라는 단어를 생각했다. 월급날이 일주일이나 남았는데, 돈가스 값으로 지불한 이만 원이 이십만 원처럼 느껴졌다.

지하철 역사 안 편의점에서 캔 커피를 사며 지갑을 연 유는 실소를 했다. 분명 만 원짜리 지폐 두 장이라 생각했는데 만천 원을 꺼낸 것이었다. 돈가스는 만사천 원이었다.

유는 오늘 퇴근 무렵 인사과에 근무하는 동기에게 곧 발표될 인사발령과 진급에 관한 정보를 흘러들었다. 유는 자신이 7년 동안의 만년 과장에서 또 한 해가 더해졌다는 것과 입사 동기 한이 직속상관으로 부임할 거라는 말을 들었다. 동기와 헤어져 유는 사무실로 돌아와 떨리는 손으로 자신의 책상 서랍을 만졌다. 잠겨 있는 세 번째 서랍엔 오래 전 써 놓은 사직서가 들어있었다. 결국 유는 서랍을 열지 못했다. 다만 진즉에 알았더라면 보리밥을 먹지 않았을 텐데 라는 후회와 함께 한편으론 곧 회사를 떠날 부장에게 자신이 보여준 마지막 예우였다고 스스로를 위로했다.

유는 만약 새로운 직속상관이 될 한 부장이 돈가스와 보리밥 중 하나를 선택하라 한다면 그땐 자신 있게 돈가스라고 말할 수 있을 것 같았다. 한 부장이 돈가스를 좋아했던가, 좋아하지 않으면 어쩌지, 한 부장의 입맛을 기억해보지만 돈가스를 좋아한다는 말은 들은 적이 없는 것 같아 조금 불안해졌다. 아무리 생각해도 보리밥은 입안에서 겉돌기만 할 뿐 괜찮은 음식은 아닌 것 같았다.

유는 텁텁한 입안을 캔 커피로 헹궈 지하철 역사 안 휴지통에 뱉고 집으로 향하려던 발길을 돌렸다.

'가게 세놓음' 유는 오의 가게 문에 붙어 있는 종이를 한참을 바라보았다. 유리문으로 가게 안을 들여다보았다. 조

명이 꺼진 가게 안에 카운터 위 전자시계의 붉은 빛이 식탁과 의자를 비추고 있었다. 개업식 때 빈자리가 없어 유는 식탁 모서리에 보조 의자를 놓고 앉았었다. 함께 소주잔을 기울일 짬도 없이 바쁜 오를 보며 유는 살아남은 건 자신이 아닌 오라는 생각을 했다. 놀러오라는 오의 연락을 몇 번 받았지만 바쁘다는 핑계로 차일피일 미루었다. 주머니에 휴대폰을 꺼내 오의 번호를 찾아 눌렀다. 몇 번의 신호 끝에 오가 받았다.

"어, 유 과장, 웬일이야. 바쁠 텐데 전화를 다 하고, 별일 없제?"

경상도 북부지방 특유의 말투를 듣자 유는 조금 전 돈가스 집에서의 일이 별것 아닌 듯 느껴졌다.

"으응. 그냥, 자네하고 술 한 잔 할까 해서. 얼굴본 지 오래된 것 같고."

가게는 어떻게 된 거야? 라고 묻고 싶었지만 유는 선뜻 묻지 못했다. 진즉에 찾아 왔더라면 하는 후회와 함께 오에게 미안한 마음이 들었다. 왠지 오의 가게가 문을 닫은 게 자신 때문인 것 같았다.

"내일은 해가 서쪽에서 뜨겠는 걸. 자네가 술을 다 하자 하고, 근데 우짜지. 오늘이 아버지 기일이라 지금 본가에 와 있어. 온 김에 며칠 푹 쉬었다 가려고."

"왜, 어디 몸이라도 안 좋아? 가게는 어떡하고."

유는 유리문에 붙어 있는 종이를 뚫어져라 보며 시큰해진 눈을 깜박였다.

"그게 말이야, 가게 내 놓은 지 한 달쯤 됐어. 손님도 없는데 열어봤자 손해만 나고, 일단 주말 장사만 하고 있어."

"그래? 그래도 닫아두면 안되잖아."

이런 말이 아닌 뭔가 다른 말을 해야 하는데, 적당한 말이 생각나지 않았다. 그런 유의 심정을 눈치라도 챈 듯 오가 말했다.

"괜찮아, 무슨 수가 생기겠지. 이참에 쉬며 다른 길을 찾아봐야지."

"다른 길이라니, 뭐 좋은 생각이라도 있나?"

"좋은 생각은, 좀 쉰다는 거지. 회사 나오자마자 그놈의 식당 한다고 한시도 쉰 적이 없었으니. 자넨, 끝까지 붙어 있게, 나처럼 괜한 오기 부려 나오지 말고. 치사하고 더러워도 끝까지 버텨. 내말 명심해 새겨들어."

마지막 오의 말에 유는 울컥하는 감정을 누르고 조만간 술 한 잔 하자는 말을 하고 전화를 끊었다.

현관문을 열자 유는 비릿한 생선 냄새에 기분이 상했다. 며칠 전부터 돈가스가 먹고 싶다고 했으니 오늘쯤엔, 하고 기대를 했기 때문이다. 나란 존재가 그렇지 뭐. 그깟 돈가스 한 번 먹기가 이렇게 어렵단 말인가. 유는 어쩌면 지금까지 살아온 것이 '돈가스 먹기'였다는 말도 안 되는 생각을 하며 냄새의 진원인 고등어를 젓가락으로 집어 들었다.

"어제도 고등어, 오늘도 고등어. 내일도 고등언가."

"왜 그래, 생전 안하던 반찬투정을 다 하고. 회사에서 무슨 일 있었어?"

"무슨 일 있으면, 지금 돈가스 해 줄래?"

"진짜 왜 그래? 애들도 아니고 다 큰 어른이 돈가스 타령이나 하고."

"됐다, 그만하자."

유는 들고 있던 젓가락을 식탁에 던지듯 놓고 자리에서 일어났다. 그런 유를 어이없는 얼굴로 지켜보던 아내가 말했다.

"정 원하면 지금 장 봐와서 해 줄게. 소고기 안심 스테이크도 아니고 겨우 돈가슨데 뭐."

"그만하자 했잖아!"

빈정 어린 아내의 말투에 화가 난 유는 고등어가 담긴 접시를 바닥에 던졌다.

비린내가 온 사방에 진동하는 걸 보니 보나마나 반값 할인한 걸 샀겠지. 싱싱한 생물도 아니고 이름난 간잽이가 절인 간 고등어도 아니고, 볼품없는 크기에 그나마 짜 또 얼마나 물을 찾게 될지. 유는 바닥에 흩어진 깨진 접시와 토막 난 고등어를 보며 생각했다.

유는 16년의 결혼 생활 중 반찬투정을 한 적이 없었다. 아내의 말대로 쇠고기 안심 스테이크도 아닌 돈가스였다. 그러나 주방 한쪽에 놀란 얼굴로 서 있는 아내를 보자 방금 자신이 한 행동이 후회가 됐다. 퇴근길에 들렀던 돈가스집의 모형과 계산대 위에 던지고 온 만천 원이 생각났기 때문이었다.

유는 깨진 접시를 치우고 새 접시를 가져와 바닥에 떨어진 고등어를 담아 식탁에 앉았다. 젓가락을 들어 고등어를 한 점 뜯어먹었다. 생각보다 짜지 않았다.

"괜찮네, 당신도 앉아 같이 먹지."

"괜찮아? 뭐가, 고등어야? 돈가스야?"

화가 난 듯 아내가 물어왔지만 유는 말없이 고등어를 뜯어 먹었다. 먹다보니 맛이 괜찮았다. 유는 생각했다. 돈가스가 아닌 안심 스테이크라면 아내는 말없이 오늘 저녁에 해 놓았을까? 그러게 왜 나는 안심 스테이크가 아닌 돈가스일까? 안심 스테이크를 떠올려 보지만 왠지 돈가스처럼 군침이 돌지 않았다. 달콤한 소스와 함께 곁들인 샐러드와 스테이크가 모형처럼 느껴졌다. 실제는 똑같이 만들 수 없는, 보면 군침이 돌지만 먹을 수 없는. 유는 아마 퇴근길에 돈가스 모형으로 인해 작은 사건이 일어난 때문이라 생각했다. 겨우 돈가스 하나로 사장에게 억지를 부린다는 소리나 듣고 아내에게 큰소리까지 쳤다 생각하니 더욱 비참한 기분이 들었다.

나는 정말 다 괜찮은 걸까? 유는 오랫동안 의자에 앉아 생각에 잠겼다. 의자는 조그만 움직임에도 존재를 알리며 삐걱댔다. 문득 유는 17년 동안 회사에서 사용한 의자도 삐걱대는지 궁금했다. 한두 번 새것으로 교환을 한 것 같기도 하고 처음부터 같은 것이었는지 기억이 나지 않았다. 오히려 식탁의자보다 더 오랜 시간을 앉았는데 가물가물했다. 하지만 괜찮았다. 삐걱대는 식탁의자도, 삐걱댈지 모를 회사 의자도, 토막 나 식어버린 고등어 맛도 모두 괜찮았다. 괜찮다는 표현밖에 달리 적당한 말이 떠오르지 않았다. 그러나 한 가지는 괜찮지 않았다. 돈가스 모형이었다. 아무래도 손님을 기만했다는 생각은 쉽게 떨쳐지지 않았다. 2년 전 일본에서 먹은 돈가스는 모형과 같을 것 같았다. 유는 허전한 배를 만지며 벚꽃이 흩날리는 도시와 함께 분홍빛 돈가스를 떠올렸다.

이틀 후 진급 발표와 함께 인사발령이 났다. 그날 동기의 귀띔대로 한 부장이 직속상관이 됐다. 부서에서는 박 대리가 과장으로 진급을 하고 권고사직을 받은 전임부장과 이참에 명퇴를 신청한 몇몇 동기와 선배들이 회사를 떠났다.

유과장님 괜찮으세요? 한 부장님과 입사 동기시잖아요. 괜찮아, 모르는 사람보다 아는 분을 상사로 모시는 게 낫지. 신입직원 최의 염려에 유는 호탕하게 웃으며 말했다. 끝까지 버티라는 오의 말을 떠올리며.

자네는 괜찮지? 물론 괜찮습니다. 보신탕을 먹자는 한 부장의 말에 얼떨결에 대답을 했지만 솔직히 유는 괜찮지 않았다.

절대 개고기는 먹지 말라는 불교 신자인 어머니의 당부가 마음에 걸렸지만 유는 언제나처럼 같은 대답을 했다. 무교인 유는 개가 인간의 조상이라는 속설을 믿지 않지만 지금까지 어머니의 말을 어긴 적이 없었다. 다행히 전임부장들은 개고기를 먹지 않았다. 한 부장이 언제부터 보신탕을 먹었던가, 아무리 생각해도 함께 먹은 기억이 없었다. 유는 오늘 점심에 한 부장이 만약 돈가스와 보리밥 중 하나를 선택하라 한다면 돈가스라 말할 참이었다. 돈가스, 돈가스, 그래 꼭 돈가스를 먹어야지. 박 과장처럼 말하면 돼. 돈가스가 먹고 싶다고, 보리밥은 미끈거려 입안에서 굴러다니기만 하고 넘어가질 않는다고. 하지만 보신탕은 전혀 예상 밖의 메뉴였다. 모두가 손을 젓고 거부하는데 돈가스가 먹고 싶다고 말할 수 없었다.

“정말 괜찮아?”

“물론 괜찮습니다.”

“그렇게 깍듯이 존댓말을 하니까 불편하잖아. 우리 둘이 있을 땐 말을 놓자고. 지금 내말은 보신탕이 아니라 이번에도 진급에서 누락된 거 말하는 거야.”

“괜찮아요, 아니 괜찮아, 괜찮고말고. 괜찮지 않을게 뭐 있겠어. 다 능력대로 가는 건데. 내가 부족해 그런데 뭐.”

“자네 생각은 어떤지 모르지만 난 지금 회사에서 임원까지 올라가 볼 생각이야. 17년을 한 회사에서 일했으면 그 정도는 해 보고 그만둬야 하지 않겠나. 그래서 말인데 자네가 옆에서 날 좀 도와줘야겠어. 솔직히 박 과장 같은 사람보다 자네 도움이 필요해. 내년엔 지긋지긋한 과장 딱지 떼야지. 후배들에 밀려 우리 동기들 대부분 떠났지만 우린 끝까지 살아남아야지. 내가 잘 돼야 자네도 잘되지 않겠어?”

끝까지 함께 살아남자는 한 부장의 말에 유는 며칠 전 오와 주고받은 통화를 떠올렸다. 희망퇴직 신청을 두고 술렁이는 회사 안에서 유가 생각한 건 오가 한 말이었다. 더럽고 치사해도 끝까지 붙어있게.

자, 소주 한 잔 정도야 근무에 지장 없겠지. 건배 한 번 해. 이제 자네와 난 한배를 탄 동지 아닌가. 한 부장이 따라 준 소주를 입안에 털어 넣고 유는 보신탕 국물을 숟가락으로 조금 떠 목으로 넘겼다. 칼칼한 국물이 넘어가자 그만 기침이 터져 나왔다. 기침은 좀처럼 멎지 않았다. 괜찮아? 물 좀 마셔. 한 부장의 권유로 물을 마셨지만 따가운 목은 쉽게 가라앉지 않았다. 한참만에야 기침이 잦아들었다. 걱정스런 눈길로 바라보는 한 부장에게 유는 미소를 지어 보이고 수육 한 점을 집어 입에 넣었다. 내년엔 과장 딱지 떼야지, 조금 전 한 부장의 말을 수육과 함께 꼭꼭 씹었다. 문득 유는 7년 전 한 부장과 함께 일본 출장길에 먹었던 돈가스가 생각났다.

"혹시 예전 우리 둘이 나고야로 출장 갔을 때 먹었던 돈가스 기억나?"

"출장 간 건 생각이 나는데 돈가스를 먹은 건 글쎄, 그런데, 왜 갑자기 그런 걸 묻지?"

"왜, 그때 일본 현지인 소개로 나고야에서 유명하다는 돈가스 집에 간 적이 있었잖아. 그때 한 부장이 고기가 덜 익은 것 같다고 주인에게 항의까지 했었는데 기억 안나? 연한 분홍빛이 살짝 비쳤잖아. 마치 벚꽃처럼."

"아, 그래. 그 돈가스. 맞아, 기억나, 벚꽃이 한창때였지.

그때 나고야 성 벚꽃 참 예뻤는데 말이야."

추억에 잠긴 듯 소주잔을 기울이는 한 부장을 보며 유도 벚꽃이 흩날리던 그 거리를 떠올렸다.

"그러고 보면 세월 참 빨라. 나도 이젠 나이를 먹었는지 예전에 앞뒤 안 가리고 덤벼들던 일들이 지금은 부끄러운 기억으로 떠오를 때가 있어. 그때도 그랬었지. 서툰 내 일본어를 알아듣고 주방장이 직접 나서 조리과정까지 설명해주었잖아. 제대로 알아듣지 못했지만 아무튼 덜 익은 게 아니란 건 납득이 갔지. 내가 좀 그래. 웬만하면 그냥 지나칠 수 있는 일도 조용히 넘기질 못하니. 자고로 서비스는 그런 식으로 해야 하는데 말야."

서비스 운운하는 한 부장의 말에 유는 며칠 전 모형을 보고 들어간 돈가스집을 떠올리며 한 부장이라면 어떻게 했을까 라는 생각을 했다.

"근데, 왜 지금 그 이야기를 하는 거지? 왜, 보신탕이 별로야? 먹기 싫은 건데 내가 억지로 끌로 온 건가? 이 사람아, 싫으면 싫다고 말을 해야지. 난 자네가 뭐든 괜찮다고 해 보신탕도 정말 괜찮은 줄 알았지."

부장의 말에 유는 손을 저으며 수육 두 점을 집어 새우젓과 함께 입에 넣었다.

"아니, 그게 아니라 오랜만에 한 부장과 있으니 그때가 생각나서, 우리 둘이 막 과장 달고 일본 출장도 갔었잖아."

"맞아, 그때만 해도 우리 둘이 한창때였지."

"한 부장은 어떨지 모르지만 난 지금도 공장에서 막 완성된 베어링만 보면 가슴이 뛰고 손에 땀이 나."

"지금에 와 하는 말인데 난 자네가 나보다 먼저 진급할 줄 알았어. 솔직히 그때 자네 공이 컸지. 자네가 나서지 않고 그쪽 통역만 믿고 일을 처리했다면 아마 우리 회사로선 큰 손해를 면치 못했을 거야."

"공은 무슨, 나야 일본어를 전공했으니 회사 입장을 그대로 옮긴 것뿐이지. 공으로 치자면 한 부장 자네 힘이 더 컸지."

유는 소주잔을 기울이며 은빛으로 빛나는 베어링을 떠올렸다. 그 당시 회사가 주력으로 만들어 수출하는 베어링 중 후륜에 장착한 허브베어링이 주행 중 소음을 일으킨다는 문제가 제기돼 회사에서 급히 두 사람을 일본에 파견했다. 회사로선 원청 다음으로 큰 거래처였다. 현지 거래처에선 이미 산적해 수출할 부품의 전량 리콜과 손해배상까지 청구해왔다. 또한 이후 거래에 대해 재검토를 하겠다는 통보도 함께였다. 회사로선 창사 이래 전례 없는 큰 타격이었다. 그때 두 사람이 나서 차후 문제에 대한 책임을 약속하고 전량 교환한다는 조건 아래 거래 유지 약속을 받아냈다.

이번에 자네들이 회사를 위해 큰일을 해냈어. 내 꼭 기억해두지. 그날 출장에서 돌아온 유는 한 부장과 함께 사장의 치하와 특별 포상금을 받았다. 이후로 유는 한동안 매년 진급 발표 때가 되면 한국으로 돌아오기 전 잠시 들린 나고야성의 벚꽃을 떠올렸다. 만개한 꽃잎들이 함박눈처럼 흩날리던 모습은 뇌리에 깊이 남았다.

추억에 잠긴 듯 소주잔을 기울이는 한 부장을 보자 유는 문득 의문이 들었다. 지금 나는 정말 괜찮은 걸까.

유는 모두가 퇴근한 사무실에 홀로 남아 창밖을 바라봤다. 가다서다를 반복하는 차량들의 행렬을 내려다보며 상의 주머니를 뒤졌다. 녹말로 만든 이쑤시개 하나가 나왔다. 유는 이쑤시개를 똑똑 꺾으며 점심에 먹은 보신탕을 떠올렸다. 그때 왕복 8차선 대로에서 좌측 깜빡이를 켜고 차선을 변경하려는 경차 한 대가 눈에 들어왔다. 버스와 승합차 사이에서 빠져 나오려 안간힘을 쓰지만 옆 차선을 달리는 자동차들은 조금도 틈을 내 주지 않았다. 20여 미터 앞에 좌회전 신호가 깜박이지만 경차는 여전히 3차선을 달리고 있었다. 좌회전을 하려면 두 차선의 경계를 더 넘어야 했다. 경차는 서행을 하며 차선 진입을 시도하지만 차량들은 틈을 내어주지 않았다. 결국 경차는 차선을 바꾸지 못하고 시야에서 사라지고 말았다. 유는 경차가 사라진 도로를 내려다보며 한숨처럼, 괜찮아, 하고 중얼댔다.

유는 항공사 예약 사이트에 이틀 후 나고야행 비행기를 예약했다. 한 달 후 집으로 날아온 카드 내역서를 경악하며 들여다 볼 아내의 얼굴이 떠올랐다. 그러나 무모한 오기로 지불한 돈가스 값 11000원과 함께 식탁 아래 널브러진 고등어를 생각하자 용기가 났다. 돈가스만 먹고 돌아올 생각이었다. 위치를 찾는데 애를 먹겠지만 시내 중심가에 있던 기억이 났다. 정 찾지 못하면 그때 돈가스 집을 소개해 준 현지 직원에게 연락하기로 하고 책상 서랍에서 명함통을 꺼냈다. 삼백 장은 족히 될 명함을 한 장 한 장 꺼내 확인하며 유는 이틀 후 나고야에서 먹게 될 돈가스를 생각했다. 입 안 가득 군침이 돌았다.

명함은 찾지 못했다. 유는 직접 현지에서 부딪쳐 보기로 했다. 서툰 일본어로 당당히 따지던 한 부장을 떠올리자 자신감이 생겼다. 갑자기 핸드폰이 울렸다. 아내의 잔소리를 들을 각오를 하며 확인을 하니 한 부장이었다.

"유 과장, 이번 주말 시간 있지? 원청 직원들과 필드 약속 있는데 한 사람이 사정이 생겼어. 어때, 괜찮지?"

"이번 주말이면 이틀 훈데……."

"왜, 약속 있어? 안되면 할 수 없고. 좋은 기횐데."

“아니, 그런 게 아니라, 지금 당장 답해야 하나?”

“급한 건 아닌데 미리 멤버를 맞춰 놔야 해서. 생각해보고 오늘 안으로 연락 줘, 안되면 다른 사람을 알아봐야 하니까.”

톡, 톡, 손가락으로 책상 위를 두드리며 유는 통화가 끝난 전화기와 모니터 화면을 번갈아 보았다. 어디야? 저녁은? 아내에게서 문자가 왔다. 책상을 두드리는 유의 손가락이 점점 빨라졌다. 올핸 진급해야지. 치사하고 더러워도 끝까지 남아 있게. 당신 정말 다 괜찮아? 머릿속에서 한 부장과 오와 아내의 말이 말벌의 날갯짓처럼 웅웅댔다.

유는 예약취소에 마우스를 놓고 점멸하는 커서를 노려보았다.

오늘 점심엔 뭘 먹지? 유 과장 뭐가 좋을까? 어디선가 한 부장의 목소리가 들렸다. 돈가스로 하죠. 보리밥이나 보신탕 말고, 그래요, 돈가스, 돈가스요! 유는 사무실이 울리도록 큰소리로 말했다.

| 해설 | 이선우 소설가

고독의 화원

구상한 스토리가 첫 문장으로 치환될 때까지 작가의 시간은 괴로움의 연속이다. 이야기가 될 것인지 수 없이 많은 고민과 망설임이 따른다. 첫 문장을 쓰고도 소설을 마칠 때까지 많은 시행착오를 거치고 썼다 지우기를 반복한다. 그래도 멈추지 못하는 것은 소설을 끝냈을 때, 쓰는 동안의 괴로움을 한 순간 상쇄해 줄 짜릿한 무엇이 있기 때문일 것이다.

옆에서 오래 지켜 본 고문희 작가는 쓰는 동안의 괴로움을 기꺼이 즐기는, 꾸준하고 성실함이 몸에 밴 작가이다. 작가로서 최고의 덕목을 갖춘 셈이다.

고문희 작가는 많은 작품에서 위태롭고 불안한 인물을 등장시킨다. 소설 속 인물들이 처연하다. 작가는 위태롭고 불안한 인물과 어울릴 음습한 공간을 설정해 그로테스크를 느끼게 만든다. 그리고 고독한 인물들의 리얼리티적인 화법과, 음습한 공간, 입체적인 인물 묘사로 소설 속으로 쉽게 빠져들게 한다. 이것이 고문희 소설의 특징이다.

「흔들린다」는 보기 드문 2인칭 소설이다. 너는 전문대학을 나와 승무원 시험을 네 번이나 실패한 뒤 백화점 안내데스크에서 근무한다. 어느 날 갑자기 쓰러진 이후 누구의 도움이 있어야 일상이 가능한 몸이 된다. 엄마는 과거 너의 각인된 모습을 떨쳐내지 못하고 전국으로 약초를 캐오지만 변화는 없다. 엄마는 너의 전부를 책임지고 안전하게 보호하고 싶은 욕망에 사로잡힌다. 엄마의 미래에 대한 공포는 불안장애로 이어졌고 다시 수집편집증이란 병증으로 나타난다. 특히 버려진 밥솥을 모아들여 쌓아놓는다. 밥솥은 생존과 직결된다. 엄마는 세상에 대한 원망과 불신으로 인해 외부로부터 들어오는 모든 사람을 경계한다. 너에게 악영향을 줄 것이라고 믿기 때문이다. 엄마와 너의 삶은 잘못 된 모정으로 인해 엄마가 모아들인 쓰레기 섬에 갇히게 된다. 그리고 엄마는 바깥세상과 유일한 통로인, 네 마음을 준 활동보조인 미옥까지 내보낸다. 미옥이 좋아하던 해바라기를 보고 미옥이 다시 돌아오기를 너는 희망하며 엄마에게 해바라기를 심게 한다. 그리고 어둠에 쌓인 방에서 골목으로 들어오는 포클레인을 상상하며 너는 몸을 버둥거리며 흔든다. 너를 따라 물건들도 흔들리는 장면에서 소설은 끝을 맺는다.

미옥이 화단에 쌓인 물건들을 치운 게 문제였다. 여자는 길길이 뛰며 당장 미옥에게 나가라고 화를 냈다. 처음에 머리까지 숙여 사과를 하던 미옥은 결국 가방을 챙겨 들었다. 너는 미옥이 나가면 죽어버리겠다고 악을 쓰며 벽에 피가 나도록 머리를 찌어댔다. 결국 여자는 미옥에게 화단뿐이라는 다짐을 받았다. 미옥은 담장 아래 해바라기를 심고 빈터엔 상추와 방울토마토, 오이를 심었다. 너는 휠체어에 앉아 화단을 가꾸는 미옥을 보며 해바라기를 했다. (중략) 화단에 둔 밥솥을 미옥이 내다버린 때문이었다. 몹시 화가 난 여자가 해바라기를 모두 뽑아버렸다. 성난 얼굴로 지켜보던 미옥이 방에 들어와 짐을 싸기 시작했다.

"가지 마, 제발, 내가 엄마 대신 사과할게."

너는 미옥의 팔을 잡고 매달리듯 사정했다.

"이러지 마, 이 팔 놓으라고, 아, 씨팔, 내가 놓으라 했지!"

너는 미옥의 팔에서 손을 뗐다. 미옥이 화를 내고 소리친 때문은 아니었다. 금방이라도 볼을 타고 흘러내릴 듯 흠뻑 젖은 미옥의 눈과 마주쳤기 때문이었다. 그때 미옥이 가방에서 무언가를 꺼내 내밀었다.

"가져, 내가 쓰려고 샀는데 나보다 너가 더 어울릴 것 같다."

그날 미옥이 집을 떠나며 네게 준 건 립스틱이었다. 포장도 뜯지 않은 새것으로 마치 누군가에게 선물로 준비한 듯했다. 립스틱은 분홍색이었다. 미옥은 평소에 립스틱을 바르지 않았다. 입술이 건조해 바셀린만 바른다고 했다. 너는 거울을 꺼내 립스틱을 발랐다. 거울 속에 비친 분홍 입술을 바라봤다.

너는 여자에게 해바라기를 다시 심게 했다. 어디선가 미옥이 보고 있다면 다시 돌아올 것 같았다. —「**흔들린다**」

작가는 소설에서 불행과 공포는 같이 간다고 말하고 있다. 어느 날 갑자기 맞닥뜨려진 불행이 공포로 이어지고, 공포는 어떻게 사람을 병들게 하는지, 작가는 「흔들린다」에서 인물의 심적 행로를 따라오도록 앞장서서 차분히 보여주고 있다.

「eating」은 아내와 아들을 잃은, 두 번의 상실을 경험한 학교 선생이 화자인 소설이다. 우울증과 불면으로 치료를 받고 있던 아내는 스스로 목숨을 끊는다. 아내의 우울증은 둘째를 임신하고 어느 날 낮잠에 빠져있는 동안 다섯 살

아들이 어린이집 승합차에 치여 목숨을 잃게 된 것이 배경이다. 사고 이후 아내는 자신이 낮잠에 빠지지만 않았더라면, 그런 죄의식에 음식을 거부한다. 음식을 거부하는 것은 생명을 포기하는 것이다. 생명을 포기하는 것은 관계가 끊어지는 것을 의미한다.

음식을 먹는 나에게도 아내는 짐승이라고 소리친다. 그래서 나는 아내 앞에서 아무것도 먹지 못한다.

어느 날 나는 후배 S가 건네 준 eating CD를 보다 아내의 죽음을 알리는 처남의 전화를 받는다. 그날 이후 나는 서서히 eating에 중독되어 간다.

> 식탁위에 놓인 휴대폰에 자꾸 눈길이 간다. 살짝 터치만 하면 eating을 볼 수 있다. 휴대폰을 다시 주머니에 넣는다. 설렁탕 국물을 한 수저 떠넘긴다. 꿀꺽, 국물이 목울대를 통과하는 소리가 들린다. 콜라를 마시던 17번이 떠오른다. 오늘 만이라는 다짐을 하며 휴대폰을 꺼내 탁자에 놓고 어플을 누른다.
>
> —「eating」

결국 나는 학교 급식 시간에 여학생의 입가에 묻은 케찹을 보고 생전의 아내가 아들의 입가에 묻은 케첩을 손가락으로 닦아 입에 넣는 걸 떠올려 같은 행동을 해 변태로 몰려 학교를 그만둔다.

나는 점점 eating이 없이는 지탱하기 어려운 일상이 지속된다.

'나는 오늘도 eating과 함께 살며 아직 살아 있다.' 라는 문장으로 아직도 eating을 벗어나지 못하고 있음을 보여주며 소설은 끝이 난다.

작가는 1인 가족이 늘고 있는 현실을 반영이라도 하듯 두 번의 상실을 경험한 화자가 어떻게 고독의 늪에서 허우적거리는지 잘 보여주고 있다.

「고요한 아침」에서 남자는 잔혹하게 잡아 죽인 고양이를 팔아서 먹고산다. 어느 날 술에서 깨어나 보니 침대 기둥에 두 손이 묶여 있고 두 발은 한데모아 단단한 매듭으로 묶여있다. 어린 남매가 폭력적인 아버지를 엄마 스카프로 단단한 매듭을 지어 묶어놓은 것이다. '동네에서 말이 많아요. 다른 일을 하면 안 되겠어요?' 아내가 조심스럽게 던진 말에 남자는 털을 뽑은 고양이를 아내 콧잔등 위로 던진다. 기겁을 하고 놀라 뒤로 자빠진 아내에게 남자는 다시 주먹을 휘두른다.

한 가정의 가장이 살아있는 동물을 매번 아무렇지 않게, 잔혹하게 죽이는 일을 지켜봐야한다면 가족은 어떤 마음일까. 더구나 폭력까지 휘두르는 가장이라면. 남자는 먹고 사는 일은 어떤 일도 신성한 것이라고 말하지만 현실적으로 가족에게 이해받지 못 한다. 작가는 가족의 버거운 현실을 그로테스크하게 이미지를 형상화해서 독자로부터 공분을 불러일으키게 만든다.

작가는 소설에서 아버지의 잔혹성과 폭력성에 노출된 환경에서 자란 아이들은 폭력을 대물림한다는 것을 고발하고 있다. 아버지의 폭력적 악습을 모방하는 아이들의 비극적 상황을 작가는 또렷이 보여 주고 있다.

> 들통은 한 번에 서너 마리 정도 넣을 수 있는 크기였다. 호수를 연결해 물을 채워 가스를 켰다. 남자는 자루 안에서 고양이를 꺼내 한 마리씩 끓는 들통 속에 던져 넣었다. 네 마리를 데쳐내고 자루 속에서 다섯 마리째를 꺼내 든 순간 고양이가 앙칼지게 울며 요동을 치기 시작했다. — **「고요한 아침」**

> 가방을 맨 둘째가 남자가 누워 있는 방으로 들어와 고양이를 안고 나갔다. 주방 앞에서 첫째가 둘째에게서 고양이를 받아들었다. 현관문이 열리고 둘째의 모습이 사라지고 다시 현관문이 닫히고 들통 뚜껑이 열린 건 동시였다. 순간 남자는 자신의 눈을 의심했다. 방금 전까지 첫째의 손에 들려 있던 고양

이가 감쪽같이 사라진 것이다. 남자는 첫째까지 사라진 현관문과 그리고 뚜껑을 들썩이며 끓고 있는 들통을 번갈아보며 비명을 질렀다. —「**고요한 아침**」

「괜찮은, 유」에서 유는 한 번도 자신이 원하는 메뉴를 입 밖에 내지 못한다. 상대 눈치를 보고, 퇴근 시간이 가까워도 먼저 일어난 적이 없다. 유의 한결같은 대답은 '괜찮아요.' 이었다. 작가는 현대를 사는 우리의 모습이 유와 크게 다르지 않다는 것을 말하고 싶은 것이다.

유는 회사에서 17년 근무 중 7년째 과장을 달고 있다. 금융위기에도 회사에 남게 됐고, 미국 리콜의 타격으로 동료와 상사 몇이 회사를 떠나야 했던 지난해도 무사히 살아남게 됐다. 유는 아파트 대출금을 착실히 갚을 수 있다는 것이 무엇보다 다행이라 생각했다.

동기인 한이 부장으로 진급하여 유의 직속상사가 된 것을 아무렇지 않게 받아들이기도 한다. 인간은 자의이든 타의이든, 자유의지가 억압되면서 몸과 마음에 병이 찾아온다. 늘 괜찮다고 하던 유는 어느 날 정말 나는 괜찮은 것인가? 반문한다. 정말 괜찮지 않다면 어떤 방법으로라도 손상된 자괴감에서 자신을 만족시킬 수 있는 어떤 것을 통해 빠져나오고 싶어 한다. 괜찮은, 유도 소심함 때문에 마음에도 없는 보리밥을 선택한 뒤, 자기기만을 극복해보려는 대안으로 돈가스에 집착하게 된다.

메뉴를 자의에 따라 선택하지 못하고, 남의 눈치를 보느라 제일 늦게 퇴근하는 유의 극복투지에 고문희 작가는 돈가스를 등장시켰다.

유는 돈가스 전문점을 전전한다. 음식점이란 정당한 음식 값을 지불하면 불만을 눈치 보지 않고 얘기할 수 있는, 그것이 합법적으로 보장되는, 소위 갑질을 할 수 있다는 특성을 이용해 자신감을 회복하고 싶었다. 그러면 자유의지를 회복할 것이라 생각했다. 작가는 7년 동안 만년 과장인 유를 현대를 사는 소시민의 표상으로 보여준 것이다.

급기야 일본에 출장 갔을 때를 떠올리며 돈가스 맛집을 찾아 일본까지 가려는 계획을 세운다. 유는 늦은 밤 혼자 남은 사무실에서 대로를 내려다본다. 좌측 깜빡이를 켜고 서 있는 경차에게 눈길이 간다. 경차의 깜빡이에도 뒤차는 차선 변경의 기회를 주지 않아 결국 직진을 하고 시야에서 멀어지는 경차를 바라보며 한숨처럼 괜찮아, 중얼거린다. 마치 자신을 다독이기라도 하듯. 그리고 카드 내역서를 보고 놀랄 아내의 얼굴을 떠올리며 이틀 후에 떠나는 나고야행 비행기 티켓을 예약한 직후, 필드에 함께 가자는 한 부장의 전화를 받게 된다. 유는 예약취소에 마우스를 놓고 끝까지 살아남으라는 오의 말을 떠올리며 허공에 대고 돈가스요!를 외치며 소설은 끝을 맺는다. 작가가 현실 속 소시민적 요소를 잘 보여주는 작품이다.

모두가 손을 젓고 거부하는데 돈가스가 먹고 싶다고 말할 수 없었다.

"정말 괜찮아?"

"물론 괜찮습니다."

"그렇게 깍듯이 존댓말을 하니까 불편하잖아. 우리 둘이 있을 땐 말을 놓자고. 지금 내말은 보신탕이 아니라 이번에도 진급에서 누락된 거 말하는 거야."

"괜찮아요, 아니 괜찮아, 괜찮고말고. 괜찮지 않을게 뭐 있겠어. 다 능력대로 가는 건데. 내가 부족해 그런데 뭐." (중략)

"이 사람아, 싫으면 싫다고 말을 해야지. 난 자네가 뭐든 괜찮다고 하기에 보신탕도 정말 괜찮은 줄 알았지."

부장의 말에 유는 손을 저으며 수육 두 점을 집어 새우젓과 함께 입에 넣었다. —**「괜찮은, 유」**

소설 「다음에 또」는 기간제 교사인 나는 마지막 수업을 마치며 다음에 또, 라는 말을 남기고 교실을 나온 뒤 다음이 보장되지 않는 기간제 교사가 할 인사는 아니라고 후회한다.

그리고 그날 나는 한 통의 메일을 받는다. 9개월 전, 한일 특성화 고교 교류회에서 통역을 맡았을 때 만난 미술교사인 유스케가 떠나면서 나를 '타나다 마쯔리' 즉 계단식 논 축제에 초대하고 싶다고 했는데 그 때 약속한 초대 메일인 것이다.

나는 죽음도 무서울 것 없다고 생각할 만큼 삶의 의미 상실을 경험하던 터라 유스케의 초대에 응하고 사가현으로 떠난다. 일본으로 가는 또 다른 이유가 하나 더 있다.

신라면과 김치를 좋아했고, 산악동아리 대장으로 함께 등반한 동아리 회원을 구하고 계곡으로 추락사 한, 유학시절 연인이었던 히로토가 묻힌 죽음의 계곡 가까이 가서 그동안 애써 잡으려 했고, 또 잊으려 했던 그에 대한 기억을 어떤 식으로든 정리하고 싶었다.

나는 유스케 어머니가 하는 여관에서 유스케 어머니와 누나를 만나 히로토에 대한 아픈 기억이 상쇄될 정도의 따뜻한 환대를 받는다. 이상하게 모든 것이 낯설거나 불편하지 않게 느껴진다.

고문희 작가는 히로토를 떠나보낸 상실을 경험한 나를 유스케와 유스케 가족을 만나게 함으로서 새로운 시작을 암시한다. '다음에 또 봐요' 개찰구 앞에서 나를 부르는 유스케를 돌아보며 다음을 기약하는 대답을 함으로써 상실

감을 극복하고 새로운 시작을 뜻하는 따뜻한 인사로 소설은 끝을 맺는다.

「피크닉」은 작가의 단편소설집에 실은 다른 작품들과 달리 유연성을 보인다. 고아로 자란 나는 김상훈을 친형처럼 여기고 함께 인테리어 일을 한다. 열심히만 하면 미래는 보장될 것이라 믿고 밤낮으로 일했지만 김상훈은 내가 투자한 돈까지 떼어먹고 달아난다. 나는 김상훈을 찾아 아내와 평생 장애를 갖고 살아야할 딸과 아들과 함께 승합차를 집 삼아 김상훈을 찾아 전국을 헤맨다. 그러나 희망은 쉽게 맞닥뜨려지지 않는다.

나는 떠돌이 생활을 하며 어차피 구입해야 할 생필품을 색종이에 적어 아들이 찾기 쉽게 감춰두고 피크닉을 나온 듯 보물찾기 놀이를 한다. 어린 아들은 떡집 보자기를 어깨에 두르고 슈퍼맨 놀이도 한다. 보물찾기로 찾은 품목은 마트를 들락거리는 것으로 어린 아들의 무료함을 달래준다. 가끔 과자나 장난감을 적어 넣기도 하고 김상훈 이란 이름도 써놓고 찾게 한다. 김상훈을 찾으면 가난은 해결될 것이니 가족에게 김상훈은 보물찾기인 것이다.

나는 마침내 공사장에서 김상훈을 만나지만 덤덤하게 바라보는 그가 내가 쫓던 사람이 맞는지 의문이 갈 정도로 기억이 희미하다. 그리고 그가 꽝이 아니고 보물이기를, 그래서 피크닉을 끝냈으면 하는 마음으로 소설은 끝난다.

절망에서 한 줄기 희망을 좇는 여정이 애처로운 소설이다. 작가는 비루한 현실을 환상을 가미한 보물찾기 놀이로 치환시키려는 가장의 희망변주곡을 능청맞게 잘 보여주고 있다.

고문희의 작품은 척박한 땅이 연상된다. 그 땅위에서 어쩔 수 없이 일상을 견뎌내는 어려운 환경의 화자들이 안쓰럽다. 그러나 「고요한 아침」에서와 같이 외로움과 가난과 관계의 부재로 인해 어쩔 수 없이 학습되는 폭력성도 있다. 「고요한 아침」의 어린 남매는 술 취한 아버지를 침대에 묶어 통제권을 확보한다. 그리고 고양이를 아버지가 하던 방식으로 물이 끓는 솥에 던진다. 폭력성은 고양이를 야만적으로 도축하고 아내에게 폭력을 휘두르는 폭력적인 아버지로부터 자신들을 지켜내기 위한, 살기 위한 방편으로 터득한 정당방위에 가깝다. 작가는 어린 남매의 거침없는 폭력성을 담담하게 보여주며 그것이 아버지에게서 온 것임을 말하고 싶었을 것이다.

「eating」, 「괜찮은, 유」, 「떼」, 「아무도 전화를 받지 않았다」, 「다음에 또」, 「피크닉」은 인간의 상실에 대한 소설로 상실을 경험한 화자들이 아픔의 터널을 통과하는 과정을 보여주는 소설이다. 소설 속 화자들은 대부분 묵묵히 견뎌나가지만 외롭고 기댈 곳 없고 버림받았다고 생각되는 찰나에 외부로부터 미묘하게 어떤 요인이 작용하여 자극을 받으면 참았던 분노가 크고 작은 행동으로 폭발한다. 독자는 소설을 읽으면 연약한 화자들이 현실의 촉박함에 동요되어 곧 화자들의 영혼이 붕괴됨을 짐작하게 된다. 작가는 소설 속 화자들이 감당하지 못 할 지점에서 변형되고 피폐해져 가는 과정을 잔잔하지만 강력하게, 억지스럽지 않게 독자에게 각인시켜 준다.

「502호」, 「흔들린다」, 두 작품은 화자들의 자기 방어가 강하게 표현된 소설이다. 비루한 일상에서 어떻게든 살아내려는 주인공들의 등장은 처절하다. 화자들은 내면을 들키고 싶지 않아 억지 쓰고(「502호」), 때로는 굴곡 되고 왜곡된 사랑이나 보호를 핑계로(「흔들린다」) 세상과 경리시킨다.

위에서 살펴본 것과 같이 고문희의 단편 미덕은 열쇠가 자물쇠에 꼭 맞아야 열리는 것처럼 도입부터 마침까지 자물쇠의 암수처럼 정확하고 정교하게 배열되어 있는 것이다. 그것이 고문희 작가의 작품에 신뢰를 가지지 않을 수 없는 이유일 것이다.

| 고문희 작가의 소설에 대한 단상 | 오은희 소설가

출구가 없는 인물들

소설의 오래된 임무 중 하나는 자신을 둘러싼 세계의 배후를 응시하며 삶에 가려진 진실을 들춰내는 일이다. 그 작업을 하는 사람이 소설가라면 고문희 작가는 그 역할을 충분히 하고 있다. 작가의 첫 소설집에 실린 아홉 편의 이야기는 극적 순간을 살아가는 인물들을 통해 삶의 비의(秘義)를 보여준다.

아내의 유골을 안고 차비도 없이 버스에 오른 남자, 좁은 빌라에서 다섯 마리의 개를 키우는 노인, 전화를 받지 않는 사람들을 검색하며 하나씩 번호를 지워가는 사내, 집 안 가득 너저분한 물건을 쌓아두는 엄마를 둔 장애인, 사기를 친 업주를 찾아다니는 막노동꾼, 고양이를 건강원에 팔아 생계를 꾸려가는 가장, 돈가스를 먹고 싶다고 당당하게 말하고 싶은 회사원, 안개 가득한 '타나다 마쯔리'를 찾아간 기간제 교사, 아내를 떠나보내고 eating CD를 보며 음식을 먹는 남자 등.

고문희 작가의 소설 속 인물들은 기본적으로 잘나가는 이들이 아니다. 엘리베이터도 없는 5층 빌라(「502호」), 퀴퀴한 냄새가 밴 반지하방(「아무도 전화를 받지 않았다」), 의자를 떼어내고 개조한 승합차(「피크닉」)에 살거나 주로 버스를 타고 다니는 가난한 사람들이다. 지극히 평범하거나 그렇지도 못한, 바로 우리 이웃에서 볼 수 있는 모습들. 그들이 펼쳐 보이는 이야기는 음습함과 억눌림, 생의 공포로 가득 차 있다. 삶을 주도적으로 살아갈 수 없는 여건을 가진, 그래서 털썩 주저 앉아버릴 수밖에 없는 인물들은 이 세상에서 균형을 잡고 살아갈 수가 없다. 그래서 소설의 결말은 암울하다. '다음에, 또' 라는 기약을 해보지만 창문 너머 해바라기가 흔들리는 모습(「흔들린다」) 정도만으로 그 희망을 유보해야할 판이다.

작가는 현재와 과거를 넘나들며 아홉 편의 이야기를 촘촘히 직조했다. 언제든 무슨 일이 일어날 것 같은 긴장과 불안의식을 전편에 깔고 있는 작가의 작품들은 가독성이 매우 좋은 플롯을 갖고 있다. 서사나 인물 설정에 설득력이 있으며 담백한 문장 또한 순하고 억지가 없다.

고문희 작가의 작품을 읽는 시간은 불편하기도 하다. 작가가 말하고자 하는 바를 간파하다 보면 그 칼날 같은 날카로움에 가슴이 베인다. 단편 「떼」에 차비가 없어 쫓겨나는 주인공을 못 본 체 하는 버스 승객들처럼 자신을 둘러싼 세계에 관심 갖지 않고 귀 기울이지 않는 것은 바로 우리들의 모습이기 때문이다. 겉으로는 평범한 일상을 살아가고 있는 듯하지만 각자 균열과 붕괴의 조짐을 내재하고 있는 현대인의 슬픈 자화상이 아홉 편의 소설에 자리하고 있다.

출구가 없는 인물들에게 희망은 없다. 그럼에도 작가는 그들에게 현재의 삶에서 가장 시급한 뭔가를 하게 한다. 햄버거를 삼키고 소스가 묻은 손으로 콜라를 마시며, 비틀린 팔을 흔들고 엉덩이를 흔들어 발에 치이는 잡동사니를 두려워하지 않게 되며, 버스에서 쫓겨나 은빛비늘이 반짝이는 멸치 떼를 털러 간다. 피크닉을 끝내고 다친 아들을 위해 119에 전화하는 가장의 절박함과 가스레인지 위에서 끓고 있던, 노인이 건네는 뼈다귀를 같이 뜯게 되는 주인 여자의 허기는 어쩌면 우리 모두가 갖고 있는 삶의 애착 같은 것이 아닐까. 부장이 먹자는 보신탕이 아닌, 자신이 먹고 싶은 돈가스를 찾아나서는 '괜찮은, 유'의 여행 또한 응원해야 마땅한 삶의 용기인 것이다.

고문희 작가는 낯설지 않은 소재를 단단하게 움켜쥐고 결코 넓지 않은 단편이라는 땅 위에 견고하게 이야기를 쌓아올린다. 서로 다른 이야기임에도 아홉 편의 단편은 서사적 유기성이 느껴진다. 그것은 아마 인물과 세계를 바라보는 책임감 있는 작가의 시선이 작품 전편에 흐르기 때문이리라. 소설들을 다 읽고 나면 독자들은 작가가 창조한 소설 세계에서 생의 신비(神秘)를 발견하고 고개를 끄덕일 것이며 고문희 작가에 대해 무한한 신뢰가 쌓일 것이다.

이 작품집 이후 작가가 어떤 변화를 거쳐 또 다른 세계로의 이행이 있을지 기대가 된다.

나무소설가선 017
세상의 모든 아들은 아버지를 닮았다

1쇄 발행일 | 2019년 10월 25일

지은이 | 고문희
펴낸이 | 윤영수
펴낸곳 | 문학나무

문학나무편집 | 03044 서울 종로구 효자로7길 5, 3층
기획 마케팅 | 03085 서울 종로구 동숭4나길 28-1 예일하우스 301호
이메일 | mhnmoo@hanmail.net

출판등록 | 제312-2011-000064호 1991. 1. 5.
영업 마케팅부 | 전화 | 02-302-1250, 팩스 | 02-302-1251

값 12,000원
잘못된 책은 바꾸어 드립니다
지은이와 협의로 인지는 생략합니다

ISBN 979-11-5629-097-1 03810

*본 사업은 인천광역시, (재)인천문화재단, 한국문화예술위원회 지역협력형사업으로 선정되어 발간하였습니다